U0609145

魅丽文化 告白 ......MY LOVE

天降一颗小甜心

灭绝 / 著

广东旅游出版社
GUANGDONG TRAVEL & TOURISM PRESS
悦读书·悦旅行·悦享人生
中国·广州

图书在版编目（CIP）数据

天降一颗小甜心 / 灭绝著 . — 广州 ：广东旅游出
版社， 2020.4
ISBN 978-7-5570-2135-1

Ⅰ．①天… Ⅱ．①灭… Ⅲ．①长篇小说－中国－当代
Ⅳ．① I247.5

中国版本图书馆 CIP 数据核字 (2020) 第 028498 号

出　　版　人：刘志松
总　　策　划：邹立勋
责 任 编 辑：贾小娇

广东旅游出版社出版发行
（广东省广州市环市东路 338 号银政大厦西楼 12 楼）
邮编：510060
邮购电话：020-87347732
湖南凌宇纸品有限公司
（湖南省长沙市长沙县黄花镇黄花工业园凌宇纸品　电话：0731-88387578）
880 毫米 ×1230 毫米　32 开
10 印张　269 千字
2020 年 4 月第 1 版第 1 次印刷
定价：38.00 元

目 录
CONTENTS

目 录
CONTENTS

上卷
自古江湖小白多

/ 一 /
天上掉小白

【系统】地老天荒三叩首，万古流芳一世情！恭喜新郎潇潇风雨与新娘荼蘼花开成为本服第 959 对夫妻，永结同心，共修百年好合！让我们一起为他们祝贺吧！

【世界】荼蘼花殇：恭喜花开姐姐和风雨姐夫，要一辈子相亲相爱哦！

【世界】荼蘼花落：恭喜花开姐姐和风雨姐夫，姐夫不许欺负我们大姐哦，不然我们娘家人不会放过你的！

【世界】逆风飞翔：恭喜兄弟大婚！春宵一刻值千金，早点入洞房才是王道。

刚吃完饭回寝室的安澄澄，目光触及游戏屏幕上的消息，立即虎躯一震。

潇潇风雨？荼蘼花开？永结同心？百年好合？大脑当机三秒之后，澄澄顿觉晴天霹雳！她才去吃顿饭回来，怎么她家萧师兄就跑人家碗里去了？而且这人还不是别人，是服务器有名的妖女，女人帮"荼蘼"的帮主——荼蘼花开。

想当初，她刚开始玩这款游戏时，还曾看到这个荼蘼花开在"世界"频道公开指责师兄所在的帮派欺人太甚。怎么才半个月没上游戏，老死不相往来的敌对双方就结为夫妻了呢？虽说风水轮流转，但这转得也太快了吧？

澄澄伤心地点开新郎和新娘的详细信息，每看一次就觉得心累一次，像是不会再爱了。因为男主角居然真的是她暗恋多年，且告白未遂的那位萧师兄。

说起萧师兄其人，不仅优秀俊朗，且脾气好，对待女孩子绅士又温柔，绝对是所有女孩子眼中的白马王子，梦中的百分百情人！

安澄澄十一岁认识他至今，喜欢了整整五年，他满足了她少女时代关于白马王子的所有美好幻想。可惜，这世上有一种心酸叫作想多了都是泪。

这世上大概再也找不到一个像她这样，表白十次，有十一次都没说到关键点，男主角就因故中场离席的悲剧人物了。

想起自己的辛酸史，澄澄忍不住垂泪。

不过此刻，让她备受打击的是游戏屏幕正中央，居然连续刷出六条不同玩家结婚的系统公告。

澄澄当场掀桌！服务器要不要这么火爆？这才开服几个月而已，扎堆结婚的都要上四位数了！还有今天这是要闹哪样？明明皇历上说忌嫁娶来着！系统大神太残忍了，给了她一刀，还要往伤口上撒把盐。

她愤怒地点开商城买了一组喇叭，开始刷屏泄愤。

【世界】安小白：真是！吃顿饭回来心上人跟别人跑了！此刻心情很悲伤怎么破？

【世界】安小白：本来现实里就够悲惨的，追到游戏打算等级别高点再跟心上人表白，谁知道半路心上人跟别人成亲了！这种局面还有啥办法可以挽回吗？

【世界】安小白：求高人指点啊！提议被采纳的赠送 500 金币！有活人在吗？快来支招啦！

【世界】安小白：太悲伤了，白送钱都没人要吗？你们敢吱一声吗？

消息发送成功，澄澄才发现一不小心多加了一个0。不过可能正因为如此，总算是有人注意到她的存在。

【世界】拉着猪头逛大街：小白姑娘，不是我们不吭声，主要是拿你这种钱，我们会遭天谴的啊！

【世界】奈命何：其实人跑了直接抢回来不就得了？哥就不收你的钱了哈！助人乃快乐之本！

【世界】郭氏乞丐：哇，恭喜女侠加入我们失恋团！闯荡江湖才是正经事，情情爱爱的太没前途了。

【世界】君陌哎嘿：不是可以抢亲吗？强烈支持妹子抢亲！PS：妹子是啥职业？奶妈的话快焦点我！焦点我！

【世界】小兔西西：楼上出的什么破主意？

澄澄看了眼神一样的建议，一口血喷出来。

【世界】安小白：英雄……你们太看得起我了，本人手无缚鸭之力，甭提抢亲了。

她刚回答完，世界频道上又是一阵热烈讨论。

【世界】灭绝师太门下：这还不简单，花钱雇人干！有钱能使鬼推磨。

【世界】安小白：呃，那样一来我不就暴露了？到时候见面多尴尬，所以还是算了吧。有更靠谱点儿的吗？

【世界】神马追风：新郎结婚了，新娘不是我。抢又没得抢，比又比不过，这个故事太悲伤了……思来想去，只有一个地方最适合妹子你了。

【世界】安小白：什么地方？

【世界】神马追风：情人崖。专为痴情男女设计，一跳解N愁，跳得多了也就灭情绝爱了。

看见"情人崖"三字，澄澄差点儿一头磕在键盘上。

她听说过"情人崖"这个神一般的存在，因为这个地点没有直通车，只能一步步爬上去。离开情人崖有两种方式，一个是被人杀死回出生点，另一个就是——跳崖自杀。

【世界】安小白：没有其他活路了吗？

【世界】拉着猪头逛大街：差点儿忘记情人崖这种逆天的存在了。表示赞同跳崖！说不定对方被你的真诚感动，哪天就回头是岸了呢？

【世界】一树梨花压海棠：跳崖+10010！情海无涯回头是岸啊，妹子，了断尘缘重新做人吧。

【世界】郭氏乞丐：跳崖+10086！既然杀不过对方，只好折磨自己了。祝楼主跳崖愉快！

看完一大堆冒出来支持她跳崖还不收钱的建议，澄澄悲伤得都快要崩溃了。虽说暗恋都是曲折的，但她这暗恋之路就没一点儿平坦可言吗？看着游戏屏幕中央那个二十二级的女医生号，澄澄悲壮落泪。

十五分钟后。

情人崖上此时正是黄昏好景色，微风轻拂，海鸟在空中翱翔，海浪拍打着崖壁，怎么看都觉得风景美不胜收。但是这般美景到了安某人眼中，就变成了冷风如刀、残阳如血、海鸟凄凉扑腾，充满了悲壮色彩。

此刻情人崖上空荡荡的，澄澄在崖上溜了一圈，找了个适合跳跃的位置，调整好角度往崖下一望，当场瀑布汗。按她这低级号，跳下去还能活着，除非上帝开金手指吧？

她果断脱光身上的低级装备，在世界频道上发了条遗言。

【世界】安小白：问世间情为何物，直教人生死相许！总之，十八年后又是一条好汉！PS：×师兄,希望来世咱俩能当一辈子朋友！这样我们就都幸福了。

本服好多玩家纷纷被这条遗言雷得冒泡，更有甚者打算赶赴情人崖围观极品小白。而引起轰动的主角安小白，此刻正纵身一跃……

咻，似流星飞过。

我勒个去！

没死成！

/二/
大神被砸了

　　澄澄一脸怒气地看着游戏屏幕里剩余百分之一血量的女医生，心情从不解到愤怒。这么高摔下来居然还死不了？嘤嘤嘤，太欺负人了！

　　黯然悲愤许久，她终于发现不对劲。因为此时此刻，同一场景同一位置，除她之外，居然还有一个头顶"君子爱财"ID 的男剑客。重点是对方居然是满级！

　　在这款名为《风云 OL》的 3D 网游里，目前的满级设定是一百四十级。虽然前期升级很快，但后期经验需求太大，一百三十九级升到满级就要几亿点的经验，所以除了一些升级狂人以及排行榜上的大神外，大部分玩家等级都在一百三十多级徘徊。

　　澄澄盯着眼前的大神，眼冒金光。因为她玩了这么久，第一次碰见传说中的高手哎！好吧，其实仔细算来，她真正玩游戏的时间还没超过两周，但这一点并不妨碍她对游戏高手的崇拜与景仰……

　　不过这种激动的心情，在看清眼前的场景时，突然变得很沉重。因为眼前这位高手兄，此刻正被女医生压在身子底下。好死不死，对方的血条量也只剩下百分之一。

　　如此看来，可能她跳下来的时候不小心砸到了对方身上？

　　怎么有种危险在逼近的感觉？突然觉得好死不如赖活着的澄澄，

操作着账号企图悄悄溜走。谁知……

【系统】对不起，您目前处于定身状态，无法移动。

不是吧？澄澄仔细一查看，果然发现游戏屏幕左上角的人物头像下方，有个定身状态的小图标。往日只要用鼠标右键点击即可取消状态，实在不行等限定的时间一过即可恢复正常，但是今天这个状态不仅取消不掉，居然还没有时限？而且其他人物技能也全都不能点……

她当下第一反应是，游戏出 Bug 了！点开游戏精灵询问，得到的回复是："属正常情况，请玩家自行揣摩。"

揣摩了五分钟后，澄澄悲愤了。最后用尽浑身解数也没法解除定身状态的安某人，踟蹰着给对方发了条私聊消息。

【陌生人】安小白：英雄，好巧啊，您也是从上头跳下来的吗？

等了快一分钟，搭讪失败的澄澄继续努力。

【陌生人】安小白：那个英雄啊，您介意稍微挪动一下位置吗？

【陌生人】安小白：您不觉得咱俩这姿势太销魂了吗？虽然我是不介意啦，但是我怕你的心上人介意啊！

尽管拆散一对是一对，不过这句澄澄没胆儿说。

消息发送成功，系统突然弹出一个组队邀请。她点开，瞬间吓了一跳。

【系统】玩家君子爱财邀请您加入队伍，同意 OR 拒绝？

发组队邀请是想干啥？难道是想打击报复？澄澄握着鼠标在"同意"和"拒绝"之间，迟疑不定。然后，更诡异的事情发生了……

【系统】玩家君子爱财请求加您为好友，同意 OR 拒绝？

澄澄瞧见这消息，顿时忧伤澎湃。在游戏里，如果玩家上线的话，互相加为好友的玩家是可以随时查看到对方所在位置的。所以……高手兄加她好友，莫非是想了解她的动态好方便以后随时随地报复她？

呃，好想拒绝啊……但是如果她拒绝的话，会不会就此横尸当场？

就在她犹豫不决的空当，对方终于吱声说人话了！

【陌生人】君子爱财：怎么，担心我会杀你？刚才跳崖的勇气呢？

【陌生人】安小白：呃，刚才电脑卡了一会儿，马上入队！

她一入队，游戏屏幕立即弹出系统提示框："您已强制接受'恨我不是李莫愁'任务，本任务一共三个环节，不可放弃、不可与除本队伍外的其他玩家进行共享。任务需在三个月内完成，否则将会受到系统惩罚！请玩家注意时间！"

这……李莫愁真是躺着中枪啊。

当然，更让澄澄无语的是，这个任务没完成还要受处罚！然而变态的还在后头。

点开任务栏一查详细信息，澄澄同学瞬间被天雷劈中。

该任务第一环节的达成条件——杀掉本服999对夫妻！

她哆嗦着，在队伍频道里敲字："高手兄，我刚刚被系统大神强制性接受了一个很变态的任务，我强烈怀疑我出幻觉了。"

君子爱财："从这么高的悬崖跳下来，没点后遗症才不正常，不过这个任务确实变态。"

高手兄打击报复的言论，让澄澄一颗心高悬。

本来她生怕对方一个想不开，就拿她这小身板练手。但在看见后半句话时，她不安的心瞬间稳妥地落回原处。因为他们现在被绑在同一条船上咯，不过她还有疑惑不解的地方："咦，高手兄，你也被强制接受任务了吗？可是为什么偏偏是咱俩？高手兄，你接到任务我是一点儿都不吃惊啦，但为什么是我？按理说，这么变态的任务应该会有个等级限制啥的吧？要不然就这第一环节的杀人任务，我估计我还没出手就被人秒杀了。"

对方不知道是不是在斟酌措辞，隔了有一会儿才回消息。

"可能……是为了惩罚你跳崖还想找人当垫背的恶劣行径？"

噗！澄澄一口水喷在电脑屏幕上。英雄，要不要这么搞笑？

踌躇了一会儿，菜鸟澄决定雄起为自己辩解："其实话说回来，真心没想到高手兄你这么好心，看到有人跳崖还特意站在下面当救援。"

言下之意，谁让你没事在崖底溜达的？

"哦？我还以为你是没想到，跳个崖居然还能拉到个垫背的。"

澄澄默然。英雄，报复心要不要这么强？！

基于两人间不太美好的开头，又基于这个变态的任务需要彼此共同完成，所以澄澄琢磨着得换个话题聊以增进感情。

正好她的目光扫过当前技能栏，发现技能栏不知何时多了个图标，还是唯一一个亮着的图标。图标上显示的是一道闪电，鼠标放上去显示出来的技能名字叫"劈尽天下有情人"。她当下囧了囧，右键点了下该技能，系统提示装备不正确，该技能不可使用。

澄澄被雷得外焦里嫩："高手兄，我发现我多了个叫'劈尽天下有情人'的技能。你呢？"

对方大概也发现了，消息与她同时发出："这个任务附带一个技能还有一把武器，你看下你包裹里有没有多一把斧头？"

澄澄依言点开包裹，看见里头躺着一把金色的极品武器，当场绝倒。因为那把斧头有个很拉风的名字——"绝情斧"！只有装备上这把斧头，才能使用"劈尽天下有情人"这项技能。

澄澄吐槽无力："我觉得写这个剧情的策划人，肯定是在感情上经历重大挫折，所以累感不爱就来折磨我们这些苦命的玩家。这个任务根本完成不了嘛，我们肯定第一环节都过不了。先不提服务器还没有999对结婚的玩家，单说咱俩活得过那时候吗？杀一对没关系，杀一百对肯定会被围剿，杀999对，简直难以想象！"

对方也发来消息："杀人是项技术活儿，你这水平确实无法想象。"

澄澄默然。为啥对方的每一句话，总能让她听出点弦外之音？不就是跳崖砸到了他，江湖中人有必要这么斤斤计较吗？

定身解除的时间已经开始两分钟倒计时，两人都没再说话。澄澄趁机尿遁了一会儿，回来发现游戏屏幕里的女医生和灰袍剑客依旧保持着当时跳崖的姿势没变，她欣赏了下，恶趣味地按了截图保存。

由于实在是无聊，所以她只好没话找话。

【队伍】安小白：话说回来，高手兄，你刚才在这崖底干什么？

没人答，于是某人壮胆猜测起来。

【队伍】安小白：难道也是跟我一样来殉情的？

仍然没人回答，不过沉默等于默认啦。这种事，说出来都是泪，她理解地没再继续刨根究底。

彼时电脑另一端，刚跟游戏客服打完电话的年轻男子，目光触及游戏屏幕，清俊温文的脸上露出几许浅笑。

恰好推门进来的室友岳恒在看见他脸上的表情后，一脸见鬼地问："兄弟，你受什么刺激了？居然笑得这么……春心荡漾！"

岳恒刚说完，一盒抽纸立即迎面飞来。他识趣地闭嘴，赶紧去开自己的电脑，向组织报告这个大八卦。不得了啦，他们一向冷静自持的君少，居然也会对着冰冷的电脑屏幕发笑，这概率简直逆天了！

澄澄当然不知道这段小插曲，她此刻正盯着包裹里突然多出来的黑漆漆的面巾，各种不解。

频道里，高手兄及时发了条消息过来："跟客服咨询了下，鉴于任务难度太大，所以系统赠送了我们一件辅助道具。你看看包裹里有没有。"

澄澄继续纳闷："这货拿来干吗？难道是用来蒙面的？"

【队伍】君子爱财："幸好还不算太笨。"

澄澄狐疑："这是在夸我吗？"为什么她从这赞美中听出了嘲讽？

【队伍】君子爱财："知道面巾用来蒙面这么基本的常识，真的值得夸奖吗？系统赠的这条面巾具有隐藏玩家自身所有信息的属性，防止接受任务的玩家身份暴露。"

澄澄再次沉默。

明目张胆欺负小号啊，太嚣张了！如果不是砍不过又没有自爆技能，她一定当场把他干掉！她内心又阴暗了。

鉴于要杀的人数实在太多，按一天杀 10 对来算，三个月时间才勉强能完成。再者，2:999 的阵容，任务难度不是一般的大。所以，有了以下对话：

【队伍】君子爱财：我们一天杀 15 到 20 对才有可能完成任务。但鉴于你水平有限，先从级别低的玩家入手。一起行动，别落单。

【队伍】安小白：收到！虽然我水平有限，但我还是会努力守住高手兄你的后防阵线，绝不让歹人有机可乘的！

【队伍】君子爱财：说说就算，别当真。待会儿等到我杀得差不多，你来补几刀。必须双方都有用技能，才算成功。

【队伍】安小白：不要瞧不起菜鸟，菜鸟也会有雄起的一天！保不准哪天我的操作水平就超过你了呢。

【队伍】君子爱财：哦？

澄澄莫名心惊了下，然后就看到自己的游戏屏幕中间弹出一个 PK 邀请。

【队伍】君子爱财：先让我看看你的战斗潜能。

【队伍】安小白：为啥不是战斗力？这两者有区别的好吗？

【队伍】君子爱财："战斗力"这种东西……你觉得你有吗？

被说中的澄澄羞愤地拒绝 PK 邀请，然后发了个讨好的表情过去。

【队伍】安小白：哦呵呵呵呵，我是开玩笑的，认真你就输了。

估计是她的样子让君大高手无语，半晌才发出一条消息。

【队伍】君子爱财：定身时间差不多解除了，一起去缥缈峰？这个时间点应该有情侣在看风景。

【队伍】安小白：好嘞！其实这活儿我还是挺喜欢的！

缥缈峰是一百三十级的练级点，高悬于幽州地图上空，是《风云OL》中有名的赏景地之一。峰顶高不可攀，山间松柏成林，云雾缭绕，行走如同在仙境，哪怕山底，也沾染了仙气，遍地繁花似锦。这里是风景党的最爱之一，同时也是情侣们谈情说爱的好去处。

不过由于其地理位置悬殊，第一次前往的话，除了花上十多分钟攀爬蜿蜒绵长的栈道至NPC传送点抵达外，另一种方法则是骑上飞行坐骑，直接飞过去。

澄澄以前玩得最多的游戏是连连看，这算是第一次真正意义上接触网游。所以她会得最多的，就是自动寻路。

一分钟后……

【队伍】君子爱财：人呢？

【队伍】安小白：在路上啦。正好高手兄你先踩踩点，确保下行动可行性高不高。

约莫过了两分钟，看风景的情侣跑了两对，某人还没抵达地点。

【队伍】君子爱财：人呢？

【队伍】安小白：快到了！相信我！

君大侠点开地图看了看队友的位置，耐心瞬间被磨光。因为她的位置居然离缥缈峰越来越远了……

【队伍】君子爱财：算了，你还是在原地等我吧。

【队伍】安小白：这样好像有点浪费时间啊！

【队伍】君子爱财：那你觉得是你往反方向绕地图转一圈快，还是我花一分钟飞过来接你比较快？

【队伍】安小白：反方向？不至于吧？我点的是自动寻路呀。

【队伍】君子爱财：忘了告诉你一声，缥缈峰不能自动寻路。点自动寻路会被随机寻路到大地图上的任意一点。

【队伍】安小白：太坑人了！那我等你吧。

消息刚发送成功，二十二级的小菜鸟突然化为一道白光，消失在苍茫天地间。

突然被挤下线的澄澄郁闷地看着返回登录界面的游戏屏幕，瞄了眼右下角的时间，发现离睡前熄灯时间只剩下十分钟。都这么晚了，服务器居然还如此火爆拥堵。她有些不甘心地继续输入账号，登录。

【系统】对不起，服务器目前比较拥堵，请您稍后再继续尝试。

努力了十次之后依旧登不上，澄澄只好伤心地关机睡觉去了。

/三/
雌雄双煞

第二天晚上，世界频道口水战打得很是销魂，而这个被火喷的对象特殊了点，不是服务器的玩家，是 GM！

【世界】齐天大剩：GM，主动怪颜色不是红色的吗？好不容易有时间上来陪我老婆，她居然被怪给砍了！关键是我都不知道这怪从哪里冒出来的！

【世界】白骨君：郁闷死了。GM 快出来解答一下，这不会是系统 Bug 吧？

【世界】奔放的男青年：GM 快出来回答一下，枫晚林什么时候出了这么厉害的怪？我一百三十级，老婆九十级加一起居然还打不过！而且这怪居然还看不出任何属性，使出的技能还会让人被定身持续掉血。

【世界】一树梨花压海棠：咦？没听说枫晚林有怪随意攻击人的啊？GM 快出来解疑答惑啊！等下要去枫晚林做任务，我怕我的海棠花不保。

【世界】带头大哥：刚才我家娘子操作着我的号在碧海，莫名其妙被两个怪冲过来砍死了！楼上的是不是手误？难道不应该是梨花吗？

【世界】君陌哎嘿：不只枫晚林和碧海，表示刚才在缥缈峰也看到一对五十多级在跳舞的情侣被怪砍了。GM快来给大家一个说法啊！

【世界】青城山下白素贞：哇咧，原来姐不是一个人！中午和老公在做夫妻任务被怪杀过，本来还觉得有些丢脸，现在看来不是我军太无能，是敌军开外挂了啊。

有人起了头，于是今天莫名其妙被攻击的玩家统统冒泡声讨GM，世界频道一时热闹纷纷。不过，问候GM是要付出代价的。

【系统】玩家齐天大剩因违反游戏规则被禁言，并请大家遵守规则，文明游戏。

【系统】玩家奔放的男青年因违反游戏规则被禁言，请大家遵守规则，文明游戏。

【系统】玩家带头大哥因违反游戏规则被禁言，请大家遵守规则，文明游戏。

一堆大红色的禁言公告刷出来后，世界频道顿时安静。当然其中一个悲催的原因是，这群说粗话的家伙统统被系统传送到特殊场景打扫粪便去了。

十分钟后，打扫粪便归来的一群玩家，又开始在世界频道蹦跶。

【世界】奔放的男青年：之前是去采禁言草就可以恢复说话，刚才居然被传送去扫粪便！GM，你们这是病，得治！

【世界】带头大哥有本事把系统Bug修好啊！禁什么言！扫什么粪便！

【世界】单身最光荣：咦？围观这么久，突然发现一个有趣的现象，怎么被砍的都是已婚玩家？看来结婚有风险，单身最光荣啊，哈哈！

单身最光荣说完，身后立即尾随了一群玩家猜测会不会是隐藏任务。毕竟，玩家被怪物杀死有可能是正常情况，但如果怪物攻击的是某些特定人群，那问题就大了。

而此刻，罪魁祸首安澄澄正和君子爱财配合着干掉了一对七十多级、正在看风景的夫妻玩家。不过看见单身最光荣的话以及后头那些玩家的猜测言论，她心里一咯噔，突然有种不好的预感。

果然，下一秒就看见系统刷出一条醒目的大红色公告。

【系统】雌雄双煞出，江湖血雨兴！各位亲爱的玩家，经查实，夫妻玩家在枫晚林、缥缈峰等地被攻击均属江湖恶匪雌雄双煞所为，请玩家们在野外注意安全！本服务器将于明日（9月20日）中午12点整进行系统更新，更新完毕后，玩家可至治安官李贺处领取保护家园任务，丰厚奖励等你来拿！具体详情请移步游戏官网。

雌雄双煞！

还真是够欠揍的代号！

安澄澄嘴角抽搐。在跟大神兄解释过昨晚不辞而别的原因后，她就一路屁颠屁颠地在到处找目标，在大神将人杀得只剩一层血皮的时候再补上一刀……本来兴致正好，谁知这条公告的杀伤力太大了！

嘤嘤嘤……澄澄顿觉整个人都不好了！

她哭丧着脸敲键盘道："高手兄，大事不妙啊！"

同样看见系统公告的君子爱财，却表现得很淡定："看来任务难度又增加了，不过这样也好，有挑战性才好玩儿。"

得到这样的回复，某人当场泪流满面："大哥，考虑一下身为小号的我的心情好吗？"

君子爱财似乎真的很认真考虑了一番，问："你现在才二十四级？"

"是啊！"

"下午杀了那么多人，怎么才升两级？"

对这个问题，菜鸟澄还是挺自豪的："已经很不错啦！杀一个人有999点的经验，杀一只同等级的怪才279点的经验。"

电脑另一端的人直接无语："我杀一个人99999点的经验。"

澄澄看到那个数字，愤怒地竖起人生中第一次中指！

许是知道对方被自己刺激到，大神兄很好心地提议带澄澄去刷二十四级副本。澄澄本来打算义正词严地拒绝，不过想到自己任重道远，还有九百多对夫妻要杀，她只好勉为其难接受邀请。

幽冥宫门口透着一股阴森，鬼火扑闪，阴风阵阵。

从玩儿游戏开始，某人还没下过副本，于是对什么都新鲜。

"少侠才比子建、貌似潘安，不如本宫今晚就掀少侠的绿头牌可好？哈哈哈哈，你们这些看似清高、骨子里却透着贪婪的人类啊，今天起就让本宫好好教化教化你们……"

因戴着耳机开着游戏音效，所以传送到副本门口，澄澄立即被耳麦里传出的幽冥宫主不男不女，时而娇吟、时而阴森怒吼的台词给噎到。不过她的注意力，很快被副本门口那一拨又一拨不断往火堆里冲的玩家所吸引。

【队伍】安小白：咦？怎么都从火堆冲过去？这里可以直接进入副本吗？

【队伍】君子爱财：什么火堆？

【队伍】君子爱财：如果你指的是副本门口的红色光圈，跳进去确实可以直接进入副本。

【队伍】安小白：哦，明白了！

这边，临时被帮派的人叫去帮忙、来不及去开启副本的君子爱财同学，正纳闷小白队友无师自通了什么游戏常识。那边二十四级比周围女性玩家高出一个头不止的女医生已经收了坐骑，跃跃欲试地起身弹跳，然后朝眼前的目标直冲了过去。

一次不行，两次。

两次不行，三次……

于是，那天晚上，在幽冥宫门口挂机摆摊的草精、巡逻的NPC、已经出副本以及即将进入副本的玩家们，都看见一个二十四级的傻帽儿菜鸟，以撞南墙也不回头的二货气势，一头朝光圈处撞去。

一次、两次、三次……令人心酸的是，每一次小菜鸟都被光圈后面的石头墙反弹出老远。

游戏里遇到搞笑无厘头的事，玩家们通常会通过各地区频道吐槽。在头顶"安小白"ID的女医生以饱满的二货气势坚持撞墙一分钟之后，地区频道立即传开。

【地区】遇上天宫揽嫦娥：看到一个傻帽儿在某副本门口死命撞墙，哈哈哈，笑死我了。

【地区】公子傲娇：仙子说的那货我也看见了，那人现在还在撞啊。

【地区】一树梨花压海棠：别告诉我是二十四级副本，一定是我看的方式不对。

【地区】雪落星幻：当场笑尿，难怪要取名叫小白，就这智商，我们这些围观群众都替她急啊。

【地区】灭绝师太门下：噗！我会告诉你们这个撞墙的妹子看起来很眼熟。

【地区】君陌哎嘿：这么一说我也想起来了，这货不就是昨天发世界消息说暗恋的师兄结婚而新娘不是她的那位？绝对是本服神一样的存在，鄙人自愧不如！

几分钟后，姗姗来迟的君大侠抵达副本所在区域，看见地区频道上正火热讨论的内容时，突然有种不好的预感。

果然不出所料。

当他站在副本门口，只见头顶"安小白"的身材魁梧醒目的女医生，正拼了命地往光圈方向冲。

地区频道围观群众看得很热闹，君某人抚额："队友何以如此想不开？"

澄澄看到队伍频道里搞笑的问话，发了个瞪眼的表情："高手兄，你是被附身了吗？"

"被附身的那个不应该是你吗？方便透露一下此刻在做什么

吗？”

提到这个，澄澄有些泄气："刚才不是说跳进光圈里就能进副本？怎么我试了老半天一直进不去？难道是我跳的方式不对？"

南大某男生寝室里正喝水的年轻人，在看见最后一句时，当场把电脑屏幕喷了。前人真有先见之明，早早留下警言：不怕神一样的对手，就怕猪一样的队友。

他好心地敲出一行真相："我还没开启副本，你就算把墙撞穿也是进不去的。"

真相太过于残酷，澄澄一时接受不了，问候了一下高手兄的妹妹。

说完之后，她立即清醒，可是说出去的话就跟泼出去的水一样，覆水难收。不过令她意外的是，高手兄居然没生气，很幽默地回了句："不好意思，你这个愿望有生之年是达不成了。"

高手兄说完，澄澄立即看到系统提示：已经开启幽冥宫副本，请玩家迅速进入。

这回，她毫不犹豫地朝光圈方向冲过去。嘤嘤嘤……总算让她如愿以偿了。

游戏各级副本里面，都会安排一个副本接引使者。

以使者为分界线，只要玩家一脚踏出这个范围，就会开始一段未知的旅程。也许是凄美的故事之旅，也许是阴森恐怖的修罗之旅，又或许是热血沸腾的征程。

二十四级副本属于低级别中的困难副本，低等级玩家被大小 Boss玩死或者被小喽啰们群殴死的绝不在少数。

澄澄望着前方烟雾缭绕的未知世界，不小心往前走了一小步，瞬间一群红名小怪就围了上来。好在身旁的队长同志眼观四路反应迅敏，一个群攻放出去把怪物全秒杀了。

澄澄坐下来边吃馒头回血边吐槽："游戏策划们的脑子肯定被僵尸吃掉了！二十多级的副本就搞得这么玄幻，这不是存心让人瞎紧张吗？而且一开场就这么多怪候着，瞧这僧多粥少的，就咱俩这细胳膊细腿也不怕把怪物们饿着……"

游戏屏幕上已经迈出去一步的灰袍剑客，因为她的话，俊逸的身形微微一滞，不过最后也只是敲了两个字："跟好。"

迷雾微微散开，战斗的号角已然吹响。

成群结队的小怪开始将剑客团团围住，一旁的澄澄见状赶紧贴着角落走，完全忘记自己身旁之人已经满级。

《风云 OL》中一共有五大职业。战士血多皮厚，人称肉盾；法师皮脆攻击力强，主远攻和群攻；医师主要是治疗，却也有向暴医发展的潜质；刺客最擅长的就是隐身偷袭，给敌人出其不意的一击；而可近战又可远攻的剑客，则是好战玩家们的首选。

此时此刻，灰袍剑客手中的流光剑出鞘，赤色的光芒划破周身迷雾。躲在偏僻处的澄澄被满屏幕绚烂波光震住，待回过神来才发现迷雾散尽后的空地上尸横遍野，只余一片寂静。

而宽阔的视野里空荡荡的，除了她就再也看不到其他身影。

她操作着小医生号脚踩在那些尸体上，脑中突然掠过一个吓人的假设：高手兄该不会是跟怪物们同归于尽了吧？这哥们儿太尽职了……

犯二少女当场甩一行血泪，开始对着尸体堆翻找起来，完全忘记自己屏幕左边显示的队友栏里，高手兄血条全满且活得好好的。

一不收徒弟，二不带新人的君大侠本来已经逛到了副本二分之一处，清完怪才发现身旁的人好像没跟上。

【队伍】君子爱财：人呢？

【队伍】安小白：高手兄，原来您还活着？真是太好了！小的还以为您被怪物们留住一起做伴了！毕竟长夜漫漫，你懂的。

原来是在原地，君某人微微叹气。

十几秒后……

【队伍】君子爱财：过来。

【队伍】君子爱财：算了。

澄澄看着这没头没脑的四个字，下意识地抬头望去，刚好就看见从远处百级长阶上御剑飞驰而来的剑客。流光剑上，他负手而立，衣袂飘飘，眉心剑客居大弟子所特有的标志泛着荧光。

待对方逼近后，她才发现眼前之人五官和之前所见的清朗略显微异，那双原本墨色的双眸不知为何泛红，早前的正气凛然此刻看来无一不透着邪魅妖异。

【队伍】安小白：高手兄，没听说过你们剑客还有易容这技能呀？

她刚问完，只见屏幕上优雅的剑客突然出现技术故障，从剑上摔了下来。澄澄对着电脑屏幕不厚道地笑了起来。不过这种情况，应该假装没看见才对。

/四/
人怕出名猪怕壮

由于少了话痨在一旁唠叨，副本里一时倒显得有些沉闷。走在前面的某人看着离自己几米远的小医生，叮嘱说："不要离太远，这样没经验。"

"好咧！"澄澄答完，操作着小医生号欢乐地往高手所在点狂奔，结果还没跑到一半就被怪一招劈死了。

他用包裹里随身携带的轮回符将某人救起来，又道："不要点跟随玩家，靠太近容易招怪。"

澄澄一口老血喷出来："英雄，敢把一句话说完整吗？"

"不……敢。"

这个回答信息量略大！澄澄迎风默默流泪。

三分钟之后，战斗已处于白热化阶段。

澄澄有些为难地站在十字路口前，按照她网上搜到的副本攻略，现在应该等上十秒方可前进，要不然容易被小 Boss 吐出的毒丝缠住。

可是她刚刚究竟是数到了七还是八呢？真是忧愁……

而彼时，已经把怪物清到终极大 Boss 闺房前那座小院的君大侠，突然察觉不对劲，一扫四周，果然发现原本紧跟在自己身后的小尾巴又不见了。他操作着角色往回走，然后抽空敲键盘："怎么又跟丢了？"

澄澄瞪眼："我没丢啊！我以前可是我们地理课代表来着，这地图我在心里模拟好几遍了，小 Case！"

心里模拟？亏她说得出口。电脑前的年轻人因她的话，平静的嘴角露出一丝笑意："难怪，我以前高中班级里当课代表的都是成绩最差的。"

澄澄被真相刺激到，转身时本该往右的，结果一不小心就往左边跑了。最关键的是，她自己还没发现。

已经迅速来到澄澄先前所在坐标点的队长同志，扫一眼安静的四周，又看一眼左侧队友栏上血条哗啦啦往下掉的某人，问："又走反了？吃药。"

澄澄怒："你才吃药呢！"

被误解的某人一脸黑线："我是让你喝红药水，顺便看看是不是有怪物在偷袭你，避开点，等我。"

"我……"澄澄一时语塞，赶紧 360°旋转，果然看见角落有只不怕死的小喽啰在偷袭自己！在高手头上拔毛，她刚才真的是被附体了。

不过高手兄真是仁慈，居然没追究，只是转移了个话题。

"你今天很早就上游戏了？"

"嘿嘿，跟高手有约必须得早到啊！我早上十点下课就赶忙上线啦。"

"哦，怪不得，原来是太匆忙忘记把智商带来了。"

她错了，居然不相信"事出反常必有妖"这句古语。

"仁慈"这个形容词，一点儿都不适合用在报复心强的高手兄身上！

当副本内多如牛毛的怪物被集体消灭之后，满级剑客终于带着菜鸟医生踏进了幽冥宫大 Boss 的闺房。

作为有幸进入闺房的菜鸟，澄澄不由得惊叹美工组的变态。明明外头鬼火扑闪得让人觉得阴森恐怖，结果到了香闺，入目的皆是古朴典雅的场景。金鼎香炉轻香袅袅，红绡帐里佳人神色慵懒酥肩半露，琴声悠悠，说不出的诱惑撩人。

让澄澄最惊叹的还是那张超级宽大的床！

一看就知道是高级货啊，温香软玉红绡帐暖，爱怎么滚就怎么滚，想咋翻身就咋翻身。难怪人家都说一夜春宵关键在于床呢！

队伍里，等着菜鸟上前接任务的高手兄半天不见动静，终于有些不耐烦了。

【队伍】君子爱财：愣着干吗？打算留下来？

【队伍】安小白：不好意思，程序还没彻底摸熟，马上完成任务！

澄澄手中鼠标刚点到 Boss 身上，系统立即开始自动对话。

【系统】幽冥宫主：凡有能力入我闺中者皆为上座，只是不知安小白少侠找本宫何事？

【当前】安小白：听闻宫主见多识广、心地善良，我此番主要是为瞻仰宫主尊容，其次是请宫主帮个小忙。

【系统】幽冥宫主：哦？说来听听。

【当前】安小白：我乃受人之托寻找一名叫欧阳淞的书生。他几个月前出门寻医救治家中病重的父亲，可惜一去无音信。他父母担心他遭遇不测，故让我帮忙寻找。我听闻他曾借宿幽冥宫……

【系统】幽冥宫主：少侠真有善心，本宫喜欢！不过每天夜宿幽冥宫的年轻人这么多，本宫怎么可能都记得住呢？要不然少侠留下来自己找找看可好？

澄澄还在仔细看剧情，系统突然跳出一行提示。

【系统】幽冥宫主邀请您留下来做客，是 OR 否？

呃，这货居然男女通吃？脑袋有坑才留下来做客啊！澄澄果断点下鼠标左键拒绝邀请。

【系统】幽冥宫主：哈哈哈，有个性，本宫喜欢。春花、夏荷、秋月、冬雪，还等什么？今夜本宫就掀安小白少侠的绿头牌了！

绿头牌……澄澄顿觉瞎了一双钛合金狗眼。可惜她还没出手，闺房里已经狂风大作，门窗被吹得砰砰直响。随后画面跳转，古色古香的销魂窟一眨眼就变成了阴冷的修罗殿，那张让她赞叹的大床，原来不过是森森白骨堆叠而成。东、南、西、北四个方位同时有四道不同颜色的光束，直直朝小医生所在地打来。

澄澄心里一咯噔，完了，没戏唱了！她刚想伸手去捂住自己的眼睛，谁知状况突然来了个大逆转。只见电脑屏幕里小医生头顶银光乍现，以她为中心半径三米内全被光芒笼罩，四色光束在触及那隐形屏障后全数被反弹回去。

澄澄定睛一看，原本站在自己后方的灰袍剑客不知何时挡在了她前面。屏幕左上角的角色栏上，赫然显示她正处于清明诀防御状态。而不远处四股青烟迅速冒起，原本容貌俏丽的侍女瞬间变成四具骷髅，且还是属于行动敏捷、攻击力强的骷髅。

这时，系统跳出一行提示。

【系统】幽冥宫主勃然大怒，进入狂躁状态。

你欺负人还敢狂暴？

不过，这种关键时刻，医生的用处很大的吧。澄澄刚想着要不要用自己薄弱的加血技能帮助队友，队伍频道里已经跳出高手兄的指示。

【队伍】君子爱财：待在原地别动，不用你加血。

真是心有灵犀不点就通啊！澄澄发了个致敬的表情过去，然后端起桌旁室友带回来的麻辣烫边吃边围观。本来以为会有一番生死决斗，谁知她才吃了几口，屏幕里一片赤橙黄绿交错之后，尘埃已经纷扬。

她只来得及看清浮光掠影过后，身形飘逸、一脸肃容始终立于她身前的剑客。

Boss被解决后，耳麦里没有系统配乐，一时安静下来。她停了吃东西的动作，静静看着眼前的画面。真是奇怪，刚刚那一瞬，她居然因这虚拟的游戏而微微动容。

敛神，她准备起身去摸尸体，随即看见队伍里高手兄说："等会儿，我把团长给你。"

几乎是同时，游戏屏幕上刷出两条提示。

【系统】您已经成为团长！

【系统】幽冥宫主金身已现，请玩家注意！

提示刚跳出来，周围的红幔瞬间变成无数道锋利的尖刀，直直朝两人飞来。

防御状态只剩下十秒不到的时间，怕死鬼澄澄想着自己究竟躲哪里比较安全，下一秒立即发现队友居然还语气轻松地在队伍里说话。

【队伍】君子爱财：嗯，运气不错。

澄澄无语。不愧是高手兄，关键时刻还如此淡定！这语气听起来就像在谈论今天的天气。

不过目光转到眼前红颜枯容巨蟒身的幽冥宫主，想起网上搜到的关于副本掉落的物品清单，再联系到高手兄说的话，澄澄聪明的脑袋瓜儿陡然开窍！

看来眼前这个金身才是终极大 Boss 啊，哈哈哈，难道是要掉传说中的极品珍珠吗？哇，走狗屎运的时候到了！

思及此，她赶紧把被麻辣烫吸引走的注意力再收回来，摩拳擦掌给自己的医生号加好状态。

一旁的剑客慢慢磨怪的同时，还细心留意着身旁队友的动静。在发现对方有蠢蠢欲动的迹象后，立即出言制止。

【队伍】君子爱财：别动手，看着就好。

【队伍】安小白：好的，一切听从老大的指挥！

一分钟之后……

澄澄托腮看着那个在慢慢砍怪的满级剑客，忍不住偷偷怀疑这家伙会不会是个伪高手。要不然，怎么连这种低级别副本的 Boss 都搞不定？虽然就真心这方面来讲，她是真的很想相信他啦。

就在她决定打破砂锅问到底的时候，高手兄终于发话。

【队伍】君子爱财：过来补上最后一刀。

【队伍】安小白：来了！

她小心翼翼地跑上前，看着此刻命悬一线的大 Boss，没半点儿犹豫，举起手中泛着低级亮光的绣花针霸气地刺了进去。

"扑通"一声，Boss 轰然倒地。高大的菜鸟医生硬生生被压在底下，旁处的白骨床瞬间坍塌，骨灰漫天，耳麦里悲情配乐四起。

与此同时，全频道刷出一条系统消息。

【系统】玩家安小白以压倒性胜利出色完成幽冥宫副本，获得幽冥宫至宝幽冥珍珠。玩家君子爱财热心助人，奖励助人为乐声望250点。

平地一声惊雷，炸得好不容易稍微平静的世界频道又热闹起来。

开服至今，虽每天都有人组团去刷幽冥珍珠，但其掉落的概率微乎其微，此前加起来也才被玩家爆出过两次。

不过，让他们羡慕嫉妒恨的是，系统公告上其中一个身影赫然是本服第一个刷到过幽冥珍珠的家伙！

【世界】逆风飞翔：天啊，我每天刷五次幽冥宫一次都没掉过！其实君子爱财是 GM 家亲戚吧？要不然咋开服至今三次爆出极品珍珠，有两次都和他有关系？真心想不通！

【世界】公子霸气：天天刷二十四级副本就今天没去，结果就跟极品珍珠失之交臂了！君子爱财什么来头啊？难道真是 GM 家亲戚？这绝对是潜规则啊！

【世界】公子行云：何处风流帮会收人再来一发！一笔凤凰朱砂，恍若刹那芳华。甘愿袖手天下，为其满树繁花！

【世界】古天洛：何处风流帮会收人再来一发！一笔凤凰朱砂，恍若刹那芳华。甘愿袖手天下，为其满树繁花！

【世界】打的就是你：绝对有嫌疑！PS：何处风流广告组又出现

了!

【世界】荼蘼花颜：是啊，两次爆出幽冥珍珠都跟君子爱财有关，不免惹人猜想……

有公然质疑的玩家，自然也有力挺的。

【世界】神马追风：马甲什么啊！最见不得那些思想肮脏、内心阴暗的废柴！羡慕嫉妒恨直说呗，人家是小红手。

【世界】碧草清清：居然连我们剑客门大师兄是谁都不知道？说出来怕吓死你！装备修为榜第三，全服首届门派比武剑客门第一名！偶像大人，求合影，求带玩儿副本！

【世界】青草离离：偶像求罩！表示目前正跟幽冥宫主切磋中，求天降福星，求幽冥珍珠！

【世界】发现的眼睛：恭喜君长老！贺喜君长老！顺便求带二十四级副本，求组队推倒幽冥宫主！

【世界】月黑风高：楼上，你的节操呢？一百四十级小号求君少带玩儿副本！会暖床、会唱曲儿，求君少潜规则！

【世界】兔子窝边的草：噗！月爷，你的节操都碎成渣了。

【世界】苏子鱼：楼上几位大神，你们苍山暮色还招人不？会撒娇、会卖萌、会打滚儿，一百级小号求拖走！苍山暮色的大神们，我对你们是真爱，求拖走！

【世界】公子行云：我们帮招人哎，何处风流，挺好。

【世界】一树梨花压海棠：话说，这个叫安小白的ID咋这么熟悉？

【世界】灭绝师太门下：这个安小白好像就是刚才在二十四级副本门口撞墙的那位？

【世界】欲上天宫揽嫦娥：如果不是因为这号的傻帽儿行径，我真的要以为对方是某大神的小号了。这种狗屎运怎么没让我踩到？

澄澄无意间看见世界频道上刷新飞快的聊天消息，突然顿住，赶紧发消息问伟大的队长："游戏有重名吗？怎么他们讨论的对象跟我的 ID 一模一样？"

噗！电脑前正在喝水的年轻人当场被呛到，然后默默谨记，以后跟眼前的小白队友一起组队千万不能喝水。不过下一秒看到系统刷出的提示，他又一次被水呛到了……

因为众所周知，君长老从开始玩儿游戏至今，从来没主动带陌生小号下过副本，所以苍山暮色帮派的帮会频道，此刻在线的所有成员也纷纷对跟君长老一起下副本的小号充满了兴趣。但由于当事人一直未在帮派以及世界频道公开出声，所以探听消息这个重任，自然而然就落到了副帮主月黑风高的肩上。

身负重任的岳恒从游戏里抬起头，正准备开口，突然就看见一旁素来淡定的君少敛被水呛到了！他赶紧八卦地溜过去，目光一触及屏幕，立即"扑哧"一声不厚道地笑起来。

只见偌大的游戏屏幕里，灰袍剑客持剑孤零零地站在二十四级副本门口，身形萧索。屏幕正中央，一行系统提示尤为醒目！

【系统】对不起，您已经被队长安小白踢出队伍！

/ 五 /

技术故障

等澄澄再次上线，系统早已更新完毕，保护家园任务也已全面开启。

而所谓的保护家园任务，就是击杀江湖恶匪雌雄双煞，将两人的血衣交给治安官李贺。

游戏官方这回也下了血本，完成任务的玩家除奖励特殊称谓外，还可获得全服第一把也是唯一一把极品武器，属性完爆游戏现有一系列金色武器，同时经验和技能点的奖励也异常丰厚。

澄澄上线的第一件事，本来是打算跟君子爱财解释一下自己昨晚的技术失误，谁知道点开好友列表，唯一的好友居然不在线！她直接给对方发了条离线消息："高手兄，对不起啊，昨天出现技术故障，不小心点错按钮了。然后电脑就黑了，我不是故意要把你踢出队伍的。"

发完消息后，她才传送回王城，奔向治安官李贺的怀抱。

虽然此刻已经过了晚上10:00，但碍于是周五，等她抵达目的地，NPC仍旧被玩家们里里外外围得水泄不通。她屏蔽之后，才终于见着头顶金色问号的NPC真身。

其实她的如意算盘打得还挺好的，只要接受任务以后她去自杀，然后就可以交一半任务了。虽然奖励有所减退，但还是很不错的。

不过，悲惨的是……

【系统】李贺：对不起，阵营对立无法接受该任务！

连试几次都得到相同的回复，澄澄只好无奈地放弃了到嘴的肥肉，骑着短腿小马溜出城去了幽冥宫副本。

她昨天查了下副本里刷到的那颗幽冥珍珠，好像是用来镶嵌装备用以增加装备的随机属性。而身为卖力打酱油的成员，澄澄觉得自己霸占这东西于情于理都不合适。虽然她也想拿珍珠镶嵌自己身上的装备，但她一打不过对方，二跑不过对方，想想还是算了，自己再去刷一颗吧。

因升到二十五级时，玩家打开系统自动赠送的新手礼包，会获得两瓶瞬间回血、回蓝的药，所以她此番胆儿也肥了不少，冲劲十足，准备独自去会会变态的幽冥宫主。

可惜这个愿望最终也没实现。

此刻，她一到幽冥宫副本门口，立即看到地区和当前频道一堆人在喊："刷本来小号，出珍珠分钱。"

不过导致她没有立即申请入队的原因是，她在那些喊话的人群中看到一个十分熟悉的名字。

没错，就是潇潇风雨！

她下意识地取消屏蔽想看看对方在哪个方位，谁知刚取消屏蔽，游戏屏幕立即卡住了！

卡了十几秒，游戏屏幕才终于恢复正常，她才发现该副本门口的玩家比昨天多了几倍。满屏黑压压的脑袋瓜儿和游戏 ID，压根儿就没法找出萧师兄所在的位置。

她再次选择屏蔽，点开 NPC 打算自己申请副本。系统大神可能听到她的呼唤，还没点确定申请，系统弹出提示框。

【系统】玩家潇潇风雨邀请您加入团队，同意 OR 拒绝？

澄澄犹豫了几秒，点下"同意"，随后就看见那个身穿银色铠甲、头顶"潇潇风雨"四字、体态彪壮的战士，站在离自己几步之遥的地方。

对着这个由数据堆砌起来的虚拟人物，她居然忍不住难过起来。

她又想起之前，在世界频道上看到的萧师兄对荼蘼花开的那一连串表白。

他说，花开，能够认识你真好。风雨江湖路，因为有你，我觉得很幸福；他说，愿得一人心，白首不相离，虽然我们的相遇过程不太美妙，但幸好我们没有因此错过；他说，如果有一天遇见，我一定会在人群中第一眼认出你……

他说了很多，满屏幕都是甜言蜜语。荼蘼花开也不吝啬示爱，对他的告白进行了甜蜜地回应。荼蘼花开是"荼蘼"的帮主，萧师兄是"刀锋"的副帮主，两人结婚后，两个帮派也顺势联盟。

所以两人的公开互动，引得底下一群荼蘼、刀锋的人争相发表祝福言论。

此番，澄澄突然不知该如何面对这个自己少女时代起就一直喜欢的人。她之前一直认为萧师兄是那种会将游戏和现实分得很开的人，可是看过这些之后，她有些不确定了。

想起以前无数次从自己手中溜走的表白机会，她懊恼地一脑袋磕在桌面上，疼痛感让她瞬间回神。

队伍里的那人估计等得不耐烦了，连续在频道里刷屏问："人在不在？快点进副本。"

她纳闷了下，也不过闪神几秒。不至于吧？在她的印象中，师兄一直是个很稳健的人，很少像这般急急躁躁的。

因为对方催促得紧，澄澄只好撇开疑惑，先进副本。

这天下完副本之后，澄澄得出了结论，选择一位有爱心的好队友实在是太重要了！第一次跟高手兄下副本，她才挂了一次；这次跟萧师兄下副本，她挂了十次不止。虽然没有刷到幽冥珍珠是意料之中的，但是出副本后她兴冲冲打算去交任务，结果发现任务压根儿没完成！

澄澄又仔细看了看，真的没完成，于是问："怎么我的任务显示未完成？"

很快，潇潇风雨回了话："谁让你每次杀 Boss 的时候都不站远点，死了后任务当然没完成。能怪谁？"

澄澄看完对方的语气，下意识地问了句："你真的是我认识的那个萧师兄吗？"

对方沉默了几秒，反问："你认识我？"

澄澄本来都要告诉他自己是谁了，在消息发送前犹豫了下，最后选择删掉那句话并主动退出队伍。

似乎她与他之间总是时机不对。

就像此刻，好不容易可以跟他一起组队单独相处，可以向他表明身份，他却已成为她人夫。如果之前她还幻想着自己有机会，幻想着萧师兄跟茶蘼花开之间的关系仅限游戏，那么昨晚的深情表白则彻底断了她的念想。

好像也没什么大不了的，不就是又一次妄图告白最后失败而已。

可为什么胸口某个地方会钝钝地疼？

幽冥宫常年阴晦的天，突然飘起了雨。细长的雨丝打在女医生翠绿色的衣衫上，她操作着角色号扫了一眼四周，方才男战士所站的位置此刻空荡荡的。

她与他之间的距离不过隔着一个屏蔽键，却原来隔了万水千山。

那时候，澄澄还以为自己很快会厌倦这款游戏。可是当晚发生的一件事情，让她原本平静无波的游戏生涯彻底发生大逆转。

事情的起因是她在野外做主线任务升级，刚杀完十五只野猪，打算骑上坐骑将获得的野猪肉交给 NPC。突然骑马动作被打断，人物被瞬间定身，紧接着身上血条开始锐减。

【系统】你受到玩家茶蘼花开的攻击。

她反应过来想给自己吃回血药的时候，屏幕里满二十七级的女医生早已光荣阵亡。

　　医生号实在太脆弱了！澄澄吐槽完立即发觉重点不对！

　　荼蘼花开为何要动手杀她？她跟她往日无冤、近日无仇的……唯一的交集，大概就是她喜欢的师兄在游戏里娶了荼蘼花开。可是除却这些，她真的跟对方不熟！

　　她躺在地上，黑白色的画面有种莫名的凄凉感。人物死亡后，游戏会自动取消屏蔽其他玩家，所以她一眼就看见一脚踩在自己尸体上的罪魁祸首，以及旁边围着的三名顶着"荼蘼"帮派标志的女玩家。

　　她还没开口问清对方杀她的缘由，荼蘼花开的三名女跟班已经在当前频道骂开。

　　【当前】荼蘼花殇：就凭你也想挖我们花开姐的墙脚？也不照照镜子！

　　【当前】荼蘼花落：学什么不好，偏偏学人家当小三，你丫的欠骂吧？

　　【当前】荼蘼花颜：居然企图破坏我们花开姐姐和风雨姐夫的感情？也不掂量掂量自己几斤几两重！好心奉劝你一句，人在做天在看！

　　澄澄被骂得一头雾水，好半天才反应过来。

　　【当前】安小白：你们荼蘼的都有病吧？有病就得治！别跟个疯狗似的无缘无故乱咬人！物以类聚、人以群分，有随便乱杀人的帮主，底下的人脑子会正常才怪。

　　【当前】荼蘼花开：安小白，你以为先前跟你组队下二十四级副本那位真的是风雨本人？想勾搭风雨你还不够格！我电话里问过风雨，他说他根本就不认识你。告诉你，本姑娘最看不惯你这种假借师兄师妹名义卖萌撒娇套近乎的女玩家！你那点心思趁早收起来，不然别怪本姑娘让你玩不下去！

　　澄澄看到对方高贵冷艳的样子，瞬间笑了。她不过就是问了句对方是不是萧师兄而已，除此之外好像什么都没做过吧？怎么到了荼蘼花开口中，她就成了罪孽深重、人人喊打的小三了呢？真心想不通……

真想吼一句"其实我是男的！"但想想算了，于是继续敲字："荼蘼花开，教你点常识，公主病也是病，劝你赶紧去医院治了！别公主病加深变成脑残，到时候可就无药可医了！"

荼蘼花开动了动身子，语气依旧不善："没想到还是个牙尖嘴利的货色。我再说一次，离我男人远点，否则别怪我不客气！"

"不客气个毛线球啊！别以为杀了小号随便扣个屎盆子就可以将自己置身事外，我告诉你，今天你杀了我，早晚有一天我会报复回来的！"

已经下定决心放弃这场开不出结果之花的无望暗恋的澄澄，被这硬扣在自己头上的罪名惹得怒火高涨。

萧师兄真是瞎了眼，居然看上荼蘼花开这种人！估计是荼蘼花开隐藏得太深，因为在此之前，她也一度以为，像荼蘼花开这么豪爽大度、朋友众多及风评好的女玩家确实配得上师兄。

不过，澄澄的豪气宣言立即引来眼前几人的嘲笑。

【当前】荼蘼花开：口气还挺狂，杀你怎么了？杀的就是你！

【当前】荼蘼花殇：就是，杀你怎么了？有本事你站起来把我们杀了呀？

【当前】荼蘼花落：玩儿游戏技不如人就没有发言权，小号同学，劝你早点 AFK 吧。

【当前】荼蘼花颜：都说游戏极品很多，今天算是见着一个了。花开姐姐，我包裹里有几张强制符，需要派上用场吗？

强制符的获得途径是通过游戏元宝在商城里购买，它的功能是强制复活已经死亡的玩家。荼蘼花颜这招不仅损还挺狠的。

澄澄正琢磨着自己要不要先溜，留得青山在不愁没柴烧嘛。她升个级不容易，不能让她们的阴谋得逞。刚想点复活回城的按钮，突然就看见荼蘼花开难得好心道："留着吧，这种人升个级不容易。"

澄澄心想，荼蘼花开居然也有良心发现的时候？下一秒就看见荼蘼花开继续道："二十五级及以下玩家受系统保护。好不容易等了几小时，才看见这女的升到二十七级，我们要是再把她杀回二十五级，下次不知道何时才能再出手教训她一顿。"

　　看见这话，澄澄当场吐血三升！最毒妇人心，古人诚不我欺也！从刚才的对话，她看出荼蘼花开早就想杀她了。可是从幽冥宫副本出来那会儿，她居然忍着没动手。原来原因在这儿呢。

　　还真能忍啊！

　　荼蘼花开等人又撂下几句狠话，这才带队离开。

　　澄澄躺在地上，原本打算在游戏里一直废柴下去的心境，悄然发生了变化。

　　正所谓有人的地方就有江湖，技不如人就只有被杀的份儿。如刚才，因为一个莫须有的罪名，她就沦为别人的刀下亡魂。虽然她反驳得很豪气，但她自己也知道，按照她这速度，等个十年八载才有可能满级。到时候别说报仇，可能这游戏都不存在了也说不定。

　　想要迅速成长，最好、最快的方法，就是找个级别高、操作好的师父。有了师父的指导，升级难、操作烂这种问题，早晚会得到解决。

　　但关键是，她去哪儿找个师父呢？万一找个不靠谱的师父，她的报仇可就没希望了。

　　因为太过于纠结，安某人一时忘记把阵亡的号复活回城，甚至连系统提示的好友君子爱财上线的公告都没注意。

　　君子爱财在看完她早些时候发送的消息，第一时间发了入队邀请过去。

　　对方居然没反应。他有些好奇，查看了下对方所在的地理位置，发现和自己离得还挺近，于是顺手操作着满级剑客号传了过去。

　　等到看清眼前场景时，他默默黑线。

只见头顶"安小白"三个字的女医生此刻正躺在野地里，许多头野猪正欢快地在她的尸体上踩来踩去。

当前频道里，孤零零的宠物小狗正在自言自语："主人，你不爱我了吗？主人，求求你别抛下我，虽然我是一只宠物狗，但总有一天，我会成为宠物狗中的战斗机！我一定会保护你的，主人！"

主人估计神游太虚还未归来，所以没有听见宠物狗的真情告白。

君子爱财有些看不下去了，直接敲键盘发了私聊消息过去。

【私聊】君子爱财：在挂机？怎么二十七级连低级别的野猪都杀不过？

【私聊】君子爱财：你的技能都点了吗？杀怪时别一直自动攻击，别把技能当摆设。

想了想，他突然善心大发补充了一句。

【私聊】君子爱财：以后实在打不过，如果我有在线，可以叫我帮忙。

纠结的澄澄被连续三声"叮"的系统提示音唤回神，看见对方发来的消息，她立即虎躯一震！想想自己简直跟眼前的野猪一样蠢笨！高手兄这么好的对象，居然被她完全忽略了！

【私聊】安小白：高手兄，你来啦！我发给你的信息收到没有？我用生命发誓，昨天的一切都是凑巧，你要原谅我……

【私聊】君子爱财：嗯，猜到了。我相信小白队友的智商，应该也没有低到负数的地步。

又一次被打击到的澄澄，已经可以稍稍装出淡定的样子。因为她深刻明白，像高手兄这种以打击他人为乐趣的腹黑到毒舌之人，认真你就输了。

她选择无视方才攻击自己智商的言论，故作深沉道："话说高手兄啊，我有个问题困惑许久，不知当讲不当讲？"

得到对方的应允，她立即直奔主题："你收徒弟了吗？你看我天资聪颖、骨骼清奇，要不要考虑直接收了我？"

她期待地盯着聊天框，以为对方就算不同意，至少也会考虑一下。

　　谁知道消息刚发送成功没两秒，她就收到对方的三字回答："我拒绝。"

　　澄澄美梦碎了一地："为什么？"

　　"我怕你水平太差，一不小心把我那点名声给败坏了。"

　　噗！澄澄一口水喷在屏幕上。

　　高手兄，你敢委婉一点吗？

／六／
"杯具"代言人

半夜三更跟一具尸体聊天，君某人觉得自己还没这么重口味。于是，他让对方复活回城，自己也传送回了城里。

虽然拜师这个提议被拒绝，但澄澄才不会那么快放弃。她坚信，轻易被拿下的高手都是伪高手，所以这个师她拜定了！

两人又聊了一会儿，澄澄问了一些游戏里的常识问题，对方都一一解答。右下角的时间已经跳过十二点半，早到该入睡的时间。

【队伍】君子爱财：这么晚还不去睡？

【队伍】安小白：晚上吃完晚饭一直睡到快十点才醒，再睡我就成猪了！你怎么这么晚还上线？我还以为你今天不上游戏。

【队伍】君子爱财：刚从外面回来，特地上来看看，没想到你还在。

【队伍】安小白：嘿嘿，这就是传说中的缘分！你看咱俩都有缘到这地步了，你不收我为徒，简直对不起缘分啊！

【队伍】君子爱财：缘分还是个孩子，放过他吧。

【队伍】安小白：无语！

拜师这个话题告一段落。

两人商讨一番，最后决定去做那个变态的杀 999 对夫妻的任务。

澄澄的等级还是太低，于是为防止蒙面做任务时被击杀，还不如他们目前先挑一些低等级的号以及明显一看就知道是挂机的玩家进行猎杀。

　　离开王城时，澄澄想起自己好像有件事情没做，不过一时半会儿实在想不起来，所以就先丢一边不管了。

　　两人本来是把离王城最近的枫晚林作为第一个目的地，谁知道行至半路，突然看见一对顶着"荼蘼花开的夫君"及"潇潇风雨的娘子"称号的玩家在做循环任务，而且明眼人一看就知道是一个人操作着两个号。

　　不过澄澄这种没眼力的菜鸟没看出来。她盯着与萧师兄乘同一坐骑的荼蘼花开，忍不住愤怒之。真是冤家路窄，地图这么大都能碰上！

　　队伍里，君大侠淡定地选中目标率先开口："就这对吧。"

　　澄澄惶恐："他们俩等级这么高，我们杀得过吗？如果一不小心死了，这任务就失败了。"

　　"怕什么？电脑后头就一个人在操控。"

　　"哦，那能不能只杀女的，不杀男的？"

　　"原因？"

　　"其实刚才我不是遭到野猪的逆袭，而是被这个荼蘼花开杀死了，跟潇潇风雨没关系。"总不能说男方是她暗恋许久的萧师兄，她下不了手吧？

　　"放心，我突然想到一个非杀潇潇风雨不可的理由了。"

　　"什么理由？"

　　"我发现我很不喜欢'潇潇风雨'这四个字。"

　　荼蘼花开此刻正屏蔽除队友外的其他玩家，在替自己和潇潇风雨的游戏号清任务。这导致她没有注意到自己的生命正处于岌岌可危的状态。

　　等到那边的两人伪装好开始进攻时，荼蘼花开才反应过来，可惜已经晚了。她再厉害也不过是一百三十八级的医生号，虽然在《风云OL》这款游戏里，医生也可以逆袭成为最牛的职业，但这关键在于操控该职业的玩家的操作技术。

面对手速飞快、装备闪耀的剑客门第一届武试会状元，茶蘼花开那在女性玩家中还算厉害的操作，瞬间变成了渣。

当然，状元郎此番在茶蘼花开眼中是镶金的大 Boss。在怪物主动攻击她时，她还很欣喜碰上了任务 Boss。可这次打斗开始没一会儿，茶蘼花开就自乱了阵脚。

因为该怪的招式自带定身效果，一连两招下来，人物血条就去了三分之一。通常在没挡住对方上一波攻势时，作为医生她会选择放弃攻击，转而为自己加血保命。可是技能条读到一半，对方的下一波攻击又迅速跟上，这导致她血条没加上，反而掉得更厉害了。

在喝了几次血药仍旧回天乏力后，她索性放弃自己的号，操作起装备和修为都比自己好的男战士号打开。可惜这款游戏中，除法师跟医生号操作要求比较低外，其他几个职业都对玩家的操作技术有要求。而作为一个对战士号了解不深的玩家来说，实在没有优势可言。

茶蘼花开放弃自己的医生号后，澄澄立即迎了上去。

虽然她游戏等级很低，但是她手中系统赠送的武器属性可是很牛的。她一刀下去，劈中女医生清瘦的肩膀，血液瞬间喷发，画面很是血腥凄惨。

对此，澄澄可没什么同情心。谁让茶蘼花开刚才杀自己的时候半点儿没手软！最烦这种见着风就是雨的人，她个一百三十八级的带了三个人来围杀自己一个二十七级的，说出来也不怕被江湖中人笑话！

茶蘼花开见自己的号扑街，又见战士号也要抵挡不住攻势，立即去茶蘼和刀锋两大帮派喊人帮忙。

【势力】茶蘼花开：雌雄双煞出现在西合关，坐标西 1230，南625。

无论哪个帮派，总有那么一些时差党和夜猫子。更何况系统更新的那个保护家园任务，奖励实在太过于吸引人，所以大家一听雌雄双煞又出来作怪，赶紧扛着武器一窝蜂朝坐标点奔来。

　　君子爱财似乎早想到这种境况，不再拖延恋战，两三下利落清空战士的血条。

　　屏幕中央刷出一行任务完成进度提醒：恨我不是李莫愁（29/999）。

　　等到荼蘼和刀锋的人浩浩荡荡赶到目的地时，作恶多端的雌雄双煞早已离开原场景，摘下面巾恢复成普通玩家身份。

　　【当前】疯狂的壹刀：雌雄双煞人呢？怎么连个影子都没有？

　　【当前】血煞如此：兴致冲冲奔过来，可是 Boss 呢？

　　【当前】荼蘼若相惜：啊咧，Boss 呢？Boss 呢？我还特意去换了身厉害点的装备才过来的。

　　【当前】風无情：副帮，Boss 呢？

　　除了当前频道外，两大帮派频道里也有很多人询问。

　　已经复活回城的荼蘼花开，只好在两大帮派里各自解释一番。大家也都知道雌雄双煞的变态性，所以很理解地各自散去。

　　荼蘼花开刚才被杀时，有一种打电话叫潇潇风雨上线一块儿杀雌雄双煞的冲动。但是看一眼屏幕右下角的时间，最终放弃了这个想法。好在自己帮派里几个深交的姐妹都还在线做任务，所以她给她们三个发了组队邀请。

　　【队伍】荼蘼花开：你们三个保护家园的任务都接了吗？

　　【队伍】荼蘼花殇：接了。

　　【队伍】荼蘼花落：我还没。

　　【队伍】荼蘼花颜：我也没。

　　【队伍】荼蘼花开：你们仨先把手头的事情放放，花落和花颜你俩先去 NPC 那儿把任务接了。

　　【队伍】荼蘼花开：刚才我操作着自己跟风雨的游戏号在做任务

时被杀了，我猜测雌雄双煞应该还在附近。这样，我跟花殇先去西合关附近这几个夫妻玩家比较容易出没的点找找看，你俩接好任务就过来。

对一向以茶蘼花开马首是瞻的三人，想都没想就当场同意了她的计划分配。

不知道是不是半夜三更的缘故，茶蘼花开当天凌晨人品全面大爆发。跟茶蘼花殇以及另外两人东西南北四面分工后，她十分巧合地碰上正在杀人的雌雄双煞。

对方是一对六十多级的玩家，茶蘼花开犹豫了下要不要冲过去。毕竟刚才的经历太深刻，雌雄双煞的攻击力高得变态。所以这次，她直接在队伍里发话让另外三个队友赶过来。

不过让她郁闷到想骂人的是，那对小号夫妻发现了她的身影，直接就在当前频道求救。

【当前】酒酿圆子：茶蘼花开美女，救人一命胜造七级浮屠啊！我们也不知怎的招惹了这两只怪，它们一上来就朝我们开火，太忧伤了！

【当前】四喜丸子：美女姐姐，你一百三十八级一定打得过 Boss 的！快点抄家伙，让这俩黑不溜丢的家伙瞧瞧咱江湖人士的厉害！

茶蘼花开忍住想叫那对二货闭嘴的冲动，心想幸好雌雄双煞还没变态到能够看懂人话的地步，于是她敛下脾气解释。

【当前】茶蘼花开：你们俩撑住，耐心等援军。我一个人不是 Boss 的对手。

【当前】酒酿圆子：哦，No！世界太残酷了，老婆，我们还是早死早超生吧！

【当前】四喜丸子：好的老公，大不了十八年后又是一个厉害的吃货！

化身 Boss 的澄澄看见当前频道上神一样的对话，瞬间笑喷。

【队伍】安小白：哈哈哈，这俩人太有趣了！他们前面的标志是什么帮派的？

【队伍】君子爱财：吃货家族，好像是个十几人的小帮。

【队伍】安小白：看着他们怎么突然有种良心发现的感觉，要不然我们放过这一对吧？

【队伍】君子爱财：然后等着被一群吃货逆袭？

噗！太犀利了！澄澄默默收起突发的善心。

【队伍】安小白：好吧，那咱们速战速决。不过敌方的援军要到了，荼蘼花开怎么办？

【队伍】君子爱财：杀，你别动，我来。

【队伍】安小白：嗯，要杀得有技巧一点儿，千万不能让对方发现我们听得懂人话！

尽管两人在聊天，但是君子爱财杀人的动作一点儿都没迟缓。为了不露端倪，君子爱财此刻正边杀人边往荼蘼花开的方位移靠，故意把薄弱的后方防线露出来，好让她以为有机可乘。

荼蘼花开果真欣喜地为自己上好各种有利状态，立即进行偷袭。

君子爱财见对方上钩，直接让澄澄去解决只剩一丁点儿血条并被定身的小夫妻，自己则将火力全部转移到荼蘼花开身上。

作为医生门派排行榜前三十名的女玩家，荼蘼花开的操作真的还算好的。可是面对一个比自己等级高，同时操作、装备武器都比自己厉害，甚至连技能都跟开外挂似的让人持续掉血的伪 Boss 而言，输赢可想而知。

因为输得太快，所以荼蘼花开当下也不在乎自己是不是能抢到雌雄双煞的血衣，直接就在世界频道昭告。

【世界】荼蘼花开：雌雄双煞出现在月亮湖，坐标东 172，南 990！已经有一对小夫妻被杀，快来人呀！

【世界】逆风飞翔：嫂子坚持住，我们马上到！

【世界】荼蘼氿雨滴：帮主，我们来啦！

【世界】公孙逸才：妹子挺住！才哥飞奔而来！媳妇快来！

【世界】霖小仙：找死啊不等我！

【世界】公子潇洒：俩弱智，快来！

【世界】公孙逸才：雅蠛蝶！

因为是在世界频道上喊的，所以除荼蘼、刀锋两大帮派的玩家外，其他所有看到这个消息的玩家都往月亮湖赶。

大家都磨刀霍霍打算一展雄风，结果没想到大半夜人还这么多！很多人在传送过程中直接卡在跳转页面动不了了。而提前知晓的**雌雄双煞**，在干掉荼蘼花开后，一溜烟跑得没影了。

一群闻讯赶来的玩家看着空无一人，连具尸体都没有的坐标点，忍了忍没骂出口。

如此循环几次，追击雌雄双煞的玩家们都要哭了。大伙在世界频道骂骂咧咧，火力全朝 GM 开，大致是抱怨任务难度太大，**雌雄双煞**神出鬼没没个定点，如果不限定雌雄双煞活动的具体坐标，这任务压根儿没法完成云云。

不过 GM 又不是傻子，奖励那么丰厚，如果没有难度还赚个啥？毕竟游戏公司又不是民间慈善机构。

可是，等到第 N 次扑空后，大伙的火力重点可就不是 GM 了，而是那个一直在爆料的罪魁祸首——荼蘼花开。

【世界】疯狂的壹刀：爆料的人有点良心好吗？大半夜的让大伙跟只无头苍蝇似的乱转！

【世界】血煞如此：我都要吐血了，跑了那么多个地方，结果什么尸体、什么雌雄双煞……编得要不要这么像？看着我们跟白痴一样往外冲很好玩儿？

【世界】一树梨花压海棠：荼蘼花开，麻烦你看准了再爆料好吗？

【世界】荼蘼若相惜：帮主……我的马都要跑断腿了……可是说

好的雌雄双煞呢？

【世界】糯米团子：月亮湖那次确实是真的，因为被杀的是我们吃货家族的。可是后面几次就不知道真假啦，荼蘼花开的人品让人不敢苟同！先前在月亮湖居然不出手救人，而是站在一旁看好戏！难怪都说蛇蝎美人……

【世界】公子行云：何处风流帮会收人再来一发！一笔凤凰朱砂，恍若刹那芳华。甘愿袖手天下，为其满树繁花！

虽然到处奔波浪费时间又没看见雌雄双煞让人很气愤，但因荼蘼花开身份特殊，所以荼蘼和刀锋两大帮派大多数人，即使有怨言也没摆上明面。而直接上世界发泄的那几位，结局就惨点。

当天凌晨4：00多，很多玩家都陆续下线后，荼蘼花开直接用潇潇风雨的号，把在世界频道骂自己的那几个人请出了刀锋，并与公然挑衅自己权威的小帮派吃货家族成为敌对，发公告说只要在野外有看见顶着"吃货家族"帮派标志的，统统杀无赦。

这几件不算大的事情，在不久之后引起一场蝴蝶效应，最终导致服务器风光一时的两个高调大帮派沦为这个游戏历史上的一堆尘埃碎屑。

这边，苍山暮色那几只看到爆料坐标就跟在后头乱转的夜猫子玩家，尽管也很郁闷，但事后并没有在世界频道上吐槽爆粗，而是很理性地聚集在帮派频道，讨论如何摸熟雌雄双煞的固定出现点，将这俩恶贼来个瓮中捉鳖。

一番热烈讨论之后……

【势力】神马追风：我觉得刚才的方法挺可行的！

【势力】发现的眼睛：是吗？要不然明天我们就试试这法子？大家在各个点同时进行伏击。我看这几天雌雄双煞出现的时间都是集中在晚上，下午也有出现，但是好像次数不多。

【势力】如何跟弱智相处：楼上，你这名字取得太犀利了！每次总能发现重点！那我们白天多找下帮里的玩家组团，然后晚上分批进行蹲点！

【势力】秦时明月：可以算我一个吗？明晚我应该能升到一百二十级。

【势力】卡卡是个英雄：明月，你个升级狂人！昨天你才五十级，今天你就一百一十级了！这速度,你让我们这些大老爷们儿情何以堪？

【势力】神马追风：我发现咱们帮都是一些牛哄哄的人。当初我跟帮主他们组队下过一次五十级副本，隔天再见他们都快满级了！

【势力】发现的眼睛：神马，谢谢你夸自己的同时也夸了我。话说，我看到君长老头像还亮着，不像在挂机。要不然我们把刚才的计划说给他听听，看下有没有需要改进的地方？

众人刚刚表示赞同，主角已经主动现身。

【势力】君子爱财：洗洗睡吧。

君长老丢下四字真言，不厚道地拍拍屁股走人。

留下帮派里没睡觉的一群人大眼瞪小眼。

【势力】神马追风：呃……这四个字什么意思？是我理解的那样吗？

【势力】如何跟弱智相处：怎么有种很不好的预感……

【势力】卡卡是个英雄：也许、可能、大概……

【势力】发现的眼睛：突然对明天计划的成功充满了不确定……

【势力】秦时明月：我去洗脸刷牙睡觉！

/ 七 /
血案进行时

　　周六上线的人数明显比昨天多许多。苍山暮色几大领导层难得一起上线，帮派聊天频道里大伙插科打诨热闹无比。时间快八点时，神马追风立即在帮派里开问。

　　【势力】神马追风：帮主、副帮，我跟眼睛还有卡卡等人打算去做守护家园任务，你们有空吗？一起？

　　【势力】月黑风高：现在？上线到现在好像没看见有人爆料雌雄双煞的踪迹。

　　【势力】发现的眼睛：月爷，千万别相信世界频道上的爆料！昨天半夜三更折腾得我们筋疲力尽，连个鬼影都没见着！

　　【势力】故人两相忘：这个任务不好做，先说说你们的计划。

　　【势力】发现的眼睛：我昨天研究了几个雌雄双煞出现概率高的地点，然后打算今天带几个小分队在各个点同时进行守株待兔。

　　【势力】三千繁华：按我说，楼上的你还不如直接找一对已婚人士当诱饵，可能雌雄双煞上钩的概率还大一些。

　　【势力】故人两相忘：嗯，阿繁说的不失为一个好方法，可以试试。

　　【势力】月黑风高：哈哈哈，发现的眼睛你要是实在找不到妹子结婚，直接找神马好了。

【势力】神马追风：副帮大人，求求你放过小的好吗……个人建议，你还是多注意下这几天出现在君长老身边的那个小号，要谨防小号凶猛逆袭啊！

【势力】秦时明月：月大哥在君大哥身边贴身防守寸步不离，怎么可能会让小号有机可乘？

【势力】兔子窝边的草：其实不瞒你们说，我比较想知道上次交代月爷去问的事情，到底问出结果了没？

兔子窝边的草所指的事情就是找主角问清安小白身份那件事。月黑风高本来以为不提大家就会忘记，没想到原来一个个记性这么好！那天迫于阿财哥的震慑力，他就没胆儿问出口！

此刻，他只好把皮球踢出去："君少在线，大伙想知道的自己问！话说神马，你们不是要去杀雌雄双煞吗？都快八点半了还不行动？"

这种事谁敢当面问，君长老动动手指头就能让他们哭爹喊娘，所以还是算了吧。不过经秦时明月一提醒，果然那些忘记时间的家伙赶紧放弃八卦，开始组织队员出动。而悲剧的是，神马以及卡卡等人各自领了好几个小分队去伏击，结果连个影子都没见到。世界频道仍有被杀的玩家不断爆料雌雄双煞的坐标，可这雌雄双煞就跟背后长眼睛了似的，每一个出现的坐标点都跟他们埋伏的地点不同！

其实他们哪想得到，敌人早就渗透组织内部。计划还没开始实行，他们就早早暴露，能成功才有鬼！

彼时，一百一十级练级点，压着255%经验没升级的澄澄，瞅了瞅眼前满屏幕的红色主动怪，纳闷。

"今天咋专挑这种高难度的地图下手？为什么不去缥缈峰？或者枫晚林、碧海也行啊。"

"那些地方早就挖了陷阱，就等你往里跳。你若想成为砧板上的鱼肉，我不拦你。"

"高手兄果然有远见！可是这种地方也有夫妻玩家来吗？"

"一百一十级地图有个支线任务，完成这个任务会获得30金币的奖励。目前这个级别段的玩家人数众多，肯定会找到下一个目标。你先在这里等着，我去踩点。"

"我还是跟你一块儿去吧？总感觉一个人待在这里很危险。"

"放心，这些怪的眼光高得很。你只要待在亭子里别去主动招惹它们都不会有事。"

澄澄默然。好像又被鄙视了！

君子爱财走后，澄澄独自坐在凉亭里开始清包裹。在看见那颗泛光的幽冥珍珠后，她终于想起自己从昨天到现在一直忘记的事情是什么了！

她忘记把幽冥珍珠拿给高手兄了！

点开最近刚发现的游戏寄售功能，她把珍珠放上指定寄售点。本来以为点"确定"就可以，结果把物品放寄售，系统是要收钱的！

要扣除的手续费是88金币。她看着那个数额，再看看自己包裹里的10个金币，默默点掉寄售页面，决定等对方回来，当面跟他进行交易。可惜今天出门忘记看皇历，迎面走来的那几个头顶统一帮派标志的女玩家，除了荼蘼花开以及她的三个跟班还能有谁？

其实今天荼蘼花开和另外三个女跟班是特意组队来清支线任务的。她们几个大概也没想到，一百多级的地图上居然还能撞见澄澄这个二十七级的小号。

【当前】荼蘼花殇：哟，这谁呀？胆儿还挺肥的，二十多级就敢来这里？

【当前】荼蘼花颜：我看是心比天高、命比纸薄，周围的怪一掌就能把她给拍死。

【当前】荼蘼花落：你俩别侮辱林妹妹好吗？最烦这种坏人姻缘、暗地使坏的女三！

因为双方人数悬殊，澄澄忍着没发作。但对方见澄澄沉默，越发得寸进尺。

【当前】荼蘼花殇：怎么？总算默认了？

【当前】荼蘼花落：估计是在想怎么狡辩呢。对了，花开姐姐，我今天跟帮里的小梅聊天，她无意间说到你跟风雨姐夫结婚那晚，这女的在世界频道上求助说暗恋的师兄跟别人结婚应该怎么办……

【当前】荼蘼花颜：无语，居然这么贱？花开姐别为这种人生气，需要我们做什么直说！

【当前】荼蘼花落：哎呀，花颜你说的什么话？杀这种贱人，花开姐姐还怕弄脏手呢！我们代劳就好！

【当前】荼蘼花殇：花开姐姐，我们帮你报仇！

澄澄顿觉不妙，可是这里前有狼后有主动攻击怪，好像横竖都是一个死。她赶紧给去踩点的队长大人发了条求救消息："高手兄，荼蘼的人胆子太肥了，居然连你的人都敢欺负！你快点回来给她们点颜色瞧瞧。"

刚踩好点的君子爱财被"你的人"三字呛了下，很迅速回了消息过去："拖延时间，马上到！"

澄澄得到指点，立即在当前频道回击。

【当前】安小白：果然什么样的锅配什么样的盖，荼蘼有个脑残帮主，难怪手底下都是一群脑残！一点儿素质都没有，张口闭口就说别人贱。请问，我在世界上发消息碍着你们了吗？你们管天管地还能管别人吃饭放屁？

【当前】荼蘼花落：你是有权在世界说话，但你千不该万不该觊觎别人的老公！今天杀你就是替我们花开姐讨回一个公道！

【当前】安小白：公道你妹！说得冠冕堂皇，请问我有说暗恋的师兄是哪位了吗？别往自己脸上贴金了好吗？你们好歹堂堂一个大帮，欺负小号这种事说出去也不怕被人耻笑！

一向只说真话的澄澄在提到某师兄时，还是有些发虚。不过反过来一想，立即又觉得愤怒，她压根儿没做过什么破坏他们的游戏姻缘的事，现在却被人指着脑门儿骂贱，真是越想越憋屈。

从头到尾没出声的荼蘼花开，这时突然一扫嚣张，语气透着淡淡的忧伤："无须跟她争这种没意义的口舌，我相信时间会证明我和风雨之间的感情。"

荼蘼花开说完，荼蘼花殇和荼蘼花颜异口同声说："顶花开姐！你和风雨姐夫之间才是真爱！"

澄澄真的很想跟她说，真爱还是个孩子，请放过真爱吧！不过她还没来得及吐槽，画面突然逆转，瞬间她就已成刀下亡魂。而那个杀她之人，赫然是此刻从她尸体上踩过去的荼蘼花落。

最可恶的是对方杀完之后，还装作很无辜的样子："哎呀，不好意思啊，我就开个群攻技能找群怪练练手，没想到小号这么脆弱，还没碰到就挂了。"

澄澄当场暴走！有本事杀人，就别找这么烂的借口啊！

荼蘼花开带着她的三个跟班踩着优雅的步伐直接回城。因为游戏里杀人之后名字会变成红色，只要是红名，任何人杀你都不会受到系统惩罚。荼蘼花落属于故意开红杀人，得在城里待半小时才能恢复正常。

几人回城后，荼蘼花殇因为要去吃夜宵，所以打算下线。

临下线时，她献宝似的把一个发亮的物件交易给荼蘼花开。

【私聊】荼蘼花殇：姐，捡到一个好东西！虽然我对这些不大懂，但能发亮的应该都是好东西！姐夫上次在找的好像就是这东西吧？你可以拿去帮姐夫砸装备！

荼蘼花开看到交易栏里那颗幽冥珍珠愣了下，十分欣喜地接受交易。明知这东西来源不对劲，荼蘼花开还是选择忽视。

【私聊】荼蘼花开：谢谢小殇！晚上出门多注意安全，早点回寝室。

【私聊】荼蘼花殇：嗯，那我先走咯。拜拜！

荼蘼花开拿到幽冥珍珠后，很开心地上世界频道发图。

【世界】荼蘼花开："幽冥珍珠"打算砸装备啦，求人品！求一次成功！

【世界】英雄无悔：哇，祝福女神！

【世界】君陌哎嘿：全世界收个绑定奶，要求如下：跟得上我的步伐，野外尽情打架！只做我的焦点奶妈！愿意的MMMMMMMMM！

【世界】一树梨花压海棠：楼上又求绑定奶了不解释！居然看到幽冥珍珠，先保留意见，等着看神展开！

【世界】看不顺眼你打我啊：女神，求合影！女神，我爱你！女神，你踹了刀锋的副帮主吧，嫁给我可以当帮主夫人！因为我是我们帮派的帮主。

【世界】荼蘼花落：系统大神我爱你，系统大神快保佑姐姐一次性炼化成功！楼上我比较好奇你们帮几个人？

【世界】看不顺眼你打我啊：我们帮人数挺多的，有八个！

【世界】公子行云：何处风流帮会收人再来一发！一笔凤凰朱砂，恍若刹那芳华。甘愿袖手天下，为其满树繁花！PS：人数绝对比楼上的帮派多！

世界频道上酱油打得很欢快，突然一条系统消息震瞎众人的钛合金狗眼。

【系统】笔落惊风雨，诗成泣鬼神！恭喜玩家潇潇风雨一举将"炎火刀"炼化成功，从此江湖上又多了一把神兵利器！让我们一起为他祝贺吧！

彼时，系统消息在全服刷出时，澄澄正一边看电视一边在游戏里挂尸，所以她压根儿没注意到荼蘼花开用来砸装备用的物件叫作幽冥珍珠。

君某人看到这条消息时也没怎么注意。他还以为小白队友把珍珠拿去卖掉换钱，所以流通到荼蘼花开手中很正常。此刻他关注的重点："刚才谁动的手？"

澄澄见游戏框有反应，赶紧切回游戏页面，看见对方的问话顿觉委屈："你咋才来……黄花菜都凉了……杀我的那个叫荼蘼花落！不过还有人很可恶地在围观！"

高手兄这时候特别给力，一开口就把澄澄震住了！

君子爱财："荼蘼的人活得不耐烦了，连我的人都敢动！走，今晚把任务放一放，我们去找对方了结一下恩怨。"

看来上次跳崖跳得真值！澄澄顿时有种自己傍到大款的感觉！

可惜用道具一查询，四个人里，一个已经下线，两个正窝在城里，没法动手。所以只好先解决最后一个在野外做任务的荼蘼花颜。

荼蘼花颜虽从头到尾都没动手杀过她，但骂过她！所以当君子爱财叫她来补最后一下的时候，她很欢快地接受任务，并且出色完成！

大概听到风声，另外两个一直在城里没出来。

"算了，我们下次再继续！对了，这两天一直忘记把上次那颗珍珠给你了，我们交易一下吧。"澄澄说着直接朝对方发出交易邀请。

君子爱财听到她的话觉得很奇怪："全服一共才出过三颗珍珠，你的珠子既然没卖掉，那按理说市面上不可能买到幽冥珍珠的……"

澄澄有些没听懂，刚想问，突然被自己的发现惊呆："啊啊啊！我的幽冥珍珠怎么不见了？我记得我把它放包裹里的，你去踩点的时候还在的啊！"

"我大概知道它去哪里了。"君子爱财把自己的猜测告诉她，同时接受交易，默默在交易栏里放了一套二十七到三十五级医生可穿的装备，"你身上那身装备已经烂到不能修理了，要报仇也换身有气势点的。"

"会死得慢一点儿吗？"

"可能倒下去的姿势会有所不同。"

澄澄默然。高手兄，你真是一点儿都不会安慰人！

倒打一耙

周日这天，澄澄一觉睡到中午才醒。一上游戏，她的好心情全被狗叼走了，因为茶蘼花开这个小偷居然还有脸在世界频道上秀她的好人品！更让她心情不爽的是，底下还有一群撒花恭喜顺带吹捧茶蘼花开的傻帽儿玩家。

之前因茶蘼花开下线而来不及发泄的怒火，在此刻暴涨。澄澄想都没想就开始敲键盘刷喇叭。

【世界】安小白：茶蘼花开，你敢更不要脸一点儿吗？抢了别人的幽冥珍珠不还，还公开炫耀，你不觉得自己很无耻吗？

【世界】安小白：秀下限也要有个度好吗？那些把你当女神的人脑袋肯定都被门挤了。像你这种杀小号还抢小号东西的人，全服大概找不出第二个了吧？茶蘼花开，送你一句话，人在做天在看，小心喽！

两条消息刚发出，一大批嘲讽的口水立马迎面喷来。

【世界】茶蘼淼雨嘀：晕！黑人麻烦有点儿技术含量好吗？好歹换个等级高点的号来，搞个小号是想闹哪样？为了抢珠子去杀小号？想出名麻烦换个新颖点的借口！

【世界】剑下情：就是！要黑人麻烦把大号换上来。说我们副帮夫人黑你的东西，也不撒泡尿照照自己，你配吗？

【世界】荼蘼醉相思：笑死了，小号同学戏演得太过了吧？羡慕嫉妒恨就直说嘛，上世界刷屏是想博出位吗？但是你好歹等我们帮主不在的时候拉出来遛呀，当事人在场也不怕谎言被戳穿吗？

【世界】乘风破浪：嘴巴放干净点儿！居然敢污蔑我的女神！简直不可原谅！全服通缉安小白！无次数限制，一次2金币，截图拿钱！

澄澄看着这些跳出来维护荼蘼花开的玩家，脑中只冒出两个英文字母：NC！

而更让她受不了的是，荼蘼花开这个罪魁祸首在一大堆人为她挺身而出之后，揣着一副伪善的嘴脸登场。

【世界】荼蘼花开：算了，大家也别太为难小号，毕竟升个级不容易。不过这里澄清一下，珍珠是朋友给的，至于杀小号……人不犯我我不犯人，谢谢！

荼蘼花开此言一出，底下又是一大堆刷屏吹捧"帮主威武、女神有个性、女神我爱你、小号滚出去"的言论。

尽管被倒打一耙，气得恨不得自己化身GM送荼蘼花开两道天雷，安澄澄同学还是十分具有同情心地为这些追随者的智商担忧了一下。

只是担忧归担忧，必要的反击是不能少的。为了显示自己的战斗力，她在脑袋瓜儿里酝酿了一大段高端上档次的骂人言论，并且刚刚将其全部敲出，正打算点发送。

谁知道在这最关键的时刻，一向性能优良的笔记本电脑居然不给力地蓝屏了！

等电脑重启完，重新登录游戏，澄澄顿时郁闷了。

因为刚一上线，她的小医生号立即扑街倒地，而且还不能传送回城。围攻她的是两个刀锋的男玩家和一个荼蘼的九十多级女法师。其中一个男玩家的游戏ID还有点儿眼熟，叫"乘风破浪"。

下一秒，坐在电脑前的安某人就忍不住骂了一声，因为她想起来，这货就是刚才世界频道叫嚷着要通缉她的那位！点开仇人列表栏，果然看见"乘风破浪"四个字。

他对她的仇恨值是有多高啊……

【当前】安小白：这位大哥，千万不要告诉我，你杀我是因为太过于爱我。

【当前】乘风破浪：爱个屁！我今天杀的就是你，只怪你自己嘴贱！

【当前】安小白：看来你对荼蘼花开那个极品是真爱啊。不过她都跟你们副帮主结婚了，你这是要闹哪般哟？难道想抢亲？

【当前】乘风破浪：楼上的，死了还不闭嘴？

消息刷新的同时，澄澄看见对方一脚踩在小医生的脸上，甚至还不解恨地在头上跳了跳。

【当前】安小白：唉，男子汉大丈夫，这么小肚鸡肠，你们家极品女神肯定不会看上你。

【当前】乘风破浪：贱人，信不信我杀到你删号走人？

【当前】荼蘼锦澜：别跟这女的废话！赶紧把她复活了继续杀。

【当前】别杀我是小号：这样会不会太狠了点儿？副帮主夫人也说小号升级不容易啊。

【当前】荼蘼锦澜：小号，你太善良了。这种人死一百次都不值得人怜惜。

澄澄见对方这仗势，大概也猜出事情不会这么简单就结束。所以干脆溜去厨房给自己煮面条。唉，每次老爹出差不在家，吃不惯外卖的她就只能跟面条为伍了。

等她吃完一整碗鸡蛋面重新坐回电脑前一看，发现眼前的画面里挤了好多人，自己身旁还躺了好几个尸体。仔细一看，她发现倒地的都顶着"吃货家族"的帮派标志，且这群人死后没几秒又迅速原地复活加入斗殴行列，大有十八年后又是一条好汉的阵势。

澄澄有些不明白剧情进展，她赶紧去翻消息记录。

这才发现原来在她离开后，吃货家族一位叫鱼丸粗面的女医生经过此地，发现同门被虐杀，立即打抱不平了两句，结果乘风破浪两招就把这位六十八级的医生妹子砍了。

鱼丸粗面同学愤愤不平地在世界和帮派诉说自己的遭遇，然后吃货家族在线五人全部赶来支援，同时还有一些兴致勃勃来解救同门的医生门派玩家。

不过历来玩奶妈职业的都是以女性居多，而荼蘼作为全服第一个妹子帮，可以算得上是奶妈大本营了。恰好这次赶来围观的那几位女医生正是荼蘼的人，所以她们一看杀人的是自己人，立即将枪口一致瞄准来帮忙的吃货家族。

吃货家族的玩家基本都跟澄澄一样属于游戏手残党，操作稍微好点的帮主和副帮主两人正好没在线，所以想当然被虐得很惨。

好在吃货家族转移走了大部分战火，所以澄澄只是掉了半级经验。但是身为一个正义又正直的人，她真心想雄起一把。可惜就是战斗力不行啊。好不容易瞄准时间差抽身复活回城，加好血条上好状态奔过来，挣扎了没两下她又光荣扑街了。

躺尸围观了一小会儿，她的好奇心又噌地冒了出来。怎么吃货家族的玩家们原地满血条复活得这么迅速呢？这不科学啊……

思及此，她立即私底下戳了戳躺回自己身边的鱼丸粗面同学。

"妹子，你们是开挂了吗？怎么复活得这么快？"

"哦，这个直接点原地复活呀。"鱼丸粗面一开口，萌妹子的属性就曝光了。

澄澄一口血喷出来："你们每次都是直接点原地复活吗？"

"是啊，我们帮主说打架是一种技术活儿，要快、准、狠，我们虽然技术水平不行，但爬起来的速度一定不能比倒地阵亡的速度来得慢。"

"你们帮主是不是还说要在气势上镇住对方？"

"咦，姐姐你怎么知道？"

澄澄直接跪了。吃货家族一定是江湖上神一样的存在。

《风云OL》游戏虽然宣称免费，但游戏里花钱的地方多了去了。玩家等级达到二十六级开始，只有五次原地复活的机会，之后每次原地复活都要花费100金币，折合人民币就是十块钱。她刚刚粗略算了一下，在她回到电脑前，这群吃货起码死了五次以上……再加上她去吃面的那段时间……

估计荼蘼和刀锋在场众人完全没想到，眼前这些等级不高、操作不好的吃货，居然都是花钱不手软的主儿吧？恐怕他们没对吃货们施展定身符咒的原因，是因为施符速度快不过对方原地复活的速度吧，哈哈哈。

想到这里，澄澄突然一阵欢乐，被杀的郁闷心情也好了不少。以至于当刚上线的好友君子爱财发消息询问她为什么扑街时，她还能保持心情愉悦把前因后果说给他听。

让她没想到的是，她刚说完吃货们拔刀相助的桥段，那个眉眼清俊、永远灰袍加身的排行榜第三的低调剑客，已经悄无声息地出现在了自己面前。

以前他每次开口都会把人气得半死，但此刻，他的毒舌让她莫名感动许久。

【队伍】君子爱财：居然妄图在世界频道依靠敌方群众的力量来揭发荼蘼花开？看来智商真的是硬伤，还有被杀怎么也不知道叫人来帮忙？

【队伍】安小白：我错了……我以为刷喇叭公告她的极品事迹，她会害怕的，没想到会被倒打一耙。其实……呃，不找人帮忙是因为除了你，我好像不认识什么人。

澄澄发送成功后，回头看自己说的话忍不住掬了一把辛酸泪。

唉，玩儿游戏玩到她这程度，应该算得上相当失败吧！

不知是不是她太可怜，终于激起高手兄的同情心，他居然没酸她，而是发了一个叹气的表情。

　　【队伍】君子爱财：先帮你报仇，等下带你去升级。

　　【队伍】安小白：哇哦，偶像威武霸气！

　　【队伍】君子爱财：注意观摩。

　　【队伍】安小白：好嘞！

　　当排行榜金光闪闪的厉害人物出现在当前场景时，眼前打架斗殴的人马立即愣住了。因为这鸟不拉屎的地方，怎么看都觉得大神同学是特意赶过来的。

　　所以他一出现，当前频道立即冒出一些试探的声音。

　　【当前】荼蘼锦澜：君子爱财哥哥好，你是来这里做任务的吗？

　　【当前】别杀我是小号：第一次跟大神这么近距离接触，前排合影！

　　【当前】过桥米线：咦，居然看见我们家偶像了，总觉得偶像出现的时机很巧妙啊！

　　【当前】酒酿圆子：突然有种偶像大大是来支援我们的感觉，这是为什么呢？

　　【当前】乘风破浪：哥们儿若没什么事能不能麻烦让开一点儿？我们这儿有点儿私事要处理。

　　尽管大伙儿表现热情，但当事人好像没看见一样，只是站在尸体旁没任何动静。于是，被无视的众人便以为大神同学之所以出现，完全是个意外，这个意外可以直接忽略不计。所以，当神器排行榜上那把加护满值的流光剑出鞘，这片贫瘠荒凉的土地似乎都震了震。

　　只是飞剑入鞘，萦绕四周的赤色与金色光芒微微散去，花金币自己原地复活的澄澄立即惊呆了。

　　她看着死成一片的两拨人马，赶紧敲键盘："高手兄，你怎么把我方同胞也杀了？"

"对方有六七个人，你不觉得用群攻秒杀速度比较快？"

呃，好像还真是。但是转念一想，澄澄忍不住怀疑：高手兄，你刚才真的不是误杀吗？不过瞥见当前频道，一边欢乐躺尸一边感慨偶像杀人姿势很帅气，决定躺尸围观的吃货们，澄澄默默将已经敲出来的问题删掉。相较于吃货家族的反应，另一拨人马显得很不淡定。

【当前】乘风破浪：君子爱财，你有病吧？为什么杀我们？我们在这里解决私人恩怨碍着你了吗？

【当前】荼蘼雅儿：晕，等级高了不起啊？我们帮派和苍山暮色又不是敌对关系，君子爱财，这件事你不给交代，我们一定不会善罢甘休的！

【当前】荼蘼锦澜：君子爱财哥哥，是不是有什么误会？你刚才不是说路过吗？

澄澄看到这里忍不住抹汗。这女的一定是个脑补帝，高手兄刚才明明一句话都没在当前频道讲过。想了下，她立马就动手发了条消息问高手兄："你是不是屏蔽当前频道啦？"

"嗯。"君子爱财回得很简洁，隔了几秒，又问，"你被杀了几次？"

她如实答："两次，不过来支援的友军同胞死得很凄惨。"

消息发送完毕，她没等到对方的回复，反而看到当前频道上偶像看似十分真诚地解释。

【当前】君子爱财：不好意思，刚刚手抖了一下。

偶像说完，煞有介事地召唤出一名NPC，隔了没几秒，当前频道以及队伍频道就跳出系统提示：玩家君子爱财成功完成"西陵之殇事迹"。

/九/
绯闻驾到

　　澄澄看到偶像的话以及那句系统提示，下意识点开那个事迹。

　　【西陵之殇：瞬间秒杀五名以上红名玩家。】

　　看到事迹达成所需的条件，澄澄"扑哧"一声对着电脑屏幕笑了起来。

　　她还以为他会来一次毒舌点评，完全没料到剧情转折这么大。但是大神同学，你这个借口找得也太差了吧？手抖得也太精准了点吧？只是接下来更让人惊讶的是——乘风破浪等人居然相信了，难道是因为吃货家族们也死在他的群攻技能下？

　　【当前】乘风破浪：呵呵，原来如此，还以为哥们儿你是眼前这些菜鸟叫来帮忙的。

　　【当前】荼蘼锦澜：看吧，我就说是误会一场。君子爱财哥哥怎么可能跟这些不要脸之人认识？

　　【当前】别杀我是小号：误会就好。雅儿，你起来后先救医生，然后再一起救大家起来。

　　【当前】荼蘼雅儿：嗯。

　　澄澄看完以上对话，第一反应是：天哪！地球人的智商都在那场和外星人的大战中丧失掉了吗？

回过神后，她忍着笑私底下给鱼丸粗面同学传递真相，并叮嘱她们不要跟对方饶声，躺原地期待后续即可。她自己则操作着女医生往后退了退，至少保证等下的战火不会波及自己。

对她偷偷摸摸的举止，敌军中还是有眼尖的人发现了。

【当前】荼蘼锦澜：安小白，你有种别跑！反正今天你跑得了和尚跑不了庙，不要再做无谓的挣扎！

【当前】安小白：依你意思，我要乖乖待在原地让你们杀？

【当前】荼蘼雅儿：哼，还算有点儿自知之明！

澄澄当下真的想学学表情里那个甩脸的动作，让敌军清醒一下，赶紧把掉地上的智商都捡起来。试问，这世上有明知对方要砍自己，还自动送上门的吗？

她搓了搓笑得有些酸的脸颊，十分友善地回了一句。

【当前】安小白：这样真的好吗？你们的智商呢？

【当前】荼蘼锦澜：你……

啧啧啧，如果不是因为正在救人，这位肯定会冲过来打人的吧？她瞄了下四周，刚找了个相对安全的位置坐好，那边乘风破浪等人已被救活，开始纷纷上状态。

而就在同时，当前场景突然狂风大作，地上的飞沙走石全数席卷而起。黑云压城，乌压压一片遮住了原本清朗的日光，而那些移动的沙暴蓦地又幻化出无数冰冷锋利的剑，朝乘风破浪等人的位置飞速靠近。

黑暗之中，众人看不见彼此，却只听见荒山野岭有虫鸣鸟兽厉声尖叫哀号，游戏场景真实得让人感觉仿佛世界末日来临。

即使已经被打过预防针，但见到此景，澄澄还是忍不住惊得下巴都掉了。

这个是什么技能？威慑杀伤力大不说，还能操控天象？噢，没想到她家高手兄实力已经变态到这个地步了！看来拜师这件事还真的不能就这么算了，都说名师出高徒，没准儿一个不小心，她就混成一代女侠了呢？

其实不只澄澄，这个突如其来的变故让在场的除君子爱财外的所有人都震惊了。

吃货家族那几位因为被叮嘱过，所以把激动的心情都发泄在帮派频道里，而再次阵亡的乘风破浪和他的小伙伴们则完全惊呆了！

乘风破浪回神后的第一反应是——难道走好运碰到了隐藏任务？当然，有这个想法的不止他一个，还包括他的小伙伴们。所以等待看好戏的澄澄，莫名其妙就看见这群家伙在当前频道讨论隐藏任务。

【当前】别杀我是小号：乘风哥，咱们是不是真的碰上了隐藏任务？我特意群发好友问了下，都没人知道是怎么回事。

【当前】荼蘼雅儿：我也正想问是怎么回事，怎么突然间天象异变？这游戏宣传时不是说过，隐藏任务系统只有玩家想不到，没有开发组做不到的吗？难道真的是隐藏任务？

【当前】乘风破浪：是不是隐藏任务目前还不确定。我刚查看过系统消息，也没什么大事发生。

【当前】荼蘼锦澜：你们不觉得这个问题问君子爱财哥哥比较合适吗？他等级高，知道的肯定比我们多呀！

【当前】荼蘼闪闪：嗯，我觉得小澜说得挺有道理。

看完以上忘记切换频道而刷出来的对话，澄澄都快笑喷了。她真的很期待看见敌军们知道真相后的表情和心情啊，哈哈哈。

隔了十多秒，技能特效持续的时间结束，周遭又恢复成先前的模样。唯一不同的是，场景内除满级剑客与小医生外，尸横遍野。

乘风破浪正准备开口请教，突然又一次惊呆了！

【势力】夜色无心：乘风啊，你刚才说的那个情况，其实是满级剑客一个叫剑走偏锋的特殊密技引发的天象。这个技能需要满级玩家通过秘籍来领悟，好像全服也没几个人学会此技能。怎么，你今天走狗屎运啦？居然能撞上一位？

他看着自己帮派频道里一位长老给出的答案，立即将目光投到对面的满级剑客，及剑客身后稍远点的小号身上，然后终于后知后觉地明白了些什么。

【当前】乘风破浪：君子爱财，你什么意思？用剑客的特殊技能以为我们不会发现吗？

【当前】乘风破浪：第一次杀我们是不小心，那这次呢？今天你杀了我们两次，这事不会就这么完的！不过真是没想到，你居然跟这女的是一伙的，我们还真是太小瞧她了！这才没几天就勾搭上了，果然人至贱则无敌！

【当前】荼蘼雅儿：早说这女的不简单。这么快就勾搭上大人物，看来是千里相送了吧。唉，总有那么一颗老鼠屎坏了一锅汤！难怪都听人说网游是个大染缸。

【当前】荼蘼锦澜：君子爱财哥哥，你肯定不是故意的对不对？你怎么可能看上安小白？这不是拉低自己的档次吗？

乘风破浪等人打字打得手酸，等了好半天，只换来眼前灰袍剑客气定神闲的一句——

【当前】君子爱财：不好意思，手滑。

/十/
封口费

当天晚上，已经回学校报到的澄澄失眠了。

每次一闭上眼，她就不由自主地想起游戏里发生的那段插曲。

于是，越躺越清醒的某人只好爬起来看月亮。好在她睡的铺位靠窗，只要稍微掀开窗帘一角就可以看见天边皎洁的月亮。可悲剧的是，怎么好像连月亮上面都会冒出那个人模糊的影子呢？

啊——澄澄郁闷地把脑袋重新埋进枕头里，辗转反侧，唉声叹气。

影响室友睡觉的结果是——被枕头砸脑袋了。

最后，她安安分分地闭上眼睛，开始在心里批评自己，心理素质太差了！人生第一次被英雄救美而已，淡定淡定。结果……失眠更严重了。

周一这天早上，顶着黑眼圈坐在大教室刚上完一节课的澄澄，突然被辅导员叫去了办公室。

"澄澄啊，老师记得你好像会武术？"

澄澄点点头。

"知道月底要举办的校迎新晚会吧？"

她继续点头，不懂迎新晚会关自己什么事，开学初不就已经把表演节目和人员名单都定下来了吗？她正纳闷着，忽然又听到辅导员说：

"是这样的，咱们学院原定参加校迎新晚会武术表演的同学，昨天临时出了点状况，导致没办法如期参加汇演，所以想问下你有没有时间？"

"呃，陈导，我从小到大都没怎么上台表演过，而且武术好久没练，我怕我会搞砸了……"

"这孩子还挺谦虚的，你前年不是还参加过钢琴比赛？武术虽然没常练，但功底肯定还在，老师相信你！那这事就这么定了啊，演好了到时候给你加分。"

钢琴有当众表演过，但武术……何况在这么公开露脸的场合，您让我去顶替原本男生表演的武术，是想让全校男生对我敬而远之吗？老师，咱俩是有仇吗？

辅导员哪里知道澄澄的内心独白，在她看来，眼前这个小姑娘文武双全、模样又乖巧，真是越看越顺眼！

辅导员把钥匙递过去："来，这把是练功房的钥匙，这段时间就先交给你保管。"

有种美好的大学生涯要就此结束的感觉……某人无奈接过那把不容拒绝的钥匙，离开的步伐跟脸上的神情一样沉重。

当晚，她只身前往练功房。

练功房所处的位置比较偏僻，至少和澄澄的寝室以及平日上课的教学楼相距甚远。鉴于对校园的不熟悉，等她找到位于学校西区附近的练功房时，天都黑了。

疏于练习的缘故，这晚她才打了一套拳法就开始腰酸背痛了。果然，她当初就不应该在档案里填上会武术！真是自作孽不可活……

回去的路上，外头黑漆漆一片。没有月光的夜色，真是一点儿都不美好！

这栋学者楼除舞蹈练功房之外还有练琴房等，为了不影响到学生的上课休息，特意建得比较偏。出门得先走一段路，然后下坡再拐弯，才能看见大部队。而这一块的路灯刚好坏了，还没及时修好，偶尔突然闪一下，吓死人。

澄澄握着手机，走着走着突然就开始奔跑。嘤嘤嘤，谁规定学过武术的人就一定是个胆大的呢？她从小到大都害怕走夜路……

谁知人要是倒霉，喝口水都能被呛到。她这马上就能拥抱光明了，旁边突然一个黑影掠过，分神的她躲避不及，而对方似乎压根儿没料到这个点还会有人，于是"砰"的一声，中大奖了。

其实她也没怎么受伤，因为关键时刻对方及时拉住了她。不过她的屁股没摔疼，额头可是撞疼了。

"啊……痛死了。大哥，你是吃石头长大的吗？"她捂着额头，恶人先告状。

眼前高瘦的黑影似乎轻笑了下，声音居然非常温和："对不起！"

作为一个声控，澄澄可耻地被对方的糖衣炮弹迷住了。于是她做了一件很二的事情："再说一遍，我就不跟你计较。"

"对不起！"

那道声音清澈温润，宛如一弯清泉。澄澄捂着微疼的额头半晌才回过神，可惜方才背光对着自己的人已经走开很远。

回寝室后，大家对她的经历表示十分同情，善良的寝室长大人还特意跑下楼替她买了瓶红花油。等到离学校寝室熄灯只剩十分钟的时候，已经洗完澡爬回床的澄澄突然弹坐起来。

因为她突然想起来，今天原本约好和高手兄去升级的，居然给忘记了……罪过、罪过，看来她的心理素质真的有待加强啊。

好在这个时候的校园网特别给力，平常要花十分钟，现在一分钟就成功登录游戏。

她一上线，发现高手兄还在，立马发了个笑脸过去："你怎么还在线呀？"

那人回答得很迅速，语气隐隐透着丝调侃："怎么，莫非小白队友以为我不在，故意选这么晚上线？"

"呃……当然不是！"澄澄义正词严否定后，开始为自己的爽约解释，"今天对不起啊，老师突然委以重任让我准备参加校迎新晚会的节目，所以晚上被发配去训练了。不过我为了赶回来跟高手兄你解释，半途还被人撞到，额头都肿了一大块。"

彼时，坐在南大某寝室的年轻人，看着游戏聊天框里的话，下意识就想起自己方才在校园里被撞得微疼的胸膛……

几秒之后，澄澄看见对方发来回复，惊得差点儿把电脑掀翻在地。

君子爱财："好巧，我晚上在校园里也被一个冒失鬼撞到了。"

真是神一样的巧合。

澄澄摸了摸已经不怎么疼的额头，默默决定换一个话题："对了，今天荼蘼和刀锋那些人还在骂人吗？"

在她上线这几分钟里，各个频道居然没半点儿昨天的喧闹嘈乱，太奇怪了。

"事情已经解决，你早点去休息，改天有人会来跟你道歉。"

澄澄惊了下，好奇道："谁来道歉？难道是荼蘼花开？"

"到时候你就知道了。"

不卖关子会死吗？不过看在熄灯时间马上就到的份儿上，就放过他这一马吧，"那我先下线啦，晚安！"

她盯着聊天框直到看见对方发来的"晚安"二字，这才心情愉悦地关掉聊天框准备下线。谁知刚准备点"退出"，突然收到一条陌生的私聊消息。她还以为是高手兄发来的，结果一看……真相很是惊人！

【陌生人】潇潇风雨：在不在？关于你说的幽冥珍珠事件，我们已经查清楚了。

【陌生人】潇潇风雨：幽冥珍珠是花殇无意间捡来的，不过她知道花开一直想用珍珠来帮我砸装备，所以就私底下交易给了花开。虽然发生的事情错不全在花开，但她也有不对的地方，这里我代她跟你道歉。我们交易一下，我把幽冥珍珠折算成游戏币还给你。都是一个服的，低头不见抬头见，误会说开就好，希望你别再介意。

刚刚看完这段话，游戏屏幕立即弹出两条系统提示。一是好友申请，一是交易邀请。

大概是见她没动静，对方又发了条私聊消息。

【陌生人】潇潇风雨：大家加个好友，希望以后有机会可以一起做任务下副本。

澄澄瞪着一连串的消息，有些消化不良，却仍敏感捕捉到"责任不在荼蘼花开"这样的信息。但是时间紧迫啊，有随时掉线的可能，所以她二话没说决定先加萧师兄为好友。

不过……点开交易栏，上头的数额顿时晃得她有些睁不开眼。

30000 金币？折算一下人民币三千多块钱，一颗小小的珠子居然值这么多钱？天哪，一定是她打开的方式不对……

【私聊】安小白：呃，这个封口费是不是太贵了点？

【私聊】潇潇风雨：珠子现在市价是 3000 金币左右，多出来的算是我们的一点儿心意。

这份心意分量好足！有钱人真是伤不起，一出手就是市价的十倍。不过此刻，澄澄脑中突然浮出一句话——秀恩爱，分得快。秀恩爱好歹考虑一下配角的心情好吗？这么想着，说出口的话不免就有点儿冲。

【私聊】安小白：你确定你家那位也是这样想的？你们俩不会一个唱黑脸一个唱白脸，等我收了钱就公开黑我吧？反正我对荼蘼花开的人品相当怀疑。

潇潇风雨当场愣了一下，旋即皱眉。他把姿态放低，还付十倍的市价给对方，本以为对方会感恩戴德，没想到是个不识抬举的主儿。尽管心情不悦，但一想到这两天帮众连续在野外被围堵截杀，导致有些小号纷纷退帮，他只好耐住性子。

【私聊】潇潇风雨：我以刀锋的名义保证，你口中的事情不会发生。

刀锋的名声已经烂大街了好吗？刚把心里话敲出来，回过神的澄澄赶紧删掉，因为她已经反应过来，自己先前说的话不大合适了。毕竟现在跟她对话的不是萧师兄，而是荼蘼花开游戏里的老公潇潇风雨，想必他对自己的第一印象十分糟糕吧。

搓了搓苦瓜脸，某人有些纠结，但现在已经没时间让她去找高手兄商讨对策，所以她决定不再废话，直接收下交易栏里的钱。反正注定不能相亲相爱，那就只好相厌相杀咯。

就在"交易成功"四字刚跳出来时，原本明亮的寝室突然陷入黑暗，哀号声此起彼伏地在南陵大学各大寝室响起。

澄澄看着屏幕正中那句"与服务器断开连接"，再看看右下角准确无误的十一点整，嘴角忍不住抽了抽。舍监老师，您真是太敬业了……

由于离九月底的迎新大会也就剩十来天，澄澄接下来的课余时间重心都得移到武术训练上面。可对游戏的激情这才刚冒头，掐灭是不可能的，最终她想了个折中的方法，把自己那点可怜的午休时间贡献出来玩儿游戏。

大中午她上线时，看着包裹栏里多出来的一笔巨款，心里仍然有些不平静。君子爱财此刻恰好也在线，于是她赶紧把潇潇风雨找自己交易，并致歉的事情跟他说了一遍，同时有些疑惑："你说，我不在的时候是不是发生了什么大事？这剧情的进展是不是太快了些？"

君子爱财听完她的讲述，神色平静淡定："嗯，算他识趣。"

澄澄愣了下，迅速脑补："难道高手兄你趁我不在的时候，做了什么惊天动地的事情？快说来听听，说完咱俩来分钱呀！"

"我是一个见钱眼开的人？"

"呃，当然不是！"虽然不明白为何话题会转到这上面，澄澄还是第一时间给出回答。想了想，她觉得不妥，又补上一句，"我觉得咱俩都是正直的人！"

"那在小白队友你看来，我很缺钱？"

"怎么可能？高手兄，您真搞笑。"要缺钱的也应该是我等平民百姓啊。

"既然这样，那我为何要告诉你呢？"

澄澄傻眼。这是要让自己说出一个理由吗？可故事里英雄救美，不是都应该让当事人知道的吗？

这天，澄澄直到最后下线也没搞清究竟发生了何事，居然能让荼蘼花开承认错误，让萧师兄亲自上门和解。当然，这个短暂的午休时光里，她也压根儿没精力去纠结这个。

因为，高手兄居然主动提议带她去升级了！

澄澄在心里默默为高手兄乐于助人的行为，点了三十二个赞！于是以最高效率清完活动列表上的任务，澄澄已经成功升至三十二级。

【队伍】君子爱财：以后每次上线，记得第一时间把活动日程里的日常活动做完。这些任务很简单，基本都是系统白送的经验。

【队伍】安小白：了解啦！没想到升级居然这么快呀，哈哈哈！

【队伍】君子爱财：你以为呢？

【队伍】安小白：嘿嘿，现在看来我以前做任务的方式果然不对！不过高手兄，你真的不收徒弟吗？就这样放任师徒声望溜走，真的好吗？

【队伍】君子爱财：在小白队友你看来，我是一个很闲的人？

澄澄看到这个句式，自觉闭嘴。根据经验，这种话题继续下去落下风的那个肯定是她！

日常任务搞定，接下来就是刷经验副本。经验副本的存在，说白了就是免费送经验的，而刷与自身等级相符的经验副本，获得的经验自然就多。

三十级的经验副本由于有人数限制，必须团队人数达到四名及以上方可开启，喊人这种活儿自然而然落在澄澄身上。

【当前】安小白：三十级经验副本高手带队随便来啦！只要是活人就行，没其他要求！

其他频道还没开始喊，澄澄立即发觉有些不对劲。以往小号喊组队都是被无视的份儿，怎么这次她一开嗓就收到一大堆入团申请？难道是因为高手带队的吸引力？可为什么这些家伙一个个等级这么高呢？尽管疑惑不解，她还是点了"同意"，甚至还十分有礼貌地给另外被自己拒绝的几位玩家发私聊，告诉他们队伍满了。

【系统】玩家月黑风高加入团队。

【系统】玩家三千繁华加入团队。

【系统】玩家故人两相忘加入团队。

【系统】玩家见光死加入团队。

系统提示刚刷出来，队伍里已经有人开口打招呼。

【队伍】月黑风高：哟，好巧啊。

【队伍】三千繁华：啊，真的好巧。

【队伍】故人两相忘：嗯，确实很巧。

【队伍】见光死：咦，这难道就是传说中的有缘千里来相会？

【队伍】君子爱财：……

【队伍】安小白：……

呃，现在是什么情况？为什么连"有缘千里来相会"都跑出来了？还有这个"好巧"到底是咋回事？瞬间有种乱入的感觉！

顶着一头雾水进入副本后，澄澄终于明白这群人为啥说巧了。因为他们头上顶着的帮派标志，跟君子爱财一模一样。

【队伍】君子爱财：看来你们真的很闲，连这种小副本都入得了法眼。

【队伍】故人两相忘：闲不闲关键看对象是谁。

【队伍】月黑风高：+1！你以为我们是随便的人吗？

【队伍】三千繁华：+2！君长老不介绍介绍？

【队伍】见光死：+3！这位姐姐看起来真的很眼熟！

【队伍】见光死：啊！我想起来了，这不就是上次大家讨论的君大哥家那位神秘情人吗?

【队伍】君子爱财:哦?"大家"具体是指……

【队伍】故人两相忘:小光,祸从口出。

【队伍】见光死:哦,就是指帮里的所有人啊。帮主,你说的是成语吗?什么意思呀?

故大帮主此刻也有些词穷,俗话说不怕神一样的对手,就怕猪一样的队友啊。倒是君大侠此刻表现得特别和善。

【队伍】君子爱财:意思就是小朋友要诚实,有一说一,有二说二。小光,你的表现可以评满分。

澄澄微窘,这难道就是传说中的骗小孩?

接下来副本在一种十分诡异的氛围里结束。她刚交掉副本门口的任务,立即就看见系统接二连三提示:"玩家×××被队长君子爱财踢出队伍。"

看着只剩下自己跟高手的队伍,电脑前的安某人"扑哧"一声笑出声来。

果然,得罪谁也别得罪爱记仇的高手兄!

集体灭口

　　为了以最好的状态参加迎新晚会，澄澄给自己定了锻炼计划，每天早上提早一小时起床去操场跑步。

　　这天早上完成锻炼，本来打算回寝室的澄澄，接到室长大人的电话指示："澄澄啊，带三人份的包子回来吧。"

　　"行啊。"她回去路上会经过离寝室近的那个食堂，"不过，为什么带三人份？你们不是两个人吗？"

　　她们寝室跟别的寝室有点儿不一样，只有三个人住。另外一个室友妹子从开始至今就没现身过，后来听说是出国留学了。这个空床铺，现在已经堆满了她们仁的行李。

　　寝室长管微还没出声，另一位室友夏沫的大嗓门儿已经从手机里传出来"谁规定女生饭量一定小？还有那个听说南区的包子一绝啊！"

　　"吃货！"

　　澄澄慢跑到南区食堂时，刚好抢到最后几个肉包。她前脚刚走，后脚就听见食堂师傅宣布今天的肉包卖光了。听着身后男生们的郁闷哀号，她顿时心情大好。

　　不过刚走出食堂大门，后头立即有个男生追了出来。

　　"哎，这位学妹，你一个人吃不了这么多包子的吧？能不能好心转让几个？”

澄澄扫了一眼跟前高大帅气的男生，微微一笑："不好意思，我们寝室人多。食堂里不是还有馒头卖吗？"

"没办法，室友不爱吃馒头，只爱吃南区食堂的肉包。"如果不是昨晚游戏 PK 输了，他会干出这么糗的事吗？

一旁的澄澄瞬间脑补，然后从头到尾又将眼前长得人模人样的不知名学长打量了下，最后她露出一个敬佩的眼神："学长，我懂的！我分一个包子给你们吧，再多我这儿就不够分了。"

那男生站在原地，看了看被塞进自己手里的包子，又望向前方跑远的小学妹，心情忽然变得很微妙。谁来告诉他，刚刚那个了解又充满敬佩的眼神是怎么一回事？

回寝室后，澄澄迅速消灭了自己的那份早餐。一旁刷牙回来的夏沫，看着桌上剩下的三个包子纳闷道："说好的三人份呢？"

澄澄打了个饱嗝："哦，路上遇见一个学长，秉着助人为乐的精神，我分了他一个。"

夏沫忍不住冒黑线："澄澄，你绝对是中国好学妹！"

澄澄"嘿嘿"一笑，把先前发生的事情粗略说了一遍，末了还不忘发表自己的言论："为了学长和他爱人能修成正果，肉包君送得其所！"

因这天早上第一节课 10:00 才开始，澄澄琢磨着先上游戏溜达一下，结果点开游戏才发现，早上游戏例行更新维护，得到中午 12:00 点左右才能完成。

好在当天课程比较少，下午 3:00 后就没课了。澄澄索性把晚上的训练挪前，如此一来晚上就可以偷懒啦。吃完晚饭刚回寝室，她就打开电脑。刚刚登录游戏，立即看见屏幕中央飘过的一条大红色系统公告。

【系统】玩家花吹花雨以压倒性胜利出色完成幽冥宫副本，获得幽冥宫至宝幽冥珍珠。玩家千山凌雪乐于助人，奖励助人为乐声望250点。

澄澄震惊的表情还没挂脸上，世界频道上已经闹成一团。

【世界】一树梨花压海棠：啊，中午刚更新完就看到二十四副本掉幽冥珍珠，怎么现在又掉了？这不科学啊！

【世界】茶蘼雅儿：策划脑子进水了吧？以前一个月都出不了一个，现在几天时间连掉两个。

【世界】茶蘼花落：策划你妈喊你回家吃饭！好好的改什么掉落率啊？

【世界】茶蘼花殇：安小白在不在？在的话吱一声！特意买了颗幽冥珍珠还你，没其他要求，你只要把上次狮子大开口骗到的30000金币还来就行。

【世界】乘风破浪：30000金币？她还真敢喊价！见过不要脸的，没见过这么不要脸的！无节操猜测这女的肯定被GM潜了！

【世界】茶蘼花颜：我查了下那女的此刻在线！请别假装不在好吗？敢情之前都是装出来的呀，因为早就知道掉落率会修改，所以导了这么一出骗局？

【世界】带头大哥：楼上几位积点口德吧，个人认为安小白是GM家亲戚的概率比较大。

【世界】公子行云：何处风流帮会收人再来一发！一笔凤凰朱砂，恍若刹那芳华。甘愿袖手天下，为其满树繁花！

【世界】疯狂的叁刀：肯定被潜了！不然世上会有如此巧合的事情？用脑子想想。

【世界】酒酿圆子：哈哈哈，茶蘼花开活该！抢别人东西就该想到会有这么一天啊。这次更新点赞！

【世界】一锅端：茶蘼跟刀锋的疯狗又开始乱咬人了。开口闭口这个有病、那个不要脸，搞得自己多牛气的样子，还不是个抢别人东西杀小号的不入流帮派？之前想道歉赔钱了事，现在又说别人骗钱，欺负小号的早晚被雷劈！还有最烦那些一点儿事就扯潜规则的，内心能别这么阴暗吗？

【世界】公子行云：哇，信息量好大！一锅妹子是谁呀，好霸气！

【世界】鱼丸粗面：帮主大人犀利威武！PS：第一次见到楼上那位出现不是打广告……噗！

【世界】一锅端：吃货家族招人，志同道合的来。

【世界】四喜丸子：最后的笑脸暴露帮主软妹的本质咯。

此时正好是服务器在线玩家最多的时刻。

吃货家族的帮主首次在世界频道上露脸就明讽茶蘼帮派，茶蘼这些好面子的女玩家当然不服，然后不服气的结果就是一场骂战。

澄澄正准备敲键盘声援这些战友，突然就发现自己眼前竟然多了一个人。

远处山峦叠嶂，银色的月亮高高悬挂山头，游戏背景音里传来虫鸣以及溪水流淌的声音。眼前的少女一身素雅的裙装配着那张略带高傲的眉眼，头上是绿色的四字 ID：茶蘼花开。

好一个冤家路窄！

澄澄撇撇嘴，决定绕路眼不见为净，但是好像不奏效。

【陌生人】茶蘼花开：安小白，你为什么偷摘我的奇异果？

澄澄扫了一眼那句莫名其妙的话，继续不加理会。但她的不理会，在茶蘼花开眼里就成了做贼心虚。

【陌生人】茶蘼花开：手脚不干净，偷了东西还想跑？

茶蘼花开说完，也不等对方的回话，直接就锁定目标开红。

这边，澄澄正敲字敲到一半，突然就发现自己的游戏角色竟然阵亡了！

而私聊框里传来杀人凶手黑白颠倒的言论。

【陌生人】茶蘼花开：上次幽冥珍珠的事情，我家风雨被你诓了

30000 金币不说，这次我挂机种了二十四小时才等到结出的奇异果，你居然把它偷摘了？做人能不能别这么没品？

澄澄嘴角抽了抽，眼前这片广阔的土地哪里来的什么奇异果？

她再无知，也明白过来对方这是故意找碴儿。

【陌生人】安小白：臆想症是精神病的前兆啊，亲！你有病让你杀一次没关系啊，但是放弃治疗真的好吗？

【陌生人】荼蘼花开：你才有病！你全家都有病！

荼蘼花开骂完仍不泄愤，当场又从商场买了一堆道具符，然后选定地上的尸体开始了惨无人道的虐尸行为。

【系统】您已被定身。

【系统】您已强制复活。

【系统】您受到玩家荼蘼花开的攻击。

【系统】您受到会心一击，减少 ××× 点血量。

【系统】您的人物角色已死亡。

澄澄看着游戏屏幕里刷出的一大串系统消息，有些无语。

如果不是知道原因，她都要怀疑荼蘼花开对自己是真爱了。每天都盯着自己不放，是要闹哪般？照理说游戏里恋爱的人不是每天都忙着腻歪吗？难道是因为欲求不满？

想到这里，她自己忍不住先笑起来，郁闷的心情好像因为自娱自乐少了一点儿。但点开好友列表，看见那两个灰暗的 ID 名字，心情好像又变差了。

明明她的初衷，只是想借游戏这个第三方平台重新靠近她喜欢的人而已。可是人生路上每一次选择总会莫名偏离原有的方向，就像她曾经无数次无疾而终的告白一样。

最后站在他身边的，永远不会是自己。

她悄声吸了吸鼻子，把自己无端落泪的缘由归结到讨人厌的夜色。

自思绪中回过神，澄澄突然发现好友列表第一位的那位居然上线了。她犹豫了下，最后选择放弃求助。总是麻烦别人的话，说不定哪天就会被讨厌了吧？

但事实是——她想太多了！因为此时此刻，这个偏僻到有点儿智商的小号都不会来的三十多级练级场景，不知何时多了一个人。

那一抹低调素雅的灰，却在这个皎洁的月色里，开出无数朵绚烂的花朵。

她傻傻地躺在原地，看着那个头顶"君子爱财"四字ID的沉默剑客，将嚣张的女医生反复定身击杀强制复活，忽然就有些无法形容自己此时的心情。

过了一小会儿，剑客渐渐停了手，澄澄还以为要收工了，结果下一秒，当前频道刷出一条新消息。

【当前】君子爱财：小白队友，还不起来干活儿？月黑杀人夜，现在正是时候。

噗！澄澄看见这句顿时没Hold住，直接把电脑屏幕给喷了。

等她从原地爬起后，她家靠山又发话了。

【当前】君子爱财：哦，对了，慢慢砍，咱们有的是时间。

短时间内就被杀掉了一级的荼蘼花开正处于被定身状态，看着两人的对话，简直要气炸了。

【当前】荼蘼花开：一对不要脸的狗男女！我保证你们一定会为今天的所作所为付出代价！

先不论什么代价，其实荼蘼花开已经气到内伤了！本来君子爱财一出现，她就在帮派里发话，让帮里有空的都过来支援。谁知道等了这么久，一个都没过来。

就在她被眼中钉安小白用低级武器慢慢挥砍时，荼蘼花殇等几个铁杆跟班总算赶了过来。可是来的都是等级一般、装备一般的，就等于白送死啊。

【队伍】荼蘼花开：其他人呢？

【队伍】荼蘼花颜：不是正在副本走不开，就是在跟别人组队做任务，都没办法赶过来。

【队伍】荼蘼花殇：姐，其实有些人压根儿就是故意不来的！我听说好像是快要出新等级了，死一次要掉很多经验，所以她们都不怎么乐意。

【队伍】荼蘼花落：花开姐，我刚叫了乘风他们几个来帮忙，应该很快就到！

荼蘼花开扫一眼己方五六个女玩家，居然只让君子爱财掉了一丁点儿血量；再看看毫发无损还在自己身上猛砍的安小白，顿时一口血喷出。

【队伍】荼蘼花开：先别管君子爱财，集中火力先把安小白杀了！

十几秒后，尸横遍野。

【当前】荼蘼尜雨嘀：喂，君子爱财，你一个大男人有没有羞耻心呀？居然欺负女玩家！

【当前】荼蘼花殇：就是！排行榜上的大神了不起吗？装备好了不起呀？还不是靠 RMB 堆的。

【当前】荼蘼花颜：没风度！有钱了不起？这种烂男人送我，我都不要。

【当前】荼蘼花颜：也就只有贱人才稀罕！

澄澄皱皱眉，刚要为她家靠山辩驳，靠山已经先她一步发言。

【当前】君子爱财：小白队友，知道这群人是怎么死的吗？

澄澄这个时候反应特快，无须指点就明白他的意思了。

【当前】安小白：当然是不长眼啊，居然连你的人都敢杀！

【当前】君子爱财：嗯，奖励小红花一朵。下次再有人不长眼，知道怎么做吗？

【当前】安小白：知道、知道，靠山你负责杀人，我负责卖萌。

还真是……在场众人看见以上对话，瞬间无语。祝福全天下秀恩爱的男女，都是失散多年的亲兄妹！

　　澄澄跟在她家靠山兄身后离开没多久，乘风破浪等人及荼蘼的人马方匆匆赶到。荼蘼花开看着来晚了的支援团，将到嘴边的责问咽回肚里。她不是真的没脑子，这个时候责骂或者处罚自家成员，只会让军心涣散。最后，咽不下这口气的荼蘼花开发了个全帮通告，表示从今天开始野外收割团正式收人。

　　野外收割团即每天半夜三更在外头开红杀人的团队，成员基本都有等级操作及装备的要求。一般情况下开红杀的都是敌对帮派的成员，所以这也算是变相宣布荼蘼正式与苍山暮色成为敌对。

/十二/

群殴分子

　　周四这天恰逢兔子窝边的草同学生日，所以当晚苍山暮色管理层集体出门庆祝。本来余下的人都在各干各的事儿，帮派频道挺安静的，直到一名加入帮派不久的新人同学上线，并发表了自己的疑惑。

　　【势力】农夫三拳有点疼：呃，管理层在不在？

　　【势力】神马追风：管理层晚上集体有事，估计得晚些上线。怎么了？

　　【势力】农夫三拳有点疼：我想问下我们帮跟荼蘼、刀锋是不是敌对关系？

　　【势力】神马追风：咱们帮目前是河蟹帮派，暂时不参加斗殴。农夫，你为啥这么问？

　　【势力】农夫三拳有点疼：哦，我凌晨三点多在野外做任务的时候，被荼蘼跟刀锋的人杀了。现在看来，可能是误杀吧。

　　【势力】发现的眼睛：荼蘼跟刀锋的人？好像闻到了什么阴谋的味道啊。

　　【势力】神马追风：这个我有点儿说不准。农夫，你被杀了几次？

　　【势力】农夫三拳有点疼：一次。

　　【势力】太后你真坏：咦，说到这个，我凌晨刷副本出来也被杀了一次。凶手也是荼蘼的，道歉说是误杀。

就在众人对误杀真相进行讨论时，看他们聊天有一会儿的暴医姑娘忍不住了。

【势力】随水：你们好天真！入帮前我跟常流每次野外杀完人也都说是误杀……

【势力】发现的眼睛：哇咧，看来这是激情来临的前奏啊！目测可以把我的大刀亮出来了，我去修装备。

【势力】随水：嗯，等管理层们上线再开展活动吧，目测可以提前整装。

随水跟常流是服务器有名的变态夫妻组合之一，医师榜牛哄哄的红人。当然，这个"红人"属性还包括他们每次上线有一半时间名字都是红的。他们前阵子加入苍山暮色后收敛了不少，因为入了帮他们身后所代表的就不再是个人，而是苍山暮色这个帮派。不过入帮后，但凡帮里有下副本缺奶妈什么的，都随叫随到，表现十分亲和。尽管如此，听闻他们传奇事迹的帮派成员们，对这大暴医还是心有敬畏。

不过经这么一说，大家纷纷磨刀霍霍，就等着管理层回来宣布开打。不过突然冒出的另外一个插曲，提前了激情的节奏。

【势力】如何跟弱智相处：弱弱举个手，我凌晨快要下线的时候也被杀了一次。杀我的是刀锋一个叫疯狂的叁刀跟荼蘼的荼蘼花颜。

【势力】如何跟弱智相处：还有刚才在野外跑连环任务又被这两人杀了。

【势力】卡卡是个英雄：我说呢！刚刚问你，你说任务快做好了，现在又在做第二环节。刀锋跟荼蘼明摆着在欺负人啊！可以申请提前开战不？

【势力】随水：笨，开什么战？咱们只是在解决私人恩怨而已。来，发挥友爱的时刻到了，想去助人为乐的都把队伍组起来。

于是短时间内共组了五六个队伍，二三十人抱团走，一个个传送神石奔了过去。只要看见荼蘼跟刀锋的玩家，一律下狠手。

这两大帮派个别在摆摊被杀的玩家，立即上世界频道大骂他们没人性，而得到的统一回复都是：不好意思，误杀。

世界频道上掀开了一场无休止的口水战，同时中枪的两大帮派迅速组织了队伍进行反击，且双方不断有成员加入，甚至不在线的玩家们收到好基友们发来的短信，也都纷纷开电脑上线。

不明所以的见光死一上线，立即被大伙儿打鸡血的表现惊到了！在大致了解事情之后，赶紧给弥勒佛发了条短消息。

南陵市某酒店包厢内，一群年轻人正在聊天说笑。其中一名眉目清秀的年轻人低眉看了一眼手机里收到的短信，缓缓抬眉望向在座众人："小光说荼蘼跟刀锋凌晨杀了我们帮一些成员，现在大伙儿在打群架，问我们要不要上线？"

话音刚落，旁边立即有人骂了声："又是这两个菜帮？战况如何啊，现在？莫名觉得有些手痒。"

对面的莫繁跟白原见状起哄："月爷，太不重视寿星公了啊？来、来、来，自罚三杯，自罚三杯！"

岳恒望着桌上的大蛋糕，认命自罚。起哄归起哄，正经事还是要谈的，不过一帮之主在这儿坐着呢，大家齐齐将目光投向那位面容清俊的白衣男子身上。

顾天磊没正面回答，反倒将目光落在全场唯一戴眼镜的那位身上："君少，怎么看？"

君少敛闻言，轻敲桌面的手指微顿，挑眉望向正在吃龙虾的某人："关键在于寿星公怎么看？"

寿星公从一堆海鲜中抬起头："都欺负到自己人头上了，果断地撤啊！我等着你们给我过农历生日！"说完，他低头迅速解决盘子里最后一只螃蟹，也因此没有看见小伙伴们交换了个意味深长的眼神。

一直快步到学校大门口了，这货才想起来不对劲。这些人说征求他的意见，敢情早挖好坑就等他那句撤退的口号了啊。

澄澄今天上游戏的时间恰好就比苍山暮色这群人早了些。她一上线，直接被自己周围的场景和各大频道上的骂战惊呆了！

她所在的地点属于安全地区，不能打架，可传送石旁黑压压的都是人头。各大帮派的玩家都有，主要为荼蘼、刀锋及苍山暮色三大帮。

但这都不是重点啊，重点是一眨眼的工夫，这些人全没影了。除了一些专业摆摊的商人号和一些小号玩家，平常人口密集的主城区这时空荡荡的，风吹过来都能把她家小医生身上的小短裙给吹起来！

各大频道的骂战就更甭提了。

刀锋跟荼蘼的枪口一致对准苍山暮色，苍山暮色自然进行反攻。一些平日看不惯刀锋跟荼蘼的小帮派以及散人玩家，在这时候也自发声援神窝。

澄澄有些纳闷又有些好奇，看到世界频道上跟荼蘼呛声的鱼丸粗面同学，赶紧发了条私聊消息过去。

【陌生人】安小白：妹子，还记得我不？今天发生啥历史性大事件啦？怎么有种全民大作战的感觉？

那边很快回了消息。

【陌生人】鱼丸粗面：哈哈哈，小白姐姐你来啦！荼蘼跟刀锋的玩家滥杀人，苍山暮色的英雄们正在教训他们。我们在围观哦，你要来吗？给你留板凳跟瓜子哟。

澄澄看着对方发来的组队及互加好友的邀请，想都没想就点了"确定"。

队伍里除了她俩外，还有三个也都是吃货家族的。澄澄跟吃货家族的帮主一锅端没怎么交流过，其他两位倒都打过照面。

队伍里聊的也是刚才她问的那个问题。

【队伍】酒酿圆子：据说荼蘼的人偷袭苍山暮色的玩家，是因为荼蘼的帮主被杀掉了两级哦！

【队伍】过桥米线：咦？原来还有这回事。荼蘼花开活该，看她还敢不敢嚣张！不过谁这么牛呀？

【队伍】一锅端：咱们家偶像君子爱财大神！

【队伍】鱼丸粗面：哇咧，偶像大人好霸气！不过为了啥呀？

【队伍】一锅端：据说为了女人……

澄澄看到这里，心都快跳到嗓子眼儿了。谁料，另外三个吃货一个劲儿在八卦偶像怒发冲冠的对象是哪位……

不过一锅端还没给出答案，她们就被敌军发现了！

澄澄离她们稍微有那么点远，如果悄悄溜走是不会有人发现的。但抛下道友这种事，正直的安同学肯定不会干的！而且落荒而逃什么的，也太没形象了！

她果断替自己上好状态，迅速跑过去想为队友们加血。可惜等级不够、奶量太少、操作又菜，最重要的是跑得太慢……敌军一个远攻技能飞来，就直接把还在半路的小医生给秒杀了。

虽然一锅端帮主的操作水平确实不错，大家都倒地了她还能独自撑几秒，但敌我力量实在太悬殊，沦为尸体后，这群可恶的杀人凶手还从她们几个脸上一一踩了过去。

同一个时间、地点，赶来火力支援己方落单人马的秦时明月等人注意到这一突发情况。扫一眼成堆的尸体，发现不是自己帮的成员，正打算节省时间直接无视。忽然，有人眼尖地看到倒在半路的那具尸体的名字……

【队伍】夜深人高：咦，"安小白"这个名字怎么这么眼熟？

【队伍】秦时明月：好像是跟咱们君长老有一腿的那位？

【队伍】夜深人高：哦，是她啊。

【队伍】曾英俊：原来是自己人！那还等什么，医生负责救人，其他人抄家伙跟我一起上！

秦时明月妹子听到队长的话都快笑抽了，一个箭步上前，将自己人以及吃货家族那三位一并救起。

澄澄被救起的瞬间，恰好看见系统同时刷出两条好友上线提示。

她不用动脑就明白萧师兄跟高手兄肯定是收到了线报。如果说前面的群架是一场突如其来的阵雨，那么接下来应该会有一场暴风雨来袭。

果然，下一秒世界频道上刷出的消息就落实了她的猜测。

【世界】潇潇风雨：苍山暮色连打架都偷偷摸摸见不得光？想打架说一声，我们刀锋奉陪到底！

【世界】荼蘼花开：力挺刀锋，联盟永存！原来苍山暮色这种爱偷袭的帮派就是某些人口中所谓的大帮？还偶像、大神？净干些偷鸡摸狗、男盗女娼的事，送你们两个字：呵呵。

与此同时，系统刷出两条大红色的公告。

【系统】势力刀锋与势力苍山暮色和平关系破裂，正式宣布敌对。

【系统】势力荼蘼与势力苍山暮色和平关系破裂，正式宣布敌对。

相较于这一切，苍山暮色这边显得淡定多了。

帮主故人两相忘只回了简短又霸气的六个字。

【世界】故人两相忘：犯我同胞者，诛！

《风云OL》目前盛行的聊天工具是YY语音，每个帮派都建有自己的YY频道，用于平日的聊天交流以及打帮战下副本时的指挥等。

而此时，世界频道上的消息一刷出，YY聊天框里整整齐齐刷出几十个"帮主威武"的字眼。

正在麦上的故大帮主似乎很轻地笑了声："这次是野战，没要求，大家玩得愉快最重要。"

聊天频道满屏都是欢呼和送鲜花的。故帮主先是让知情人士把目前战况简略说了一遍，然后就开始从容分配和调整队伍。

任务分配完，YY频道管理员就将麦调成了自由麦，以便各小分队随时报告情况。

作为小分队队长之一的糙汉子曾英俊，不知怎的脑袋突然一抽，用他粗犷豪迈的嗓门儿在麦上喊道："君长老，你老婆安小白也在我们这儿，让她加入我们队伍还是……"

所有人瞬间静默，可惜神经太粗的曾英俊完全没发现："话说长老啊，身为男人一定得保护好自己的女人！刚才看见她被敌对杀了。她好像也没加帮派，要不要考虑把老婆领进门？"

见光死本来一直开小差在跟弥勒佛私聊，所以压根儿没注意到氛围很奇怪，在捕捉到"老婆领进门"这几个字时，下意识就开口问了句："老婆领进门，修行靠个人？"

噗！忍了半天的围观群众瞬间喷了。

小光同学总是语出惊人。这下联对得，太令人臆想翩翩了啊，哈哈。

电脑前的君某人看着满屏不断跳出的"哈哈哈"，眉梢微微一挑，音调轻扬："看来大家都很关心我的情感生活。打完架来临江渡口集合，一个都别溜。"

他刚说完，聊天框同步刷出一堆相同句式："君长老，我们错了，求原谅。"

大家这么怕死是有原因的！据说得罪君长老的人都会死得很惨、很惨……

江湖上传闻，有个不怕死的盗号贼盯上了君长老的号，结果该盗号贼各大服务器大大小小几十个号全部被清了，装备也全部被销毁。盗号贼悲愤地去找客服投诉，结果得到处理回复说，这些账号的金钱装备什么的来源异常，做封号处理……

基于围观的人很欢乐，所以月黑风高好心出面替他们解围："好了，都把注意力放回游戏上啊。据线报，荼蘼跟刀锋目前在线人数预计二百人左右，大概是我们的一倍。结局不重要，怎么激情怎么来。"

众人立即顺水推舟，把话题从君长老的夫人身上转移到打架上面。

澄澄收到君子爱财的私聊消息让她回城待着时，正面对私聊框的一堆"嫂子好""嫂子求加好友""嫂子求帮忙说情"的陌生消息纳闷。

【私聊】安小白：我觉得今天晚上特别诡异……刚刚突然一堆人密我，还喊我嫂子……

【私聊】君子爱财：那群家伙太闲了，无视就好了。接下来非安全区都会比较乱，你乖乖待在主城区。围观这种技术活儿，目前还不适合你。还有，刚才杀你的那个叫什么？

【私聊】安小白：疯狂的叁刀。

【私聊】君子爱财：哦。

澄澄以为话题就此结束，正打算叫队友们也一起回城，突然被接下来看到的消息吓了一大跳。

【私聊】君子爱财：对了，要不要来我们帮派？

本来他是想着自己接下来几天都没空上游戏，到时候她肯定又会被人欺负。与其如此，倒不如让她入帮，这么多人在也好有个照应。不然他怕等他再上线，这个又二又呆的小白队友已经被人欺负到离开游戏了。

他以为这个天天缠着自己要拜师的小家伙应该会欣喜答应，谁知道她的答案永远让人出乎意料。

【私聊】安小白：不要！

【私聊】君子爱财：为什么？

他敲完字，轻松避开前方敌军飞来的一记火攻。

【私聊】安小白：我也是有格调的！靠关系抱大腿什么的，降低我的档次好吗？总有一天，我会凭实力加入神窝的！相信我！

澄澄没有等来回答，不过她很快看到有记者在世界频道上大吼。

【世界】八卦小分队：噢噢噢，苍山暮色长老君子爱财突然被刀锋的逆风飞翔击中落马差点儿不举，不知是否因参战人数过多导致卡屏。总之，偶像挺住！

澄澄看到这里，笑得直捶桌。由于动作弧度太大，直接把桌上没拧紧杯盖的水杯震翻。然后，电脑瞬间黑屏。

/十三/
各路呆、二、萌

周五最后一节课上完，澄澄回寝室收拾好包袱，就直奔学校附近最大的电脑城修电脑。因为昨天电脑键盘进水时没有处理妥当，现在变得很麻烦。维修人员说起码得几小时，等不起的澄澄只能跟对方约好周日下午返校时再来拿。

回到家，客厅玄关处有一个黑色的行李箱，书房里隐约传来讲电话的声音。她愣了下，随即看见自家老爹西装革履、人模人样地握着电话走出来。

她欣喜地奔过去，也不管他还在讲电话，一把抱住他："安老大，你终于舍得回来啦！再不回来你家小美女都快要不记得你长啥样了！"

安易诚被她的语气逗乐，对着电话简洁交代了几句便结束通话。

"一阵子不见，我们家小美女又变漂亮了。"他乐呵呵地看着跟自己撒娇的女儿，"作为弥补，晚上老爹请你吃大餐。"

"居然这么大方？老大，你是不是做什么坏事了？难道是这回出差回来给我找了个后妈？"

她刚说完，脑门儿上立即挨了一下："小脑袋瓜儿想什么呢？这次出差碰上一些老同学，正好大家都在南陵市，趁此机会几家人一起聚一聚。他们已经出发，快去收拾一下，咱们差不多准备出门。"

澄澄笑嘻嘻地敬了个军礼："Yes Sir！"

聚餐点约在南陵市中心地段的五星级大酒店。

因为路上堵车，父女俩到约定点时，其他人已经先他们到了。不过当晚似乎有什么大人物包场，搭电梯时某楼层的电梯按钮直接被设置无法按停。他们到的时候，服务人员闹了一个乌龙，差点儿将两人领到被包场的那一层。后来才发现，是因为服务人员误把澄澄当作包场举办生日宴的主人家的女儿。听到这个原因，澄澄是没什么反应，倒是一旁的安易诚细微地皱了皱眉头。

包厢里大人小孩合起来有十人，大家各自聚在一起聊天。见到他们来，大家立即停止聊天围了过来。

听他们聊了一阵后，澄澄才知道这几位气度沉稳的中年男士居然是她老爹的大学室友。她曾经见过身为程序开发员的老爹的几个同事，跟眼前这几位差别不是一般的大。

大人们寒暄完，终于想起介绍小辈认识。

十八岁的澄澄看着眼前平均年龄比自己小三四岁的三女一男，默默在内心吐槽，说好的同龄人呢？

人员到齐后，服务员陆续开始上菜。

澄澄一边吃东西一边安静地听大人们聊天，从当年的往事一路聊到几对夫妇的恋爱路程，其间澄澄还被长辈们开玩笑，说她是父母新婚第二天在门口捡到的……这种骗小孩的伎俩已经过时了好吗？不过话题一路扩展，澄澄突然发现了一个不得了的事情！眼前这位清瘦戴着眼镜的徐叔叔，居然是奇想公司的幕后大 Boss！

奇想是国内领先的网络游戏开发商和运营商之一，现主要是基于自主研发的各类引擎为平台，开发各类网络游戏，她现在玩的这款《风云 OL》就是奇想公司旗下推出的新游戏。

怪不得她听着有些耳熟……因为每次有玩家在游戏中玩得不愉快

的时候，徐大 Boss 总是第一个中枪……

不知道是不是震惊过度，澄澄此刻听力变得特别好。另一侧那几个小朋友的小声嘀咕，她居然都能听得一清二楚。

"哇，小叶子，你昨天没上线真是亏大了！服务器可火爆了。"

"昨天我藏起来的考卷被我爸发现了，结果被揍了一顿还被罚禁闭。"

"你考了多少分啊？杨叔叔以前不是常说成绩不能代表一切吗？"

"哈哈哈，说到这个我就想笑。这小子英语试卷选择题从头到尾都避开了正确答案，于是就被我爸我妈认定是故意的，哈哈哈。"

"笑死你算了！别理她，快说说昨天发生了什么？"

"昨天苍山暮色跟刀锋还有荼蘼正式敌对，然后三个帮派共几百人在非安全区打群架，满屏幕都是红名，场面那叫一个壮观。"

"最关键的是，刀锋跟荼蘼人数合起来是神窝的一倍多，结果也没赢啊，差不多是平局。果然大神就是大神，操作就是牛。咱们吃货家族啥时候才能混到这份儿上呀？你们加油练级呀！"

苍山暮色？

刀锋？

荼蘼？

吃货家族？

正在吃蟹黄豆腐的澄澄，听着这些熟悉到不能再熟的帮派名，瞬间被豆腐噎住喉咙。半晌之后，顺过气的她才慢吞吞地将目光移到身旁那几个还在兴奋讨论游戏的小朋友身上。

所以……这里头的才是正版 GM 亲戚吗？

大概是她的目光太过于惊悚，梳着俩辫子的那位妹子终于好心询问："姐姐，你……你想说什么？"

"你们在聊《风云 OL》这款游戏吗？"澄澄咧嘴微笑，尽量让自己看起来亲切一点儿。

游戏名一出来，原本好奇看着她的其余几位，立即热情道："是啊、是啊，姐姐，你也玩这游戏啊？在什么服务器？要不要来跟我们一起玩？糖糖是我们吃货家族的帮主，操作很好的哦……"

她听着这些问题，心里憋住笑，面上装得一本正经："哦，我在天下无双。你们呢？"

"啊，太巧了！我们也是这个服的！"名叫林叶的男孩太激动，一不小心弄出了大声响，惹得正在聊天的长辈们纷纷看过来，还以为小辈们之间发生什么不愉快，结果见他们个个欢快的表情，立即又放宽心继续聊天。

小名叫糖糖的一帮之主，赶紧低声警告其余几位："你们别这么激动呀，接下来我负责开口你们负责听。"帮主还是颇具权威的，情绪激动的几位立即不出声了。她满意地点点头，这才继续问，"澄澄姐姐，你在游戏里叫什么？说不定我们曾经擦肩而过哦。"

"嗯，不只擦肩而过，咱们还并肩作战过。"澄澄看着他们疑惑的小眼神，笑嘻嘻地从桌旁伸出手，"战友们好，我的游戏 ID 是安小白，职业是医师。"

她说完，果然看见眼前的小伙伴们一个个嘴巴惊成了"O"形。

果然，共同兴趣是拉近友谊的桥梁啊，经过这次深刻交流之后，澄澄和这几个还在上初高中的小伙伴建立了深厚的友谊，在吃饭期间就迅速交换了手机及 QQ 等号码，并约好晚上大家一起上游戏蹦跶。

回到家后，已经是十一点多。

安易诚虽然喝了许多酒，好在还有几分清醒，临睡前还不忘叮嘱女儿早点休息。澄澄答得很欢快，一转身就开台式电脑上游戏。

上游戏第一件事，就是把自己的菜鸟号加入吃货家族！

入帮申请刚发送成功没多久，吃货家族那边就通过了她的请求。在线的人数虽然不多，仅六个，但热情堪比几十人。帮派频道齐刷刷一排的欢迎表情，帮主妹子特霸气地发了个帮派通告，表示新人安小白跟她亲姐没啥区别，都是自家人，让大家不要区别对待！

大伙儿聊了几句，个别小伙伴立即熬不住了。

【势力】四喜丸子：好困，我先下咯。明天把作业搞定再上线。小白姐姐，改天一起做任务哦。

【势力】酒酿圆子：我跟四喜表姐一起撤退，这周要上补习班，暂时不上游戏了。

【势力】安小白：好的，晚安，那现在……我们几个干什么去？

【势力】一锅端：你们有什么好意见没？

【势力】鱼丸粗面：升级呀！至少先帮小白姐姐升到五十级再说。

【势力】过桥米线：行，那队伍组起来！

鉴于下副本不仅有相关等级的装备掉落，还是团队活动中升级最快的一项，所以大家一致决定去刷副本。

好在大伙儿水平差是差了点，但半小时后还是一路杀到了最后一个关卡。

【队伍】酸菜鱼：小白姐姐别怕，站过来点，我们保护你！

澄澄立刻发了个感动的表情。

【队伍】安小白：加油！干掉 Boss，咱们就是老大了！

这个副本的最后一关偶尔也会掉落各大门派的紫色套件，开服最初的几个月价钱炒得很高。周围怪物都被消灭之后，帮主开始分配任务。

【队伍】一锅端：姐，你等下帮我们倒计时啊，喊 3、2、1 或者其他方式也行，你看着来。然后小叶你等下负责摸尸体，剩下的负责同时开启蓝色开关。

大家各自准备就绪，澄澄突然想起发言是有间隔的，以防等下出现误差，她临时想了一个办法，直接在队伍上发了个吐血的表情。

【队伍】安小白：等下开始的时候，我就发这个吐血的表情。然后这货吐五次血的时候，你们一起点蓝色开关哈。

【队伍】鱼丸粗面：赞同！

【队伍】过桥米线：赞同！

【队伍】一锅端：赞同！

【队伍】酸菜鱼：赞同！

【队伍】安小白：那我开始啦！＃吐血

令人发指的五分钟过后，静默的队伍频道终于同时刷出五条消息。

【队伍】安小白：咋还不干活？你们在等啥？

【队伍】一锅端：后面的四次表情呢？

【队伍】过桥米线：怎么不继续发表情了？

【队伍】鱼丸粗面：呃，说好的吐五次血呢？

【队伍】酸菜鱼：咦？小白姐卡了？

【队伍】安小白：我是说刚才那个表情人物吐到第五遍血的时候，你们就可以开始启动开关了，而不是指连续发五遍吐血的表情。

【队伍】鱼丸粗面：＃吐血

【队伍】过桥米线：＃吐血

【队伍】一锅端：＃吐血

【队伍】酸菜鱼：＃吐血

【队伍】安小白：＃吐血

啼笑皆非的插曲结束后，终于正式启动开关。

大 Boss 被放出来，除澄澄外，其余四人冲上去一阵恶战。杀完 Boss，大家星星眼看着上前去摸尸体的酸菜鱼同学。

【队伍】鱼丸粗面：来个极品的下摆！

【队伍】一锅端：小叶给力啊！怎么着也得雄起一下了吧？

【队伍】安小白：出摆的话，姐姐送你一组勇猛丹！

【队伍】过桥米线：噗！老弟，你不坚挺都对不起小白姐这么贵重的礼物啊，哈哈哈。

【队伍】酸菜鱼：你们这些家伙考虑一下身为未成年人的我的心

情好吗……

　　不知是否是勇猛丹的缘故，酸菜鱼同学人品值暴增。这才刚摸下去，系统跟着就刷出玩家酸菜鱼获得"碧波摆"的全服公告。

　　【队伍】安小白：哟，勇猛丹威力无穷啊！

　　【队伍】一锅端：等出去了一起分赃，哈哈哈！

　　【队伍】酸菜鱼：已经有人私密我碧波摆的价钱了。

　　【队伍】过桥米线：别贱卖，价高者得！

　　【队伍】酸菜鱼：这人说他是学生党没钱，让我便宜点儿卖给他。怎么破？

　　【队伍】一锅端：给他便宜 100 金币。

　　【队伍】酸菜鱼：好。

　　【队伍】酸菜鱼：他说他身上只有 1000 金币，我让他哪凉快哪里待着去。

　　【队伍】一锅端：这种估计是来找碴儿的，别理他。小叶，你先出副本，然后把东西挂商城去寄售。反正我们帮现在暂时还没这些装备需要，等以后大家把等级练好再来搞装备。

　　【队伍】酸菜鱼：嗯。

　　酸菜鱼同学找到 NPC 点了离开副本，其他人则留在副本里捡方才小怪掉落的马粮。只是刚出副本，他就发现不对劲了。副本门口站在树下的五六个红名玩家，一见他出来，直接就围了过来。

　　【队伍】酸菜鱼：你们别出来，刀锋的在门口杀人，我被杀了。

　　【队伍】安小白：怎么又是刀锋？他们多少人？我们几个出去替你报仇！

　　【队伍】酸菜鱼：六个，都是一百二十级左右的。

　　【队伍】鱼丸粗面：呃，直接复活回城吧。

　　【队伍】一锅端：那我们几个继续在副本里待一会儿，等下在交易区钱庄集合。

隔了十几秒，系统连续两次刷出队友酸菜鱼死亡的消息。

【队伍】一锅端：怎么挂了呀？

【队伍】酸菜鱼：他们盯着我杀，定身回不了城。

【队伍】酸菜鱼：糟了，我们的"碧波摆"被爆了！心头狂怒，啊啊啊！

副本里的几人赶紧传出来，不过为时已晚。而且对这个突发事件，澄澄始终觉得有些不对劲。

【队伍】安小白：这整件事感觉很诡异，小叶你看看刚才密你讨价还价的那位叫什么？

【队伍】酸菜鱼：傲世九天。

【队伍】鱼丸粗面：咦，我记得这个人也是刀锋的，我仇人列表里有他的名字。

【队伍】一锅端：所以……

【队伍】安小白：嗯，十有八九是故意的。

于是一锅端小帮主听到这个结论，怒刷 N 条喇叭。

【世界】一锅端：现在起，全服无限期通缉刀锋一百零九级贱男傲世九天，一次 50 金币。当然，如果杀一次刀锋长老级人物一次 100 金币，杀一次副帮主或者帮主 250 金币。截图拿钱！

【世界】潇潇风雨：想对刀锋下手？就凭你们这个十人小帮？

正在下副本的潇潇风雨看见吃货家族挑衅的世界频道喇叭，十分迅速地给了正面回应。这种不屑嘲讽的口吻，立即引起吃货家族的公愤。然后你一言我一语，两帮直接在世界频道掐起架来。

吃货家族目前一共就五人在线，刀锋一堆人，所以澄澄实在不好意思只围观不吱声。不知道是不是她拉仇恨的水平太高，一开嗓仇恨全过来了。

【世界】安小白：傲世九天你个傻鸟，抢了我们的"碧波摆"也不藏好点。抢摆好歹也找些散人玩家来啊！真是想放过你都觉得对不起我们自己！PS：刀锋副帮主，别再为这种帮派卖命啦，还有你那极品老婆，早点踹了吧。

【世界】荼蘼花颜：你是不是还想让风雨姐夫娶你？真不要脸！

【世界】逆风飞翔：啧，这年头女的怎么都爱挖别人墙脚呢？也不掂量掂量自己几斤几两重。太不要脸了！

【世界】荼蘼花蕊：呵呵，我笑了。

澄澄瞅着那一连串骂自己"不要脸"的世界消息，觉得做人真难。不说真话吧，自己良心过不去；说真话吧，喷子们一个接一个。

不过接下来她刚准备敲键盘回击，偌大的游戏屏幕突然飘过一连串的大红色负数。她还来不及反应画面已经黑白，哀乐四起。在女医生的尸体前，站着一个一百三十九级的男战士。

其实死啊死的，她早已经习惯了，但看见对方头顶的 ID 时，她还是愣了愣。回神后迅速去查仇人列表栏，果然看见"潇潇风雨"四个字。除她之外，另外几个队友的尸体周围也站着几名荼蘼跟刀锋的玩家。

她本来想传送回城，结果发现自己动不了！心想以萧师兄的为人，应该不至于为难她这种小号的吧？结果……

【系统】您已被强制复活。

【系统】您受到×××点伤害。

【系统】您的角色已死亡。

她看着那一连串的系统消息，不由得有些发愣。

即使已经决定好，但当到了真正彼此对立的时候，仍不免有些难过。

在短时间内被杀了三次之后，澄澄呆呆地看着队伍频道里的消息，一时不是滋味。

【队伍】一锅端：小白姐，快把咱们家偶像叫来江湖救急啊。你看你被对方虐的！

【队伍】安小白：呃，叫谁帮忙？

【队伍】鱼丸粗面：这还用问？当然是神窝的君子爱财呀。当初偶像一个大招就把我们集体全秒杀了！

【队伍】安小白：哦，那我去问问哈。

见靠山在线，澄澄点开私聊窗口，戳了戳。等了一小会儿没动静，她又发消息戳了一遍，结果还是没动静。她刚在队伍频道跟大家如实报备完毕，立即就看见帮主妹子"咦"了一声。

【队伍】一锅端：不对呀。我怎么记得前几天偶像为了小白姐姐连续两天在野外开红，并且专门杀刀锋的人？我记得那两天刀锋好多人退帮。而且据小道消息，最后刀锋副帮主跟咱们家偶像达成协议，私底下赔了十倍价钱给你。

【队伍】安小白：啊？原来他堵杀了对方两天？

澄澄被真相惊到，原来幽冥珍珠赔得十倍价钱，是因为他……

【队伍】过桥米线：哇，这种默默守护的桥段好言情啊。小白姐姐，遇到偶像这种为你出头、护你周全的中国好男人，你差不多嫁了吧。

【队伍】酸菜鱼：我觉得我将来也会是个好男人。

【队伍】一锅端：小叶，麻烦你不要乱入好吗？还记得我们围观神窝跟刀锋、荼蘼那一战时，我说的那个话题吗？

【队伍】酸菜鱼：记得，上次说到偶像为了个女玩家杀掉荼蘼花开两级？

澄澄忽然有不好的预感，赶紧敲键盘。

【队伍】安小白：这群人杀了我们这么久还不停手，要不然大家一起拔电源撤退吧？

吃货帮主迅速发了个鄙视的表情。

【队伍】一锅端：小白姐姐，你转移话题的技巧弱爆了！可靠消息就是，那个跟偶像大人有一腿的女玩家，就是咱们小白姐姐！

【队伍】安小白：我们的关系很纯洁的，你们别误会。

小白姐姐，自欺欺人真的好吗？

【队伍】安小白：我撤了，你们保重！

发完消息，澄澄直接拔掉电源下线，留下地上四具尸体面面相觑。

彼时，心夜城定点满级世界Boss的刷新点，苍山暮色两个小分队精英人马经过三百回合大战，终于顺利将其推倒。当然，一起倒下的还有四分之三的队员。剩下的几个打得手酸，索性也跟着一起躺地上装死。

躺着躺着，大伙儿就聊开了。然后聊着聊着，话题不自觉就转到某人身上。

月黑风高："我说哥们儿，你这上阿财哥的号有打过招呼吗？"

操作着君子爱财这个游戏号的兔子窝边的草同学闻言，发了个剔牙的表情："没事，大家都不说不就没人知道了嘛。我等下下线把号停回原处。"

"阿北，你个二货！每次登录系统都会提示上一次登录的 IP 地址好吗？你丫小心电脑被黑，你那些小秘密被发上校 BBS……"

阿财哥这种充满恶趣味的人，大概会把他电脑里所有前女友的照片发到 BBS，再来个排名评选吧？想到自己被围殴的画面，某二货瞬间惊出一身冷汗。

"呃，我就上他的号帮大伙儿打了个世界 Boss，另外除势力跟团队频道还有其他频道也都屏蔽了，应该不会被打击报复吧？"

月黑风高："你可以自己猜猜看。"

发现的眼睛："哈哈哈！突然有一种预感，你若被报复，绝对是因为屏蔽了某些重要信息啊，哈哈哈！"

某人瞬间退号下线。

接下来周六周日，澄澄每次上线，都没见到高手兄上线。她暗自琢磨着，难道是因为自己拒绝了对方的入帮邀请，所以对方自尊心受挫告别游戏了？

甩开无厘头的想法，她把游戏挂机，点开游戏官网论坛溜达。某发布帮战等各大打架版面的一张热帖，吸引了她的注意。

主帖里发的截图全部是周四那晚三大帮派野战的场景，甚至还有一段苍山暮色内部流出的视频——兵戈铁马欲为谁杀，刀魄剑魂横刀立马战天下。

纵使菜鸟如她，也被这一段视频弄得全身血液沸腾。

视频最后的片段，是顶着苍山暮色帮派标志的所有参战成员霸气地站成了一排排，让当晚许多被误杀的中立小帮出气。然后，这群可爱的玩家跟多米诺骨牌一样，一个接着一个倒了下去。屏幕中央打出一句话："只要敌人还在，我就不会消失！"

窗外午后浓烈的阳光在房间里留下一个个金色的印记，十八岁的少女坐在电脑前，忽然就坚定了要把游戏继续玩下去并玩到精通的信念。

而在城市另一端，正在跟室友打电话的年轻人，突然莫名打了个喷嚏，忽然有一种不好的预感……

因为论坛逛得太投入，临近下午4:00某人才想起自己晚上还要回学校报到呢。学校规定周日晚上的晚点名若无故缺席，是要扣学分的。而且还要去电脑城取电脑，怕到时候会迟到，所以在下线前，她赶紧登QQ给室友们发消息，提醒她们如果自己迟到记得帮忙打掩护。

在退QQ时，澄澄习惯性查看了下好友们的QQ签名。

在翻到朋友列表里萧师兄的签名时，她握着鼠标的手瞬间顿住。

签名栏上不过七个字："愿为你君临天下"，她却一眼就看出话中深意。

她忽然就想起，当初自己坐在电脑前下载《风云OL》时紧张激动以及期待的心情，随后是一点点的涩意，从胸口某个地方慢慢渗出来。

人真的是个奇怪的生物，遇到事情，总喜欢自欺欺人。明明伤心得要死，却还是欺骗自己说不难过、没什么大不了。就像此时此刻，她明明难过得想哭，却还是安慰自己，不过是又失败了一次罢了。

无声地吸了吸鼻子，她退出QQ，关电脑，出门。

不知是否因为精神不集中，取回笔记本电脑后，澄澄走着走着不知不觉就偏离了大路，重点是她自己还没发现。

悲剧的事情，总是发生得跟闪电一样快。

澄澄还沉浸在淡淡的忧伤里，身后突然一阵风卷过，然后拎着手提包的左手一疼，抬眼就看到黑影一溜烟跑远了。

抢劫抢到她头上了？澄澄怒气值飙升，二话不说撒腿奋力就追了上去。

不过她跑得快，劫匪居然也不赖。追了一条街，澄澄在与对方仅剩一条手臂的距离时，突然不知被什么东西绊倒，"砰"的一声，摔了个屁股朝天。

等她从地上爬起来，劫匪早就不见了踪影。她摸摸被摔疼的屁股，气得差点儿当场骂娘。今天出门肯定忘记看皇历了，不然怎么会这么倒霉啊！

不过好在手机、钱包什么的是分开放的，还可以报警。

警察叔叔们的出警速度还挺快，问了些情况，然后就带澄澄回派出所做笔录。

"你打电话报的警？"年轻的民警打量一眼面前头发凌乱、手臂有些擦伤却看不出一丝慌乱的女孩，按既定程序开始提问。

安澄澄坐在位置上，对民警的询问一一给予回答。除了在描述案发经过时声音有些颤抖外，她镇定的表现连民警都有些佩服了。

不过民警不知道的是，她那些抖音完全是出于愤怒啊。因为刚才她差点儿就能追上了，结果却自己把自己绊倒了！这绝对是一次严重的技术性失误啊！而且就因为那一跤，她不仅手臂擦伤，还差点崴到脚，最重要的是，劫匪跑了！她最爱的笔记本电脑以及手贱放夹层的学生证也一并被劫匪抢走了！先不提学生证，笔记本就是她家男人啊，这男人没保护好被人抢走，绝对是她毕生的耻辱！

做完笔录按了手印，民警见小姑娘脸上悲愤的神情，好心劝道："别想那么多，人没事最重要。其他的事就交由我们警方，我们会争取早日破案。你就先回去吧，赶紧处理一下伤口，有什么线索我们会跟你联络。"

对方都这么说了，澄澄再悲愤也只能灰头土脸地返校。

一踏进寝室，管微跟夏沫两人立即被她吓了一跳。

"澄澄，你干什么坏事去了？怎么一副饱经折磨的样子？"

"手臂怎么了？要不要去校医务室处理一下？"

"甭提了。"她一脸沮丧地拉了椅子坐下，"今天下午估计霉运当头，刚刚拿回修理好的电脑，结果路上被抢了。"

　　听见她被抢，在场的两人顿时紧张起来："你人没事吧？都被抢了什么？报警了没有？警察怎么说？"

　　"放心、放心，我可是铁打的，手臂上的擦伤纯粹是因为追那个浑蛋的时候不小心摔倒所致。丢了台笔记本电脑和学生证，警察说有线索再联系我。估计希望渺茫啊！其实我最气愤的是，那么多人他不抢，非得选择我！我长得很白富美吗？"

　　在场两人听到她的问题，不怕死地点了点头。因为跟她俩这种女屌丝相比，眼前这位长发飘飘、肤色白皙、长相甜美，即使灰头土脸也完胜她们的齐刘海儿软妹，跟白富美几乎没差啦。

　　澄澄不雅地翻了个白眼，继续愤愤不平："而且瞄上的还是我家男人，简直不可饶恕！"

　　"我估计对方目测你攻击性比较低，但是可能没想到你这么有爆发力和战斗力。"管微说着，开始为她简单清理伤口。幸好只是很轻微的擦伤，并没什么大碍。

　　"我这战斗力还是差了点，要不然我家男人也不会当街被抢了。"

　　夏沫见她念念不忘笔记本电脑，只好在一旁安慰她："反正旧的不去、新的不来，现在科技迅猛，你换个新的还能试试一些新功能。"

　　"小沫，你太下流了……"

　　某人默然，这关下流兄什么事？

/十五/
网吧遇人渣

晚上，澄澄握着手机坐在大教室里琢磨了一会儿，觉得有必要提醒一下广大校友。而最好的办法，就是去校BBS人气爆棚的水区发帖。

"今天下午在电脑城附近的杨顺路被抢了电脑！广大校友若有去这一带的一定要注意。特别是女性同胞们，出门在外有男人的记得带男人，没男人的最好把自己乔装成男人！还有，如果大家下次一不小心碰见身穿灰色连帽衫的猥琐抢劫男，记得顺带帮我问候几下！"

由于电脑城那一带光顾的大学生很多，所以澄澄这张帖子一发表，立即被论坛版主置顶。

短短一会儿，点击数就过千位了。

底下跟帖的有表示同情震惊的，也有表示愤慨与担忧的。

澄澄大致扫了几眼，准备退出登录页面。谁知注册以来一直没动静的邮箱，突然提示收到一封新邮件。发件人是BBS的荣誉管理员，ID名为暗。

"请问，你是不是叫安澄澄？历史学专业一年级新生？学号是10403******2？我下午经过杨顺路正好抓住一名形迹可疑的男子，他手上拿着一个包，包里有台银灰色的苹果笔记本电脑和一张学生证。物件已经原封不动地交到派出所了，警察应该很快会联系你。"

信息量太大，她需要好好消化消化。

姓名没错，专业没错，学号也没错，时间地点以及丢失物品都没错。

所以这意思是说，她被见义勇为了？而且这个英雄还是他们学校出产的？于是，这其实是鸿运当头的一天？怎么感觉今天一天过得这么胆战心惊呢……

等晚上开完班会，安澄澄同学果然接到了派出所的电话。大意是让她隔天一早去认领失物，以及指认凶手。走在身旁的夏沫了解完峰回路转的剧情，忍不住感慨："澄澄，我忽然有种你的良人要出现的感觉。"

"那你要不要顺便感觉一下对方出场的方式如何？"澄澄很给力地配合。

"不是已经以见义勇为的方式出场了吗？"

"噗！见义勇为兄乃咱们学校 BBS 上的荣誉管理员。你上次不是跟我说 BBS 历史悠久，那些名头挂上'荣誉'二字的，都是从学校毕业很多年的老男人吗？"

"你误会我了，亲，我那只是在说大部分荣誉管理员、版主以及荣誉会员。你快说说看见义勇为的是哪个？兴许是条漏网之鱼也说不定。"

澄澄在某人殷切的目光下，说出了对方的名字。

"哇，大发了！"对论坛上所有管理者了如指掌的夏沫，立即一脸不淡定，"安澄澄同志，这货绝对是一条很大的鱼，而且还是条很低调的鱼，你要是收了他，以后何愁学不到技术啊！关键是，他好像还是在校生，年龄上应该不是问题！"

"还是算了。"虽然听起来很厉害的样子。

"为什么？你不是一向崇拜技术流？"

"小沫……"澄澄整了整脸上的表情，沉痛道，"我在你眼中，真的有这么肤浅和下流吗？"

"噗！"夏沫以及从后头追赶上来的管微，听见她的话，差点儿把自己给绊倒，"妹子，你赢了……肤浅和下流的那个人不是你，是我……"

周一早上，澄澄请了两节课的假去派出所领取失物。因为还得赶回来上另外的两节课，时间匆忙，所以没空检查自己的电脑是否完好。

等吃完午饭回到寝室，她才发现完好无损的笔记本电脑，居然一开机直接黑屏了！简直晴天霹雳！

夏沫见她一脸被雷劈中的表情，立即关心道："发生什么事了？"

"我家男人坏了。好不容易找回来，居然是坏的！"澄澄看着电脑，心在滴血。

"别怕，好歹修修还能用，不会影响到你的幸福的。"

"嘤嘤嘤，明明昨天出门的时候还是好的，结果短短一夜就功能障碍了！也不知道歹徒对它做了什么不可告人的事情……"

早早坐在电脑前的管微听见她俩离谱的对话，终于忍不住吱声："这对话怎么越听越 Yellow？啧，没想到你们纯洁的外表下有一颗这么奔放的心，失敬！失敬！"

澄澄收起自怨自艾，扭头义正词严地批评管微："寝室长大人，你思想太下流了！"

在场两人忍不住黑线。下流兄躺着也中枪。

电脑坏掉，直接导致澄澄心情烦躁、战斗力不佳。瞅了几秒完全当机的电脑，她想起应该为自己在校 BBS 上发的帖子补上一个结局。

其实也只修改了原帖标题，并在内容上添加了一句话——

"悲喜交加地上来感谢一下咱校的见义勇为兄，然后请问咱校附近苹果电脑维修点咋走？"

明明只有一句话，但是信息量相当大。因为这个后续事件，原本就很热门的主题帖，继续引发了新一轮跟帖。

雨衣蜻蜓：好虐！突然又相信爱情了。

不吃肉的狐狸：哦哟，这里不负责任大胆猜测一番，这电脑估计是劫匪与见义勇为兄在打斗过程中不小心给摔坏的！

深深深：这还用猜啥？不是A就是B的问题，总不至于楼主自己故意摔坏的吧。

何处风流：居然还能找回电脑，简直跟开了挂一样！不知楼主找到见义勇为兄没有？虽然你这电脑十有八九是他在争斗过程中给摔坏的。

花坞不打烊：哇，剧情神展开了！楼主，你们这是要在一起的节奏啊，哈哈哈！

MISS林：在一起！在一起！在一起！说到修电脑，低调的管理员暗才是最佳人选吧？

雨衣蜻蜓：能问下荣誉管理员暗究竟是何方神圣呢？混了一年BBS，基本很少看见对方出现啊？

咱校都弱智：楼主别听他们瞎扯淡，暗学长一般不随便帮人修电脑。我看你把电脑拿去店里修估计更快些，具体地址百度一下你就知道。PS：楼主你跟你的救命恩人要是在一起了，请一定上来吱一声。

澄澄握着手机坐在寝室，将跟帖一页页看下来。在看见那些关于电脑坏掉的大胆推测，以及推荐找荣誉管理员暗修电脑的意见时，心情终于阴转多云。

要是这群人知道见义勇为兄与暗是同一个人的话，不知道会有啥反应？所以修电脑就算了，要不然估计得尴尬死！

不过当晚随意上BBS闲逛的荣誉管理员暗，在看见这篇重新编辑的帖子及底下的跟帖后，握着鼠标的手悲剧地一抖，幅度太大连带着把桌旁的水杯给碰倒了。

翌日，南陵市总算迎来了入秋后的第一场雨。

雨水的到来，让连日来的高温天气荡然无存。但有人欢喜，自然也有人愁。澄澄抱着坏掉的笔记本电脑，望着外头越下越大的雨，琢磨着自己是今天出门修电脑呢，还是改天再出门修？最后，她重新把电脑放回寝室，决定还是改天再出门去修。

游戏什么的，这两天高手兄貌似也没上线，先暂停好了。

也幸亏她没出门，隔了没一会儿，天空突然雷声大作，还伴随着吓人的闪电。澄澄站在寝室走廊上，亲眼看见一道闪电打在她前方不远处的树上，瞬间就将粗壮的大树枝丫劈落在地。澄澄反射性后退好几步，妈呀，这得积蓄着多久的力量啊！

直到下午坐在教室内，想起中午的情形，她仍然有些后怕。

临近下课时，手机突然收到一条短信。

点开一看，居然是吃货家族的糖糖帮主发来的。言辞诚恳，内容还挺长："小白姐，晚上请一定要上游戏一趟！鉴于你是我们当中第一个成年的，有件大事想跟你商量一下！事关吃货家族的未来，一定要上线啊！"

澄澄想了想动手回了条短信："电脑坏了，不能登游戏。发生了什么大事？"

糖糖帮主很快回消息过来："打字好累，你晚上去网吧，大伙儿上游戏聊啊！"

澄澄："我现在打电话给你。"

糖糖帮主："别！千万别！我这儿上课呢，你一打电话我就暴露了！我关机了，晚上见！"

澄澄直接无语。

吃完晚饭刚回寝室，隔壁寝室的女生就跑来询问澄澄她们寝室的宽带能不能上。据说是打雷把学校的网络系统弄坏了。

一旁的寝室长管微赶紧开电脑，试了试果然没法连网。

室外的雨已经有减小的趋势，寝室楼底下有人吆喝着去网吧上网。

澄澄瞅着那群人远去的背影许久，拎起伞也朝同一方向跟了上去。不过来晚了几步，离寝室最近的那个网吧已经人满为患了，她只好含泪掉头去另外一家网吧。

其实此刻也不过才晚上 6:00 多，九月的天光还未完全暗下来，网吧举目望去已经坐满了玩儿游戏的汉子。她好不容易找到一个空位，坐下才发现耳麦右边很悲剧地坏了，键盘也有几个按键不大灵活。鉴于今天校园网络系统瘫痪的特殊情形，换一家估计比这个有过之而无不及，所以还是勉强凑合着吧。

电脑开机后，她什么聊天工具都没登，找到桌面上那款刚上市的 3D 网游《风云 OL》的游戏图标，直接输账号登录。

估计是来得太早，人数已达九人的游戏好友列表一片灰暗。再一看帮派的公告，原来约定的时间是晚上 7:30 半全体人员到场开会。

无聊的澄澄，只好点开任务列表研究先去做哪个任务，突然就收到一条十分诡异的私聊消息。

【私聊】一地鸡毛：呵呵，美女在做什么？要不要哥带你下副本？哥技术很好的。

澄澄瞪着突如其来的消息，赶紧去查看自己的好友列表。这才发现，原来在同一个网吧玩同一款游戏时会出现一个临时好友栏，里头都是此时身在该网吧的玩家。

在看见临时好友栏排在最前头的九十四级男医生后，她下意识站起身四处巡望了下，当场瞎了自己的一双钛合金狗眼。

因为，她一不小心瞄到右手边相隔一个位置的电脑屏幕里，此刻正好也显示着《风云 OL》的游戏画面。正待细瞧，坐在位置上的黄毛青年已经发现她的注视，笑呵呵地朝她抛了个猥琐至极的媚眼，害得她当场抖落一身鸡皮疙瘩。

好在坐在两人中间那位上厕所的兄台回来，阻挡了黄毛赤裸裸的目光，澄澄才松了口气。

不过安静了没几秒，私聊框又有动静了。

【私聊】一地鸡毛：呵呵，美女在干吗呢？刷副本去不？去的话加入哥队伍里来，哥带你去！

澄澄本想无视，但是——

【系统】你狠狠打了个冷战，原来是玩家一地鸡毛正在查看你的装备。

【系统】玩家一地鸡毛害羞地亲了你一口。

【系统】玩家一地鸡毛温柔地抱着你。

澄澄看着一行又一行的红色字体提示，内心涌起一阵怒火。

不过她最后还是忍住了！

因为就她这小号，要是当场发飙无异于以卵击石，估计会被杀得惨不忍睹吧。而且网吧里阴暗的事情时有发生，难保对方没有同伙。她这武术水平打一两个还勉强凑合，人数一多就不行了。

最后，她操作着游戏角色往旁边挪了挪，尽量让自己的语气显得真诚无害。

【私聊】安小白：英雄，谢谢你的好意，不过我在等朋友就不耽误你时间了。

意思就是该干吗就干吗去吧。

【私聊】一地鸡毛：呵呵，美女，你朋友也是女的吗？一个人等多无聊，我陪你一起啊。正好等下还可以带你俩一块儿下副本。

澄澄看出对方话中的重点，赶紧拒绝。

【私聊】安小白：这个真不用，我朋友是男的，他等级比你还高些。

【私聊】一地鸡毛：呵呵，是吗？那正好等你朋友来了，我跟他切磋切磋技术。

磋毛线啊磋！澄澄嘴角抽了抽。

【私聊】安小白：切磋就算了吧。一看就知道你是个厉害人物，装备什么都很不错的样子，排行榜上肯定很靠前吧？我朋友虽然等级比你高但肯定打不过你。

【私聊】一地鸡毛：呵呵，这种虚名哥一向不重视。今夜我们有缘在同一家网吧相逢，不如一起加个好友？美女，你应该是附近的大学生吧？交换一下电话号码，以后有空一起出去玩儿。

真的好想甩对方一脸键盘啊！到底该怎么办？可是真的好怕走不出网吧……

欲哭无泪的澄澄只好不断环视四周，企图从周遭的人群里找到一两个熟悉的面孔，来解决眼前的窘境。她所在的座位虽然偏，但还能看清门口以及吧台周边的场景。目光掠过门口那两个刚进来的年轻男性，她顿时眼睛一亮，起身就奔了过去。

"哇，包子学长，你们怎么现在才来呀？我等得天都要亮啦！现在没空位，要不你们先坐我那个位置吧？"

/十六/
学长，好巧

眼前来网吧找小伙伴的两位年轻人，明显因为这个凭空冒出来的小学妹而愣住了。特别是左边突然被小姑娘紧握住双手的这一位，清俊的眉宇微蹙，下意识就打算抽回手。谁知，眼前这个刚刚到他胸口位置的小家伙手劲儿还挺大，居然没成功。

澄澄虽然知道这举动很唐突，但自己的人身安全比较重要啊！眼前这位戴着无边眼镜的学长长得斯斯文文的，浑身散发着浓浓的书卷气质，一看就是手无缚鸡之力的文弱书生。不像旁边这位包子学长，长得阳光帅气一副爱运动的样子，不太好控制呀。

最重要的是，刚才她有看到戴眼镜的这位漂亮学长笑起来的样子，温温和和让人看着十分顺眼，感觉应该也是个好脾气、乐于助人之人。

场面一时僵持住了。澄澄见一旁那位还没想起，赶紧使眼色，并压低声音说："学长，上次南区食堂的肉包子你忘记啦？"

经她一提醒，反应过来的岳恒当场笑道："哦，原来是学妹你呀。"

"阿恒，你们认识？"被吃豆腐的君少敛听见这话，终于出声询问。

"当然！前几天早上你吃的那唯一一个包子，就是可爱的小学妹赠送的。"岳恒解释完，又扭头对澄澄说，"学妹啊，我们是来找人的，一会儿就走，所以电脑你自己玩儿哈。还有学妹啊，你可以放开我们家君少了吗？"

澄澄听到这里都快要崩溃了。这个粗神经的包子学长，没看她在朝他拼命使眼色吗？无奈的她只好找包子学长求助："江湖救急啊！学长，看在吃了我一个包子的份儿上，帮我一个忙吧。"

君少敛素来心细，见她的神情确实有些慌不像在说假话，最关键的是，眼前这个清汤挂面、泪眼汪汪、可怜兮兮的小家伙，总让他觉得莫名眼熟……于是一向反感别人攀亲带故的君少敛，难得没有甩手，反倒点点头说："走吧。"

澄澄听到对方好听的声音，愣了下，不过没空细想，眉眼一弯，拉着对方就往自己的位置走。

留下岳恒独自站在原地，目瞪口呆。

不得了啦！小学妹一个眼神一句话，就把他们家洁身自好、不近女色的阿财哥勾搭走了？这不科学啊！

澄澄拉着乐于助人的学长来到自己的位置，在途经黄毛青年的位置时，明显看到对方那双眯眯眼里飘过来的打量眼神。

"来，来，来，学长你坐。"澄澄很识趣地站到一边。

君少敛没说话，只是目光瞥向自己还被某人抓住的手。

澄澄顺着他的目光一看，瞬间放手，白皙的脸颊上明显浮起一丝红晕。

君少敛见她的反应，顿时有些失笑。现在害羞，是不是太晚了些？他伸手拍了拍她的肩膀，示意她坐下："哪些地方不懂？指出来我看看。"

澄澄及时反应过来，赶紧坐好，然后移动鼠标点开小化的游戏界面，把方才的聊天记录点开给他看，并且在聊天框敲下一行文字："这家伙好像就是隔壁的黄毛兄弟。学长救人救到底、送佛送到西，等下回学校的时候一起组个队，拜托了！"

澄澄敲完键盘，侧头看向身旁的人。但是看对方一副高深莫测、一本正经的样子，她有些摸不透，于是只好加大筹码："学长，我一定会找机会报答你的！"

她敲完键盘，等了一会儿又没答案，只好含泪下血本："学长，到时候你让我买多少个包子我都不会拒绝的。相信我！"

她猜了无数个可能会得到的回答，结果身旁之人只是微微眯起眼，目光紧盯着游戏屏幕，问了句："一个服务器是不是不允许玩家同名？"

"对啊，这是游戏基本常识。学长，你连这个都不懂吗？"哦哟，这年头不玩网游的男生太稀少了。

"哦……"他饶有兴致地看着屏幕中央那个低等级头顶"安小白"三字的女医生，目光中闪过惊讶，半晌唇边露出一丝浅笑，"安……小……白？好巧……"

因他最后那句低语更像喃喃自语，所以澄澄听得不大清楚，只是隐约听到他说的好像是自己的游戏 ID，便自作多情解释了一遍自己 ID 的由来："其实我这辈子最大的愿望就是成为一个技术高手！但是水平太菜没办法，所以我所有的论坛、贴吧等账号都用这个 ID，借此鞭策激励自己早日成为一个技术流。不过像学长你这种只会读书的人，是不会懂的。"

"嗯？看来学妹很瞧不起我们读书人？"他眉梢微挑，整个人微微往前倾了几分，右手覆上握住鼠标，另一手落在黑色键盘上。白皙且骨节分明的修长手指与黑色键盘形成好看鲜明的对比。他 1.8 米的身高，因为站着，若想操控电脑，只能单腿微曲，尽力弯下腰。

澄澄虽不知他要做什么，但是看着眼前比女生还漂亮的手，再看看身体弯成一道很好看的弧度，浑身比例完美到爆的异性，她当场眼冒红心啊。活了十几年，看过的所有漫画书里那些身材完美的男性跟眼前的男人一对比，简直弱爆了！

唉呀妈呀，不行了，再看下去要流鼻血了！没想到书呆子学长不仅长得好看、声音好听，居然还有一副好身材！

为了表露自己纯洁的一面，澄澄很艰难才将目光从身旁的翘臀上

116

移回电脑屏幕。不过待她看清电脑屏幕上在上演的那幕时，一个不小心没坐稳从椅子上滑了下去。

君少敛眼明手快，一把提起她的衣服，才让某人幸免于难。他先是查看了下椅子，发现没坏，这才无语地看向她："你平常也这么冒失吗？"

大哥，不是我冒失，是你太吓人了啊！澄澄揉了揉脖子，没想到手无缚鸡之力的学长力道这么大，差点儿没把她勒着。等缓过气，她赶紧凑到某人手边瞪着游戏屏幕："学长！你学变魔术的吧？为什么同一个号，我连二十多级的怪都打不死，你却可以揍得九十多级的人屁滚尿流？是我看的方式不对吗？要不然为什么级别差几十级还能赢？学长，没想到你居然是打架高手，能不能指点指点我？"

没错，被学长大人揍得连爬带滚的那位，正是一直在吃女医生豆腐的一地鸡毛兄弟。

对这一连串疑惑，君某人只是挑眉回了她一句："学妹，我们读书人可不懂什么打架。这种问题，你应该去找技术高手指点。"

所以刚才露的那一手，不过是为了反击她那句关于读书人的评价？澄澄当场一口老血喷出来。

身旁之人被她夸张的反应逗乐了，笑着伸手去拍她的脑袋。在动作要落下前，他才反应过来自己的举动太过于亲密，轻咳一声收回手。恰好这时，游戏里提示有新的私聊消息，他顺势道："你先在这里玩儿，我们一群人就在里头的5号包厢，等下走的时候叫你。你要是无聊也可以过来找我们。"

哇，有后台的感觉太棒了！澄澄开心地点点头："好的，好的，那你先去忙，等下见哦。"

君少敛经过黄毛青年的位置，特意放慢步调，侧过头扫了一眼对方的电脑屏幕，果然看见上头的人物ID名叫一地鸡毛。收回目光时，正好与对方的眼神相撞，他面无表情地看了对方一眼，缓步往包厢的位置走去。

不知是否因为那一记眼神太冷，杀气太浓，直接导致刚处于混混实习阶段的黄毛青年把嘴里叼的烟都给吓掉，并且好死不死烫到了重点部位。

澄澄看见这一幕，对那位书呆子学长的崇拜又提升了一个阶段。危机解除后，她整个人都轻松了。点开游戏里收到的那条私聊消息，发现是糖糖帮主发来的："小白姐，刚才操作你号的是谁？男朋友？坦白从宽、抗拒从严啊！"

"嘿嘿嘿，很厉害吧？我刚在一旁直接看呆了。"

"不厚道，这么好的高手还藏着。下次我们打架啥的，小白姐你退居幕后，让你男朋友上场吧！"

澄澄嘴角抽了抽："你想太多啦。我跟对方只是萍水相逢，初次见面。"

"哇！初次见面就帮你玩儿游戏，有戏！赶紧追到手才是王道呀！最好把他拐进我们帮派！这么好的货色，下手慢的话就被别人抢走咯。"

"糖糖啊，你真的才十六岁吗？"澄澄抚额，这年头的小孩都这么早熟吗？

"小白姐，我说真的啦。如果长得还不错可以收了。这年头挑男人就得早点下手，不然再过几年你就成剩女了。"

都说十八岁的姑娘一枝花，谁知到十六岁小孩眼中就成豆腐渣了。澄澄无语半晌，最后无奈将此归结为代沟。

不过她的沉默在小帮主眼中，就有了不一样的解读："哦，我明白了！原来小白姐你其实喜欢的是偶像大人啊？"

澄澄无语。这两个八竿子打不着边的人，到底是怎么被连起来的？真是好大一条沟！只是无语过后，看着好友列表栏上君子爱财那个灰色的 ID，她不免又有些微的苦恼。

好像自打认识之后，她每次给他发消息或留言，最后总会得到他的回复。可是这次好像不一样，他没回她的消息，却也没上过线。苦恼跟尘埃一样细细堆积，忽然就在她心中长成了一棵名叫失落的参天大树。

现在已临近晚上 7:30，帮派成员陆续上线，糖糖帮主得忙着清点人数组织开会，所以没再揪着该话题不放。至于这次开会的内容，其实是讨论要不要跟本服另外一个小帮合并。找她们吃货家族合并的帮派叫血战江湖，帮派中的成员都是之前从刀锋、荼蘼两大帮派脱离出来的。说得好听点是自动脱离，其实血战的帮主以及几位长老是因为某天半夜三更说了几句对荼蘼花开不满的话被踢出帮派的。他们找上吃货家族的目的很简单，敌人的敌人就是朋友。而且他们私底下还不只联系了吃货家族这一家，小帮虽然微不足道，但许多个小帮聚在一起，力量可就不容小觑了。

其实，糖糖帮主很犹豫，毕竟加入他们就得解散自己的帮派。但是他们提出的条件还挺吸引人的，免费带大伙升级打装备，并且还教操作技巧。好吧，最后这个才是关键。

势力频道十几个人七嘴八舌讨论了一番，大家都拿不定主意。澄澄作为帮派里最年长的那一位，自然而然就成了主心骨。

"小白姐，你觉得这事怎么样？靠谱吗？"

澄澄一开口就直奔重点："我就想问下他们的操作水平很好吗？"

一锅端："哦，这个据说有神秘人物指导。"

"操作水平比苍山暮色那群大神还厉害？"

"呃，不知道，不过听起来很厉害的样子。"

"这样啊！不然我们先答应，到时候玩得不开心再回来？反正现在刀锋跟荼蘼的天天见到咱们帮的就杀，升级也不容易。上次抢了咱们'碧波摆'的账还没算，如果过去的话，加油升级学操作，到时候连本带利还给敌对？"澄澄说完，大家又是一轮新的讨论，最后所有成员纷纷举手表示赞同。

商定好后，帮主回复血战的管理层表示愿意并帮。虽然他们人还没过去，但得到消息的血战成员们迅速刷世界表示欢迎吃货家族正式成为血战一员。

当晚，除吃货家族外，还有另外两个小帮也给了确定并帮的回复，于是血战照例又刷了许久的世界。

网吧另一头的四人包厢内，此时聚了六个人。

霸占了乔北电脑的岳恒，看着游戏屏幕里的世界频道消息，笑道："看来又有一个大帮要崛起了。"

其他几位也注意到这个消息："血战是什么背景？"

坐岳恒身旁观看的君少敛思索了下，答："一些看不惯刀锋跟荼蘼做派的玩家所建立的。看来马上会有一番大动作，大家多留意。"

大伙点点头，突然就听见乔北同学说："阿财哥，好像你家那位之前加的就是吃货家族啊，这是要相爱相杀的节奏吗？哈哈哈！"

他一说话，大伙立即聪明得不作声。

君少敛似笑非笑地睨了他一眼："看来乔北同学最近日子过得有些太安逸了，脑袋瓜儿不太清醒。放心，这几天我会给你找点事做的。"

"呵呵呵呵，最近手头事情多得忙不过来，就这出门时间还是挤出来的。"

"是吗？这么忙前两天还有空上我的号打副本？"

"阿财哥，我错了！原谅我……"从这之后半个多月的时间里，苍山暮色的成员们都没见到乔北即兔子窝边的草同学上线过。原因是每次一上线就会自动掉线，次数一多乔北就只好含泪放弃挣扎。所以说得罪阿财哥是一个多么不明智的举动！

当然这都是后话啦。这晚九点还未到，君少敛就从位置上站起身："下雨天没事的话，早点儿回去。"他说完，推开包厢门走了出去。

白原正慢悠悠在下副本，口中还叼着根棒棒糖，说话含混不清道：

"灰（会）不灰（会）太早了点儿？"

一旁的故大帮主也已经退了游戏，侧头瞥了眼他的屏幕，笑道："等你五分钟，快点把副本解决，不然等下自己跟上。"

白原一听，打怪速度瞬间快了好几倍！

君少敛走出包厢后，径自朝澄澄所在的位置走去。不过途经之前黄毛青年所在的位置时，发现那个位置已经换了一个人。

再抬头看向旁侧，只见女孩坐姿标准地坐在电脑前，不知因为什么事情，嘴角挂着一抹盈笑，隐约还可看见小巧的酒窝。他没再犹豫，缓步走了过去。

许是太过于投入，她压根儿就没发现他的到来。他望向电脑屏幕，看见偌大的游戏屏幕里，十几个顶着吃货家族帮派标志的玩家正围在一起跳舞，她偶尔会按几下截图键。所以，她笑是因为个别职业的舞姿太挫？

好简单的快乐。他摇头失笑，轻咳了一声："我们打算回学校，要一起走吗？"

澄澄扭头，看见是他，笑得更灿烂了，点头如捣蒜："好啊，好啊，我马上关电脑！学长，你人真好，下次请你吃南区食堂的包子哦！"

她火速关掉电脑去前台结算费用，君少敛则陪她站在前台。包厢里另外五人走出来，远远就看到吧台前的一男一女。走在最前面的故大帮主意味深长地说了一个字："哦。"

另外四个立即保持队形"哦"了一声，语调各不相同，表情却出奇一致。

/十七/
大神，好巧

　　回学校的路上，雨基本已经停歇，只是向来话题不断的几人居然没人说话。

　　这气氛不对啊！难道是因为这群学长不擅长跟女生相处？澄澄走在中间，差点儿被沉默出内伤。最后她实在憋不住，只好打破沉默："学长，你们是哪个院系的？没准等下大家顺路哦。"

　　乔北刚要说话立即被人暗掐了一下，随即识趣地闭嘴。一旁的君少敛早早察觉他们的计划，遂主动开口："企管跟建筑。"

　　"哦，我是历史学院的，那看来不顺路，等下到学校后大家各回各家哈。"

　　君少敛笑笑没说话，围观群众等得很着急。岳恒开始拉红线："学妹啊，你们寝室那条小路还挺暗的吧？自己一个人敢不敢回去？"

　　"啊？不会啊，现在还没9:00呢。"

　　本来如果对方说"怕"，岳恒就会开始撺掇君少敛去送人。但是学妹一开口，立即堵住他所有即将出口的话语……好忧伤。

　　澄澄看着默默加快脚步走到最前面的包子学长，有些摸不着头脑。侧头去问书呆子学长，结果学长只说了三个字："别理他。"

　　呃，澄澄又开始脑补了。然后一直到学校大门这段不太长的路程，七人团体，再一次被沉默包围。在看见学校大门后，澄澄瞬间松了口气：
"今晚谢谢学长啦，那我先撤咯。拜拜！"

她说完，也不等他们开口，转身投入夜色之中，没一会儿就跑得
没影了。身后众人看着她飞奔离去的身影，表情顿时变得很微妙。

他们……长得很吓人吗？

澄澄几乎是一路跑回寝室的。

洗完脸在照镜子的夏沫看她气喘吁吁的样子，批评道："不就去
了趟网吧嘛，至于跑成这样吗？难不成后头有狗在追你？"

澄澄边喘气边说："网吧深似海，晚上要不是遇见同校的学长，
我差点儿就回不来了。"

夏沫一下子就从镜子边溜过来："有艳遇呀！快说说学长是哪个
院系的？帅不帅？"

"小沫，你太没人性了！居然都不问问我有没有事。"

夏沫揽住她的肩："你这不是好好嘛！来，来，来，继续说。"

"已经说完了啊。"

"重点呢？"

澄澄笑眯眯地看着她："重点就是我被英雄救美啦。"

"学长帅不帅？有女朋友没？今年大几……诸如此类你一个都没
回答啊！"

"好吧，他们每个都很帅，企管跟建筑的，其他的……"澄澄摊手，
"我没问。"

"什么？居然还不止一个！那……姓名呢？"

"哦，这个啊……"她停顿了几秒，慢吞吞道，"萍水相逢何必
知其名，有缘自会相见的。"

"安澄澄同学，这种关键时刻，你居然连对方的姓名及联系方式
都没要？"

"小沫啊，我估摸女生应该入不了那几个学长的法眼，所以你还

是洗洗睡吧。"

"呜，这个结局好残忍。悲愤地睡觉去了，千万别理我。"

澄澄看着唱作俱佳正爬回床的室友，当场笑喷。

隔了一会儿，寝室长管微也从外头回来，已经爬床上看书的澄澄突然想起一件事。

"你俩有谁认识会修电脑的男生吗？我搜了下天气预报，说明天还会下大雨，去校外修电脑估计有难度啊。"

"咱们历史学院的能认识啥技术男？倒是澄澄你上次不是有去参加个老乡会？问问你那些老乡呗。"

"对哦！"澄澄赶紧掏出手机查通信录。她以前初中是在江城一中初中部念的，不过才念了一学期就因为父亲工作的关系搬到了南陵市。没想到上次在校园里碰上了以前的老同学，并被拉去参加了老乡会。其实，她惊讶的是对方居然还能认出她，不愧是当年的好同桌！

她查到老同学的电话直接拨了过去，结果这家伙老半天才接起电话，只说了一句话："无论你是谁，等我睡醒再说！"

澄澄看着被秒挂的手机，叹叹气，继续查找通信录。最后，她的目光停在"毛攀学长"四个字上面。这位学长就是那次老乡会的主办人之一，而且在本校读研究生，手头的资源肯定很多！

好在毛攀学长的靠谱程度跟他的体重成正比，一听她的电脑坏了赶紧支招："我隔壁寝室有一哥们儿是电脑高手，我让他帮忙看看。"

澄澄听了，高兴得差点儿跳起来。道完谢，她十分不好意思地开口问："那能不能顺便问下那位学长什么时候有空？"

电话那头的人笑起来："怎么，学妹急着用电脑？"

澄澄随口瞎编了个借口："嗯，电脑硬盘里存的资料，这两天上课会用到。"

对方一听关乎学习，十分爽快地拍板定案："那成，我负责搞定对方。不过现在10:00多了，不然这样，明晚8:00你带着电脑过来？"

"好，谢谢学长！那我们明天电话联系。"

挂了电话，澄澄朝室友们比了个胜利的手势，并且感慨："我发现，我爱上了南大这所历史文化悠久、人文底蕴深厚的学校，因为校园里的好学长实在太多了！"

她说完立即被枕头打脸，夏沫悲愤的声音从被子里传来："有什么用？学长们都相爱了，我未来的四年大学生活找谁去结束单身？"

"别怕，大不了我陪你一起过。"澄澄刚说完，立即又被枕头打脸了。这次砸她枕头的是寝室长大人。

第二天她上课期间，毛攀学长就很有效率地发来了短信，说是约在晚上 8:00，短信后头还十分贴心地附上历史学院前往他们研究生寝室的详细路线。

虽然上面说只需提前十分钟出门，但保险起见，澄澄还是 7:30 就出门了。

天空中飘着几丝小雨，她拎着电脑撑着伞，按照对方所给的路线走。因为校园太大还不熟悉，对方给的都是抄近道的小路，所以尽管提前了半小时，她还是踩着点才出现在研究生寝室楼前。

研究生寝室虽然外形跟大多数寝室楼差不多，但据说里头重新整修过，两人一间，条件待遇比本科生好了不知多少。澄澄站在楼前，正打算给毛攀打电话，就看见一道重量级的人影朝自己跑过来。

澄澄一见他，立即弯着眉眼甜甜地叫了声："攀学长。"

毛攀长得白白胖胖的，再加上名字，从大学念到研究生被人叫大毛和胖子叫得麻木了，此刻听到这声"攀学长"，心里跟吃了蜂蜜似的，喜滋滋地应了声，然后热情地说："学妹啊，我刚还在担心你不知道怎么走呢。电脑会不会太重？我帮你拿吧。"

澄澄虽然拿得手酸，还是摇头拒绝了对方的好意。

毛攀见状随即作罢，不过心底对这个只见过两次面的老乡学妹，又多了几分好感。接着，他边领着安澄澄上楼，边说："我那哥们儿正在寝室，等会儿进去了记得有礼貌点哈。还有，他最讨厌做事情的时候有人在一旁说个不停。他修电脑的时候，你安安静静地在一旁看就好了。"

"攀学长，你放心好了，我保证把嘴封得严严实实的！"说完，她伸手做了个拉上拉链的动作。

毛攀被她逗乐，笑道："其实也没这么严重，不过你也知道，脑袋瓜儿聪明点的大概都有点儿那个。"

他朝澄澄扬扬眉，澄澄立即了然一笑。

两人最后停在四楼第三间寝室门口。

寝室门掩着，暖亮的灯光透过门缝隙漏出来。毛攀伸手敲了两下门，一敛方才的嬉笑："君少，我把人给你领来了。"

澄澄见他这样，忽然觉得压力山大。

毛攀说完，房间内传来一道温润的男声："进来吧。"

澄澄不知怎的，忽然生出一种不妙的感觉。因为这声音有点儿耳熟啊……还没来得及细想，身旁的人已经推开门走了进去。

坐在电脑桌前的年轻人，闻声缓缓侧过头来。只见暖亮的灯光下，那人肤色越发白皙，清俊的五官温润如玉，褐色的眼睛在光线下明澈如潭水，微长的头发因为刚洗过有些微凌乱，却一点儿都不妨碍他浑身散发的书卷气质。

澄澄在认清对方面容的瞬间，当场傻眼。

好一个万水千山总是缘！

这样也能碰上？还以为是个书呆子学长，没想到摘掉眼镜后，居然还是个深藏不露的技术高手？这个世界玄幻了！

"电脑在哪儿？我看看。"君少敛从位置上站起身，不动声色地将眼前这个齐刘海儿披肩长发的女孩脸上丰富的表情尽收眼底。

"喀喀喀，安学妹，把你的电脑拿出来看看。"毛攀看着身旁已经傻眼的小学妹，只好出声提醒。

澄澄反应过来，迅速将电脑拿出："学长，没想到你居然是个技术高手！失敬啊失敬！"

君少敛挑眉看着她狗腿的笑脸："看来等下要是修不好电脑，学妹又会批评我们书呆子不懂装懂了。"

澄澄努力摆出一脸正经样："学长，我可是个正直的人！"

毛攀稀奇地看着两人："哟，学妹，原来你认识君少啊？那事情就好办多了。我这儿还有其他事，就先不陪你们啦。"他说完，也没等另外两人回答，转身就溜走了。

君少敛看着贴了个闪亮橘子图案的黑色苹果笔记本，思考了两秒，说出口的话就变成："电脑怎么坏的？"

"哦……这个其实我也不是很清楚。"澄澄五官皱成包子，"本来电脑进水，我拿到电脑城那边已经修好了，结果周日下午回校途中碰上了抢劫。然后第二天我去派出所领电脑，发现电脑无法开机了，也不知道是不是被见义勇为兄不小心给砸的……"

君少敛听到她最后那句嘀咕，按开机键的手微微一顿。不过在偷偷打量研究生寝室的澄澄，并没发现这个细节。

"自己搬把椅子坐，估计要等一会儿才好。"心里有谱的君少敛说完，开始浩大的维修工程。

澄澄领命搬了张椅子过来，好奇地坐在离他不远又不算近的位置，盯着他的动作猛瞧。耳旁听着噼里啪啦敲键盘的声音，眼睛盯着屏幕上跳不完的程序指令，没一会儿就有了昏昏欲睡的冲动。果然，高手不是你想当就能当的呀。

就在她困得眼睛都睁不开时，突然感觉额头触到一片柔软却微冷的肌肤。她反射性睁开眼，发现自己的额头差几厘米就要跟桌角来个亲密接触了。而托住她脑袋的手，明显来自身旁之人。她一个激灵坐直身体，朝旁边蹙眉的年轻人傻笑："呵呵，学长你继续，放我自生自灭就好啦。"

"学妹……"君少敛突然整个人转过身与她面对面，眉宇紧蹙，"我以前得罪过你？"

澄澄摇摇头，对他突如其来的问题有些不明所以。

"那能否麻烦学妹解释一下，为何你明知我不会见死不救，还非得在我眼前自生自灭？"

"啊？"澄澄脑袋瓜儿有些拐不过弯，半晌，才反应过来他是在调侃自己，忍不住满头黑线，"学长，你这个笑话好冷！"

君少敛见她清醒了几分，转回身继续面对电脑屏幕："实在无聊的话，可以去旁边玩会儿电脑。"

"好嘞，谢谢学长！"澄澄也不跟他客气，直接走到他左侧不远的电脑桌旁。鼠标一触碰，正在待机的电脑屏幕立即恢复原状。

屏幕上面显示的，是主人还未来得及关掉的游戏界面。

熟悉的游戏界面，熟悉的小桥流水烟雨江南……果然在网吧见到学长彪悍的操作，就应该想到他也在玩儿《风云 OL》这款游戏啊，哈哈哈。

那个手持流光剑站在古镇拱形桥上的灰袍剑客好眼熟……等等！为什么屏幕里这个剑客也叫君子爱财？呃，不同服务器同名很正常，这种天打雷劈的巧合肯定不会发生在她这个运气欠缺的人身上。

眼睛一点点往上，在看清服务器名时，澄澄吓得一脚踢到电源线插座，导致电脑瞬间关机。她顾不得其他，弯腰想把电源线重新插好，谁知一个没坐稳，连人带椅摔了个脸着地。

整个过程一气呵成。

一旁恰好提前完工的君少敛，听到巨大的声响立即侧头望去，然后就看见椅子翻倒在地，个头娇小的女孩以奇怪的姿势半趴在桌底下，手捂着额头，似乎在小声呻吟。

他赶紧走过去，因怕她碰到头，所以不敢轻举妄动："有没有觉得哪里不舒服？"

澄澄没应声，只是动作缓慢地从桌底退出来，然后坐在地板上，眼睛盯着地板，整个人似乎还没从刚才的震惊中回过神。

君少敛以为情况严重，担忧的话语刚要脱口而出，就看见眼前之人抬起一张严肃的小脸："学长，咱俩八字可能不合，为了你的人身安全着想，我决定离你远一点儿！"

他哭笑不得，但隐约又觉得这句话听起来莫名耳熟。不过他还来不及开口就听见眼前的人说："啊，突然想起室友没带寝室钥匙，我得马上回去开门。学长，电脑如果没修好就算了，我明天拿到店里修。"每次她一慌张，谎话总是说得特别镇定、特别溜。

君少敛打量了她几秒，刚伸手要将她扶起来，不料却被她微微避开。

"我自己来，我自己来。"她自己从地上爬起来，然后径自绕到桌边开始收拾电脑，自说自话，"那学长……我就不打扰您了，谢谢哈。"

他看着她佯装镇定其实纠结无比的小脸，眉梢微挑不再说话，只是双手插兜站在旁边看着她收拾东西。

恰好八秒。

据说收拾东西时速度非常快，除了确实很赶时间外，还有一种是此人正处于神经紧绷的精神高度紧张状态。

娇小的身影一走出房间，他立即听见走廊外传来奔跑的脚步声。他目光落在那根被落下的笔记本电源线上，从容地走出房门，果然长廊上空荡荡的，只有一排暖黄的光影。

/十八/
万万没想到

"胖子，跟安澄澄说一声，她笔记本的电源线忘记拿走了。"

毛攀正忙着跟女朋友讲电话，抽空回了句："你们不是挺熟的吗？君少，你直接跟她说声得了。"

"我没她的电话。"门口之人云淡风轻地扔下一句，转身回了自己寝室。

所以，君少敛这是假借电源线之名来要联系方式了吗？毛攀这时候脑筋转得特快，跟女朋友说了声紧急情况，然后挂断电话，迅速给在隔壁寝室的君某人发了条短信。

君少敛拿起手机点开新收到的短信，发现内容是一串陌生的手机号码。扫了一眼发件人，顿时明了。存号码的动作还没实施，立即就接到室友岳恒的电话，对方一开口就问他怎么突然下游戏了？

他明显愣了下，随即哑然失笑。原来方才寝室里的小家伙受到惊吓的根源，是因为发现了他的游戏身份……不知怎的，他忽然又想起最近一连串近乎诡异的巧合来。

那日无意间扫过的学生证上少女温软乖巧的面容，依稀还记得。不过当日让他印象最深的，是街上女孩勇追歹徒不放的那一幕。明明狼狈至极却仍不放弃，也许这才是他当时动容的原因吧。

没想到后来在网吧，他又见到了她古灵精怪的另外一面。那时候只觉得眼熟，却没想起，然后是今夜的又一次巧合……想起她说八字不合时的神情，脑中似有什么画面一闪而过，他微微出神，待捕捉到曾被遗忘在回忆匣子里的时光片段，嘴角的弧度一点点扩大。

这世上，原来真的有缘分这回事。

他就那样倚望着夜色，眉目沉浸在过往的回忆里，全然忘记手里还握着未曾挂断的电话。

电话另一端，等待回答的岳恒在"喂"了半天都没得到回应后，一头雾水地挂断了电话。

建筑系某研究生寝室里，另外几个小伙伴在一旁好奇地猜测了半天，从信号不好一直到手机坏了，也没猜出个结果来。

而当晚，仓皇奔逃的安澄澄同学一回寝室就火速洗漱睡觉，可惜躺在被窝里左右翻滚，就是睡不着。好不容易在闭目养神了两个多小时之后，终于有了那么一点点睡意，突然又被恼人的手机短信惊到。她气愤地点开短信，差点儿当场被吓尿。

短信内容只有七个大字——你知道得太多了。

目光慢慢移到发件人那一栏，是个陌生的号码。可为什么，她的直觉瞬间就将收件人与高手兄重叠在一起了呢？嘤嘤嘤,地球好可怕，火星兄弟你在哪儿？

惊吓过度的结果就是，澄澄做了一整晚的噩梦。

早上醒来还被两个没良心的室友狠狠嘲笑了一番，她战斗力不佳只好勉为其难放过她们。

大约是为了打击报复她没回复昨夜那条短信，上午下课铃即将响起时，她突然又收到了一条短信。发件人叫可怕的地球人，是她昨夜特意标注的。她犹豫了老半天点开短信，在看见内容时，手中转动的笔瞬间掉在地上。

短信上写着："你笔记本的电源线落在我这里了，自己找个时间过来拿。"

二十分钟后，人潮拥挤的学校食堂。

夏沫跟管微双双打量着眼前对着午餐发呆的室友许久，终于忍不住出声："澄澄，你居然对着食堂名菜发呆？小心走不出食堂大门啊。"

"就是，不过澄澄啊，你食欲不振这是为哪般？说出来本室长给你分析分析。"室长大人话音刚落，夏沫同学已经一脸吃惊道："看这情形，不会思春了吧？"

澄澄被"思春"二字震得瞬间回神："你们好厉害，居然能从我这一脸苦大仇深里看出春天来！"

对面两人被她的语气和表情逗得哈哈大笑："说吧，自己默默瞎纠结啥呢？说出来我俩给你出出主意。"

澄澄长叹一声："如果有一天，网络上认识的人突然出现在眼前，你们会怎么做？"

"哟，这是有情况啊。个人认为得看对方是敌军还是我军，说白了就是狗屎跟'猿粪'的区别。"

"噗！看咱们澄澄这表情就知道是很特殊的存在啦。我想说，千千万万人海，这都能碰见，绝对是缘分！妹妹你大胆地往前走吧！"

澄澄一听就知道这两人又想歪了，赶紧纠正："不是你们想的那样，我们可是很纯洁的战友关系！不过他上次无意间发现我的游戏身份居然没说，那我现在知道了他的身份是应该假装不知道呢，还是……"

夏沫笑得很暧昧："这是要奔现的节奏啊，果断打开天窗说亮话！"

"我赞同小沫的话。按澄澄你这不及格的表现，我估摸你家战友早已发现你知道他的游戏身份这件事了。"

"那你们的意思是，我今天应该去把落下的笔记本电源线拿回来？"她问完，见室友一脸茫然的样子，于是将这其中的曲折与巧合简略说了一遍。

解释完，立即听见对面两人异口同声地说："当然要去！浪费月老的姻缘线可是要遭天谴的！"

"可是感觉好可怕……"究竟去还是不去呢？选择题为什么这么难哪？

"有什么好怕的？你欠他钱没还？"

澄澄摇摇头。

又听见另一个问："难道你曾经拒绝过他的表白？"

澄澄一口米饭差点儿喷出来："怎么可能？"

她就是有些小小的胆怯。游戏里犀利无比的高手兄啊，虽然长了一副斯文俊逸、细皮嫩肉的白衣书生模样，但战斗力仍然不可小觑。

而且一想到他居然跟自己就读同一所学校，她还一不小心知道了对方不能说的秘密……

Oh, god! Help me！

哀号间，她忽地想起，那天包子学长好像说过，高手兄最爱吃南区食堂的包子？

第二天早上 6:00 多，还在睡梦中的君少敛被电话吵醒。

电话刚接通，立即听到里头传来清脆略显熟悉的女声："学长，我给你送早餐来啦，你能不能下来拿一下？你最爱的南区食堂的包子哦。"

他混沌的大脑瞬间清醒了不少，拿下手机扫了一眼来电显示，重新放回耳旁："等着。"简洁地交代完就挂了电话，迅速换好衣服下楼。刚抵达一楼楼梯口，立即看见门口处探头探脑四处张望的单薄身影。

"有事？"他走到她面前停住，因刚睡醒声音里透着丝丝微哑。

"有啊，这个！"她咧嘴，将手中装满包子的袋子递过去。

他皱眉，没接她手中的早餐，上下打量了她好几秒，微微地眯起眼，当场戳穿她的意图："安澄澄，正常人会这个点来拿笔记本电源线吗？"

"学长，就知道你会误会我。"她装模作样叹了口气，将手中的早餐塞进他手里，"其实我这么早起来完全是怕去晚了，买不到你喜欢吃的包子。你一连帮了我两次，别说送早餐了，就是让我请你吃饭也不为过啦！当然，如果你现在方便的话，我正好顺便把上次落下的电源线带回去……"

他看着她佯装正经的小脸，原本还残留的几分睡意，此刻已经消失得无影无踪，俊眉轻舒，故意不按她预定的套路出牌："打算请我吃饭？"

"啊？"澄澄愣了下，赶忙摇头，想想不对，又点头。总不能说她就是随口说说而已吧。于是她自作聪明补充了一句，"如果学长你愿意的话，中午请你吃大餐。"

他淡淡扫了她一眼："请客的话，不是应该主随客便？"

澄澄被他犀利的目光一扫，赶紧点头，完全忘记其余思考。刚点头，便听见他语调平平地道："我很忙，不是什么时候都有空。"

9月末的南陵市早晚温差已经开始显现，清早的空气中处处透着凉意。澄澄此刻所站立的位置，恰好离楼道口不远，凉风从外头灌入，让她下意识地缩了缩脖子，整个人也清醒了一些。对某人的回答，她的第一个反应是：对方要拒绝自己请吃饭的邀请。

她眉眼微弯，正打算说些好听的话，例如"没关系，以后会有机会啦"之类的。谁知道如意算盘还没打响，就看到眼前模样清朗隽永的年轻男子俊眉微挑，露出清晨第一抹和煦又略带慵懒的微笑。

她忽然有种不好的预感。果然紧接着就听见那人语气温和地开口，隐约还透着一丝丝愉悦："我这周日有空。"

"呃……啊？"所以……所以他的意思是……

"学校附近那家墨记私房菜馆味道不错。"

太狠了！专挑最贵的下手！呜，好像搬起石头砸到自己的脚了。可是……可是她真的只是随口说说而已呀。

他见她快皱成苦瓜的小脸，忽然就萌生出恶作剧的念头，一抬脚瞬间将彼此的距离升级到亲密距离，微微倾身靠近她："怎么？学妹，你好像不是很情愿的样子？既然如此……"

澄澄看着那张放大的俊颜，吓得心都快跳出来了。隐约闻到空气中充斥的某种很危险的气息，她当场连退好几步，扯出一抹比哭还难看的笑容："呵呵，君子一言，驷马难追，那学长咱们周日不见不散！"一股脑儿说完，澄澄掉头就跑，笔记本电源线什么的，早就被她忘诸脑后了。

君少敛站在原地目送着她的身影一点点跑离自己的视线，这才收回目光落在手里还冒着热气的包子上，原本平静的脸上露出一抹温浅的笑意。

借送早餐之名来拿笔记本电源线？亏她想得出来。

澄澄回去之后，连续捶胸顿足了好几天。

因为她万万没想到，这顿早餐送得真是赔了夫人又折兵啊！不仅没把电源线拿回来，还得请对方去墨记私房菜馆吃一顿。最重要的是，墨记那叫一个贵！想到即将花出去的大票，她就心肝疼。而且请吃饭什么的，不是应该客随主便吗？这家伙居然还要挑时间！而且什么时间不好挑，偏挑校迎新晚会那天中午！作为迎新晚会的参演人员，那天她很忙的好吗？她十分怀疑，对方答应她随口而出的邀请，是为了报复她一大早扰了他的清梦。

这几天，澄澄每次想到那日网吧初见对方时，捕捉到的那个春天般温暖的笑容，她就忍不住想撞墙。她当初的眼睛肯定被粪糊了！要不然怎么会觉得对方斯文柔弱好掌握呢？这货明明就是个狡猾的狐狸，而且还是只爱记仇的狐狸。每次眉梢一挑，好像就有不好的事情要发生。虽然他挑眉微笑的样子还蛮帅的，还有那天帮她修电脑时聚精会神的样子也很吸引人。

呃，好像哪里不对。

哦，重点好像不对。

眨眼就到了请客吃饭的日子。

由于一早就收到上头通知，说参演人员中午十二点半必须全部到学校大礼堂集合，所以澄澄提早给自己要宴请的对象发了条消息，如实交代详情并询问了下可否提前点吃午饭。

对方回了四个字："客随主便。"

澄澄看见这四个字，蓦地又想起之前的事情，忍不住抽了抽嘴角，然后跟对方约等下碰面的时间跟地点。搞定一切事宜后，刚把手机收起来突然又想起件很重要的事情，于是麻利地发了条消息过去："学长，你等下把人带来的同时，千万要把电源线带出来呀。明天国庆放假，我得带电脑回家。"

大约过了半刻钟，对方回了条消息。

可怕的地球人："万万没想到，原来我在学妹眼里还不如一根笔记本电源线。"

澄澄看到短信，顿时一乐："万万没想到，原来学长你也是性情中人。不过话说回来，《万万没想到》这部神剧真的很好看啊，哈哈哈！"

可怕的地球人："嗯，精神病人思维广，脑残儿童欢乐多。"

澄澄：高手兄，你要不要这么犀利？本来她还打算讨论下剧情，结果万万没想到，对方一开口，直接把她想好的话题全憋回去了。

双方约好十点四十分在学校西南门集合。

临出门前，澄澄臭美地在镜子前照了下，没想到刚好被外出归来的夏沫同学逮了个正着。

夏沫抱胸粗略打量了室友一眼，乌黑长发披肩，五官秀挺明眸善睐，一身米色与浅绿色相搭的蕾丝连衣裙衬得整个人甜美又清纯。夏某人一手搭在她肩上，十分流氓地吹了声口哨："哟，小美人这是打算干啥去呀？约会？"

澄澄伸手拍掉夏某人放在自己肩上的爪子，笑嘻嘻反问："怎么样？有没有被惊艳到？"

"有，有，有，绝对有！等下走出去，保管让咱校的男生远看想犯罪，近看要犯罪，狂甩某些所谓的系花、校花 N 条街。来，小妞，给爷笑一个。"

澄澄依言，毫不吝啬地朝她露出一个灿烂的笑容。今天特意打扮，目的只有一个：美人计！希望学长被自己惊艳到，然后……少点些菜。

夏某人不愧为寝室影后，哀号一声做腿软状。

"您老继续演，等我回来给您颁奖哈。"澄澄拍拍她的肩，转身出了寝室。

学校西南门因为毗邻文化街，所以进出的学生特别多。

澄澄沿着文科楼那条上坡路走上来，远远地就看见人群里，那个双手插兜站在门边安静等待的年轻男子。

他穿着一件再简单不过的白色衬衫，不知是否因为中午气温逐渐升温，衬衫的袖子被随意地卷起，衬衣最上面两颗纽扣没有扣。金色的阳光洒下来，他神色平静地站在阳光下，明明什么都没做，却轻易吸引了周遭所有人的视线。

忽然，他的目光似乎朝她的方向望了过来，下一秒便迈开长腿朝她缓缓走来。

澄澄也不知道自己究竟是被那镜片中折射的金色光芒闪到，还是阳光太浓烈迷了眼，那一瞬脑中想起的居然是最爱看的少女漫画中的经典一幕：熙熙攘攘的校园里，外貌、身世、学业都优秀得一塌糊涂的男孩在暖阳的笼罩下，一步步走向隐在阴影里的平凡少女，然后少年一低头温柔地吻上了少女的唇瓣。双唇相触的刹那，阳光驱散了所有的黑暗，整个世界明亮了起来。

对面那人，身披金灿灿的阳光正缓缓朝她走来，像极了少女漫画里的画面。

尽管幻想过无数回这样的场景，尽管她的幻想里男主角有着完全不同的另外一张脸，但是那一刻，她呆呆望着对面越走越近的人，安分沉寂的少女心突然就怦怦怦地乱跳起来，怎么捂都没法恢复如常。大脑中好像有个声音牵引着她往前，再往前，然后一不小心就沦陷在了光芒里。

美色果真不可小觑，难怪三十六计中会有美人计。

澄澄愣神许久，回过神才发现那人早已经走到自己跟前，并且正微微蹙眉看着自己。她条件反射地开口："学长，你刚才说什么？"

话音刚落，额头立即被人轻弹一下。她反射性捂住额头，委屈地看着眼前的罪魁祸首："喂，君子动口不动手！"

从头到尾压根儿就没开过口的君少敛看着她："发什么呆？难不

成学妹在盘算着怎么赖账？"

事关名誉，澄澄赶紧恢复正经脸："学长，看来你真的很不了解我！士可杀不可辱，今天墨记我还就请定了！"

因为是国庆假期前的最后一天，除南大的学生外还有周边几所高校的学生也来凑热闹，现在这个点临近吃午饭时间，街上简直人挤人。好在还有个高个子护着，要不然澄澄走在人潮里都怕自己被挤丢了。更何况还得防着一干女性同胞穿在脚上的暗器，这一路走得忒艰难了。

澄澄虽对墨记有所耳闻，但此番是第一次来。跟在某人身后绕了好几个巷子，好不容易来到墨记，结果发现已经没位置了！

看来"酒香不怕巷子深"说得还挺有道理，知道哪里好吃大家都扎堆往里挤。

澄澄认命地刚打算领个排队号码，随即就听见身旁之人熟练地对工作人员报了个包厢号，紧接着服务员就领着他们俩往包厢走去。

包厢内环境清雅，不经意间的装饰细节皆可看出主人家的用心。

澄澄被菜单上的美食弄得眼花缭乱，最后只好一把合上菜单对同伴说："学长，主随客便，你来点吧。"

君少敛倒是没看菜单，只问了句："有什么喜欢吃的？"

"我这人不挑，随便。"

君少敛没再问，侧头熟练地对服务员说了几道菜名，这才道："可惜没有'随便'这道菜，不然倒是可以给你点一份。"

大概是他的表情太过于正经认真，澄澄愣了半晌，才反应过来眼前这位在开玩笑。但是大哥，您真的不适合讲笑话。

菜肴一一上桌，尽管都是些家常菜，但色香味俱全，看得人食欲大增。

澄澄夹起自己面前最近的那盘，刚咬第一口，立即竖起了大拇指。吃萝卜吃出了肉的味道，而且一点儿也不油腻，赞！其他菜更不用说，有过之而无不及。这钱花得值！美食当前，心底那丁点儿与异性单独吃饭冒出的不自在感，也在顷刻间消失。

君少敛见她赞不绝口的样子，笑道："其实南大周边的美食还是很多的，慢慢你就发现了。"

澄澄好奇地看着他："学长，你本科也在南大念的？对学校周边情况了如指掌嘛。"

他点点头，想起她早上那条短信，遂问："迎新晚会上表演什么节目？"

"你猜像我这样的一般表演啥？"

"钢琴？我记得你学过。"太过于久远的记忆已经有些模糊，但是他仍然记得那个夏天，隔壁房子里每天飘来的钢琴声，以及那天有趣的交谈。

他刚猜完，立即就见眼前的女孩瞪圆双眼："太神奇了！学长，你怎么知道我学过钢琴？"

"这个嘛，你曾提到过。"虽然是好几年前，但确实是她亲口提到，所以他并不算在撒谎。

"是吗？我怎么一点儿印象都没有……"澄澄一时半会儿也想不起来，索性不去理会，继续先前的话题，"不过我晚上要表演的是武术啦。"

君少敛有些惊讶地扫了她的细胳膊一眼："武术？"

他怀疑的眼神深深地伤害了澄澄这个练武之人的心，她抛开淑女做派，弓起手臂道："我可是练过的。"

君少敛忍俊不禁地看着她急于证明自己的模样："嗯，现在有点儿看出来了。"

"哼，学长，你还别不相信，不然你晚上来看晚会啊，我的节目排得挺前面的。"

"好，晚上顺便把笔记本电源线带出来给你。"

"嘿嘿嘿，谢谢学长。不过话说回来啊……"她停顿了下，问出困惑不解的问题，"你一个学管理的，怎么计算机这一块这么精通，莫非专门培训过？"

他瞥了一眼她贴满"收我为徒"的小脸，开门见山："怎么？又想拜师？"

澄澄这回脑袋瓜儿转得特快，瞬间从对方口中的"又"字联想到游戏里求拜师的那段，当即十分狗腿地为对面之人的杯子倒好饮料。看着他端到嘴边，这才开口："学长，没想到咱俩都到了心有灵犀不点就通的地步了。虽然我水平很菜，但是我有一颗充满求知欲的心，所以学长，求求你收了我吧！"

　　噗！君某人听到她最后那句话，差点儿没形象地把饮料给喷了。幸好包厢隔音效果好，不然听到的人铁定得想歪。他将杯子放回桌上，来来回回扫了她一眼，不留情面地说出结论："资质太差。"

　　"学……长……你真的不再考虑一下吗？"澄澄耷拉着脑袋瓜儿可怜兮兮地看着他，"我要是天资聪颖，还用得着拜师学艺吗？"某人笑而不语，她只好再接再厉，"你看咱俩游戏里是生死战友不说，现实里还这么有缘，自己人不指点自己人天理难容嘛。"

　　话音刚落，就看见对面那位眉梢微微一挑，似笑非笑："学妹，为难自己真的好吗？"

　　澄澄当场悲愤。谁说大学里学长对待学妹都如春天般温暖？谣言害死人哪！

　　当天中午，化悲愤为食欲的安澄澄同学差点儿没扶墙而出。不过去结账的时候，她十分自觉地蹦过去，结果被告知已经有人埋过单了。

　　她郁闷，横眉竖眼瞪他："不是说好我请的吗？"

　　她此刻的表情很像过年时抢不到糖果的小孩，他终于笑出声来："来日方长。"说这话时，他正站在门口，接近正午的阳光洒下来，浓烈得让人几乎睁不开眼。他眉眼深处，疏离已退，有自己都不曾知道的温情。

　　返校的路上，澄澄大言不惭走前头开路，结果好几次把方向搞乱。虽然某人一再保证方才发生了小小的失误，但集合的时间临近，君少敛怕她找不到大礼堂，只好又绕道送她过去。

　　林荫小道上，迎新晚会的参演大军正陆陆续续朝大礼堂赶，澄澄见状立即对身旁的人说："学长，你回去吧，我跟着大部队走就不会迷路了。"

他们现在所在的位置再往前拐个弯就是大礼堂，所以君少敛便点点头，转身一脚刚踏出去，忽然又回过头："晚上好好表现，别紧张。"

澄澄笑容灿烂地伸手朝他比了个"OK"的手势："知道啦。学长，你晚上来，千万记得带上笔记本电源线啊。"叮嘱完，她朝他挥挥手，转身往前。

只是刚走到拐角处，她忽然整个人愣在原地，目光紧紧盯着前方手挽着手迎面走来的那一对男女身上。

男孩穿着简洁时尚的浅灰色针织衫内搭白T恤衫，脖子上挂着一根金属链坠，棱角分明的脸上此刻正漾着令她熟悉的炫目笑容。他身旁的女孩五官靓丽、皮肤白皙，穿着一袭浅色的淑女裙，长发简单地编织成辫子，发尾绑着浅色的发夹。气质出众的两人旁若无人亲昵地窃窃私语着，模样像极了热恋中的小情侣。

澄澄就那样傻傻地站在原地，眼睛一眨不眨地看着对方越走越近。尽管几年未见，她仍然第一眼就认出那个笑容迷人的男生，正是自己暗恋五年之久的师兄萧禹。

时光留下的痕迹，大概就是让记忆中的青涩少年变得越发耀眼迷人了吧。

她蓦地记起那年桃花树下的初见，他脸上的笑容烂漫了她因为搬家转学而难过的春夏，印在心底深处慢慢就捂出嫩绿的鲜芽，等反应过来才发现来不及了，少女心已经长出了一棵名叫喜欢的参天大树。于是从此以后，假小子也终于有了花季少女的苦恼和秘密。

只可惜不是每一场暗恋，最终都能修成正果。更可悲的是，她表白无数次，几乎周遭人都看出她喜欢他，唯独正主愣是没发现。

许是澄澄此刻的眼神太过于灼热，对面之人似有察觉，抬起头朝她的方向瞥了一眼，然后……

没有然后。

时隔两年零一个月十五天，他没有认出她来，仅仅施舍了她0.01

秒不到的眼神接触，随后与女伴轻笑着从她身旁擦肩而过。

路上有手机铃声将她从空白中惊醒，女歌手用摇滚又抒情的语调唱着：几百天来的热烈，一道眼神就瓦解，再厚的爱只是一沓纸片……

她望着那一对渐行渐远的背影，动了动唇，终是没开口。说什么呢？难道说"好久不见"？照这情形，萧师兄估计会回她一句"你是谁？"

思及此，她咧咧嘴低头自顾自笑起来。笑时光太残酷，笑自己太傻。明知无望却还心怀奢望，不是傻是什么？

正午的阳光映照出地面小小的孤零零的影子。将一切都纳入眼里的君少敛，在辨认出对方的身份时，立即明白她突如其来的异常表现。他想都没想，迈开长腿朝她走了过去，像很多年前那样。

"小白，要不要把肩膀借给你？"熟悉又透着无奈的男声，在略微干爽的空气中响起。

她瞬间抬头，青春洋溢犹带稚气的脸庞上挂上大大的笑容，可那双漂亮充满灵气的乌黑双眸里，分明溢满水汽。

"不，我会没事的。只是我以为我勇敢一点儿，再勇敢一点儿，那个人就会被我打动。可我总是忘记，爱情来临的第一步，是无论时光如何飞逝，岁月如何让我们面目全非，重逢的那一刹不用提醒，他也一定能认出我。"她仰望着他，眼里有着让人心疼的骄傲。是谁说的，想哭的时候抬起头微笑，眼泪就不会流出来。明明痛到不能自已，却假装无所谓，告诉自己要坚强。

他一向引以为傲的自制力，忽然在这个阳光热烈的秋日土崩瓦解。他伸出手将面前含泪笑看自己的女孩揽进怀里，做了个一直以来极力在克制的举动——轻轻拍了拍她的头。

低低的呜咽声伴随着他温和带着安抚的动作，一点点变大，终于演变成号啕大哭。空气中似乎有什么东西在悄然改变着，然而命运的奇妙就在于，你永远也不知道生活中将会发生什么事。

下卷
自古江湖猛料多

扬城郊外，十里桃林，黑衣刺客正在与灰袍剑客对峙。

这时，一阵清风拂过枝头，粉色的花瓣便簌簌地往下坠，十里桃林像在下一场烂漫的花瓣雨。突然，银色的剑光以迅雷不及掩耳之势在花雨中一闪而过，等风停雨歇，灰袍剑客手中的流光剑已经刺进对手的身体要害。而反观主动偷袭的黑衣刺客，他手中的冰刃连对方的衣服都没触到。

游戏屏幕中央跳出灰色的"输"字，黑衣刺客只好认命地开始盘腿回血。从刚才到现在 PK 了五六次，结果每次他都输在这最后两秒。啊啊啊，一两次可以是运气，这五六次就是水平问题了哎。

南大某企管系研究生寝室，岳恒从电脑前抬头看向一旁的室友："我说阿财哥啊，你怎么跟个雷达似的，每次都能精准算出我出现在哪个方位？这不科学啊！"

"水平问题。"被请教之人淡定地用后脑勺对着他，点了"退出游戏"。

没得到答案的岳恒郁闷地转回电脑屏幕，恰好看到系统提示好友君子爱财下线的通知。

"你下线干吗？咱俩再来一局呗。"他瞥了一眼右下角的时间，这才下午6:00，没听说晚上有什么活动啊？

"你水平太差，没成就感。"某人开始关电脑。

"嘁！阿财哥，您老一天不损我会死啊！关电脑干吗呢？有约会啊？"

"想知道？"某人合上电脑，从位置上站起身，"跟我走。"

十分钟之后，两人站在学校大礼堂门口。

岳恒望着一旁排队有序进场的学生，诧异道："观看本科部的迎新晚会？您老没发烧吧？从大一到现在，除了刚入学那会儿规定新生必须参加的外，还没见你观看过学校大大小小的哪次晚会。今天这是怎么了，这是……"

"你没发现今晚的星星特别明亮？"君少敛拍拍他的肩膀，"排队吧。"

岳恒跟在他身后排队进场，嘴里嘀咕着："不寻常，太不寻常了。"

不寻常吗？走在前头的君少敛自顾自笑起来，难怪阿恒惊讶，因为他自己也觉得匪夷所思。

所有观众入场没多久，主持人就开始登场。一番介绍之后，学生代表开始致辞，迎新晚会正式拉开帷幕。

岳恒坐在观众席上比台上表演节目的参演者还忙，因为他看一会儿表演就得侧头看看身旁室友的表情正不正常。没办法，他现在十分怀疑，这家伙跟台上表演的某位学妹有一腿！要不然怎么好端端的不玩儿游戏，跑来凑这份热闹？而且，他看到某人刚才出门的时候手里拎的袋子里装着东西，好像就是落在他们寝室好几天都没人来领的那根笔记本电源线。

这要是往常，那线早就被以占地方的名义清理出去了。

他摸摸下巴，开始继续侦察工作。

不过在他看来，今年的节目跟前几年差别不大，都是老一套，没什么特别出彩的地方。无聊了一小时，岳恒在听见主持人报幕时突然眼前一亮。

"哟？没想到还有学妹会表演武术？"他坐正身体，余光恰好瞥见某人脸上一闪而过的笑意，顿时精神大振。

节目音乐选的是《天地武魂》，岳恒一开始还担心台上那个身材娇小的学妹 Hold 不住这曲子，没想到担心完全是多余的。刚柔并济，旋风腿 720°，转体 360°，转体外加几个侧空翻，博得掌声阵阵。

只是岳恒仍旧有些纳闷。不是因为节目不好看，而是身旁之人的表现太淡定了！

不过全场表演完整看下来，岳恒将目光锁在了最后压轴出场的那位表演黑天鹅的女孩身上。他听报幕时的名字便想起这位叫赵蕊的姑娘是校文艺部的部长，大三外语系。

没想到学妹不仅长得漂亮，而且芭蕾舞跳得那叫一个绝！《天鹅湖》中黑天鹅与王子双人舞的那一幕，黑天鹅那一圈又一圈的华美旋转惊爆了全场的掌声，成为整场晚会最大的赢家。如果自家室友跟这位学妹配对的话，还有那么点可信度。

可是，等晚会散场，他除了看见赵蕊学妹牵着其他帅哥的手离开外，还看到一位十分眼熟的小姑娘迎面朝他们所在的位置跑来。

礼堂外的路灯下，那五官、那神情怎么越看越熟悉呢？

他侧头无声地询问室友，结果只收到室友脸上轻淡的笑意。

澄澄拨了拨被风吹乱的刘海儿，有些不好意思地看着眼前的君少敛："学长，对不起，刚才有事耽搁了一会儿。"

"没事。"君少敛将手中的小袋子递过去，"刚才的演出很精彩。"

"是吗？谢谢学长安慰！"澄澄弯眉看着眼前之人，明明他背光而立神情不明站在光影里，她却能感觉到他在微笑。

她瞬间想起中午的那一幕，邀请脱口而出："今晚寝室门禁不严，要不然我请你们吃烤串？"

"好。"出乎意料的回答。

"那走吧，再晚点儿估计收摊了。我上次听室友说有一家特别好吃。"

两人走了一两步，发现还有个人站在原地发呆。

"包子学长，你想什么呢？走啦，吃烤串去咯。"

"我在想妹子你是何方神圣。"反射性答完，他瞬间自拍脑门儿，终于想起来为什么这么眼熟了，居然是上次那个学妹！没想到这才没多久，他们两人就暗度陈仓了，还有烤串什么的，也不知道谁说过一向不喜欢吃，刚才居然答得如此之干脆！

八卦的因子蠢蠢欲动，岳恒眉开眼笑地跟上大部队："哎呀，我说这小姑娘咋这么眼熟呢？原来是学妹你呀。话说，你们俩上次网吧一别，是不是偷留联系方式了？"

"当然没有！上次我电脑坏掉，毛攀学长帮我找人帮忙，我到了才发现居然人生处处是巧合。"澄澄回答完岳恒的疑问，转头问了君少敛一个让岳恒当场无语的问题，"学长，我想起来我还不知道你叫什么名字呢。"

"君少敛。"

"君子爱财的君？这个姓氏好像还蛮少见的。"来而不往非礼也，她主动伸出手，第一次正式介绍自己，"君学长，你好！我是历史学院一年级安澄澄。那我以后就跟学长你混啦。"

君少敛终于笑出声，伸手轻轻握住她小小的手掌，然后礼貌松开："学妹，你还真是毅力惊人。"

澄澄听见他调侃的口吻，笑眯眯地说："生命不息，学习不止。学长，虽然都是自己人，但你这么直白地夸奖我，我还是会不好意思的。"

君少敛拍拍她的头："走吧，爱学习的小家伙。"

岳恒站在一旁看两人的互动，真是越看越胆颤心惊。这个笑得如沐春风还会跟小姑娘亲密互动的家伙，真的是他认识的那个淡定又腹黑的君少敛同学？大学四年再加上已经过去的一年多的研究生生活，倾慕君同学的女生犹如过江之鲫，但从未见他跟谁走近过。主动告白的女生得到的答复永远是——对不起，没感觉。搞得大伙儿都以为他性取向不正常，外界那些八卦分子还造谣说，他俩同进同出肯定是一对。

后来岳恒才知道阿财哥拒绝时的原话是：对不起，我的人生规划里没有爱情这回事。

想到这里，岳恒无声笑起来。爱情呀爱情，爱情来了真是挡也挡不住呀！他两三步追上大部队，加入话题："话说，原来大毛的老乡学妹是你啊？那这顿烧烤我吃得就安心了。你不知道吧？你毛攀学长先找的人可是我。"

"哦，所以包子学长你怕修不好电脑丢脸面，就叫了君学长帮忙？"

"怎么可能？像我这种级别，轻易是不出手，这才叫了你君学长来。还有，包子学长什么的太不符合我英俊潇洒的外表！我叫岳恒，既然都是自己人，那学妹你直接叫我的名字得了。"

"哦呵呵，岳恒学长，你有没有听到声音？"

"什么声音？"岳恒还没跟上她的思维，只得无声询问室友。

君某人但笑不语，果然下一秒就听见某人清脆的充满狡黠的声音在夜色中响起："天上牛皮被吹破的声音。"

"喂！老君同志，你也不管管你学妹！"

君某人挑眉："她也是你学妹。"

"有这么欺负学长的学妹吗？"

星光洒了满地，欢声笑语一路蔓延。澄澄看着路灯下，地面映出的自己的影子，以及在她身旁被拉得长长的影子，用手背悄悄抹了抹有些湿润的眼角。

她第一次发现，南大的夜景原来也这么迷人。

吃完烤串，身为学长的两人，又尽责地把小学妹送回寝室楼下。

澄澄跟他们道别之后，回到寝室发现室友们正趴在被窝里玩儿手机。见到她回来，反倒惊奇："你们的庆功会这么快就结束了？看来学生会挺抠的嘛，没吃饱吧？”

“我没去参加啦，刚才去吃了烤串。”

“哟，这是有情况啊！”夏沫一下子从床上坐起身，“老实交代跟谁一块儿去的？”

“呃，朋友。”他们现在应该算朋友关系了吧。

“男的朋友？”

澄澄点点头。

管微在一旁总结：“哦，原来是跟男朋友一起去的。那我俩就大方原谅你吃东西没捎上我们。好了，明天一早大家都要各回各家，所以都早点儿休息。晚安，姑娘们！”

澄澄默然。寝室长大人太狠了，完全不给人辩驳的机会啊。

说好要早睡，结果等关了灯，大家都窝床上后，不知谁先开了头，三人就这么在被窝里聊了起来。

女生寝室的话题，永远逃不开男生。

“晚上那个当主持的男生长得挺不错，好像是传播系的？”

“嗯，女主持人也是传播系的学姐，据说两人是一对。”

“表演诗歌朗诵的男生挺斯文的，长得也不错。”

“文学院一年级的，据说有个青梅竹马的小女友，长得还不赖。”

“拉小提琴的那个帅哥呢？”

“音乐学院美女众多，小沫，你没戏了。”

“上台致辞的学生代表呢？还单着吧？”

“十分不幸地告诉你，他在追求同专业的系花姑娘。”

夏沫郁闷：“寝室长，你怎么什么都知道啊？”

管微也很无奈：“没办法，咱们校 BBS 八卦版逛太多了。”

“唉，帅哥都跟美女在一起了，其他人情何以堪？最后一个问题，压轴那个美女学姐有男朋友不？文艺部部长果然不是盖的，那芭蕾跳得我都想学了。”

澄澄终于插上嘴："有，外校的校草级人物。"

"怎么连澄澄你都知道？"

"我……我看见的。"

管微也忍不住笑起来："好啦，小沫你心头的怒火就别狂烧了。咱们本科部没戏，可以看看研究生部嘛。研究生部有六大宝，随便拉一个出来，都完胜你刚才惦记的这些男的。我心目中的 No. 1 是企管系研二的君学长，身材完美，外表完美，笑容完美，借用论坛上的一句点评：温润如玉，气质如华。更形象的形容是，当他看向你或者当他走向你，会令人有种怦然心动的感觉。"

夏沫大概也听过南大六宝的传言，所以一扫忧郁跟管微展开空前热烈的讨论。澄澄则在听到管微的话后，开始出神。

最初两次见面都是在夜晚，她看得不是很清楚，但那天清晨在研究生寝室楼下，他在晨光之中跑向自己的一瞬，真的让人有种脸红心跳加速的感觉。

其实仔细算来，她与他见面的次数，掰着手指都能数出来。可他的身影怎么好像深深印在脑海里挥之不去了呢？或许是从中午他借她肩膀、安慰她那时候开始？抑或更早之前，在网吧他伸出援助之手的刹那？

有虫鸣的声音隐约从窗外传来，她躲在被窝里，悄悄用手捂住心脏的位置。

扑通！扑通！

她似乎听见了自己心脏跳动的声音。

好奇怪，原来喜欢上一个人是这么迅速而简单的事情。

/二十一/
重出江湖

国庆假期第一天，《风云 OL》各大服务器完全成了人的海洋。

每个活动任务 NPC 面前，单单商人摆摊圈钱的号都快绕地球一圈了。更别提那些在各大地区频道声嘶力竭求组队做活动任务，以及趁着节日结婚的玩家。

跟那些卖力做活动任务的玩家不同，此刻月老庙外，有两个鬼鬼祟祟的身影正在蹲点。没错，这俩货就是人人得而诛之的江湖恶匪：雌雄双煞。

在经过几天的蛰伏后，他们又重出江湖了。

【队伍】安小白：学长，咱们这样不好吧？结次婚不容易，是不是先放过他们？

【队伍】君子爱财：我们最后是不是还会杀他们？

【队伍】安小白：呃，是。

【队伍】君子爱财：那让他们早死早超生，也算做了件好事。

【队伍】安小白：有道理！

半小时后，世界频道吵翻了天，闹事的全是方才系统宣布成功喜结连理的新人。原因是欢天喜地入洞房出来的新人们，还没开始度蜜月就成了刀下亡魂。

刷了 N 久才积攒的夫妻恩爱值，也在瞬间变为鸭蛋。

但这些都不是关键，关键是新娘们嫌新郎太没用，纷纷闹家变要离婚。

【世界】小楼听风雨：GM，你怎么搞的！我结一次婚容易吗？服务器卡得要死不说，我还莫名其妙被拍死了！老婆，我是爱你的！相信我，这绝对不是小三的报复啊！

【世界】小兔西西：楼上兄弟，你别叫了。哥们儿比你还惨，老婆花轿还没下来，就被两个主动怪给干掉了。一干亲友跟个傻帽儿一样愣在原地，我媳妇回神后第一句话就是要跟我离婚。

【世界】最强壮的T：你们有我惨吗？我这都二婚了！雌雄双煞，爷跟你有仇啊？好不容易有花姑娘不嫌弃我，结果又让这俩东西搅黄了！

【世界】玉面小狐狸：这俩货跟通灵似的，拼命围堵的时候不出现，一放松警惕就出来闹事。我说这不会是玩家伪装的吧？GM 出来解释一下呗。

【世界】公子住手：不可能吧？上次保护家园任务没这一环节啊。难道是隐藏任务？可是也不对啊，一点儿风声都没有……话说强壮哥，说好的红包呢？

【世界】公子行云：帮会收人再来一发！一笔凤凰朱砂，恍若刹那芳华。甘愿袖手天下，为其满树繁花！

干掉 N 对新婚夫妻后，已经恢复玩家身份的澄澄看着"恨我不是李莫愁"任务第一环节的完成进度发愁。这还剩三分之一的任务目标没完成，谁知道服务器这么多玩家谁是已婚人士呢？

这个问题，在澄澄见识到某个神道具后，再也不担心了。

【队伍】君子爱财：我前几天跟客服交涉了一下，然后今天商城推出了这个"姻缘簿"。

她点击查看那个"姻缘簿"的详细信息，瞬间闪瞎钛合金狗眼。

"姻缘簿"上居然记录了本服所有已婚人士的信息，包括等级帮派职业及在线与否，甚至还有在线玩家的所在坐标。更为贴心的是，已经被他们杀过一次的玩家名字后面会有个红色的 ×。

她好奇地点开商城,发现上头挂售的"姻缘簿"那一栏标价是9999金币,标注的介绍很简短——任务相关用品。更为关键的是,显示已售空。

【队伍】安小白:虽然"姻缘簿"在手任务不愁,但这个宰得也忒狠了,果然每个标榜免费网游的游戏才是最烧钱的啊!我现在最想知道的是,所谓的神秘大奖会是啥?

【队伍】君子爱财:想知道的话,等下卖力一点儿,不过现在先跟我去做任务。

【队伍】安小白:活动任务?可是咱俩现在难道不应该争分夺秒杀人?

【队伍】君子爱财:笨!这叫策略。新人们的愤怒是很可怕的,等做完任务我们再继续。

【队伍】安小白:嘿嘿,其实我内心深处也是这么想的,我就是考考你知不知道啦。

【队伍】君子爱财:……

在两人结伴去做活动任务的途中,各自收到了来自帮派好友的热情邀请,不过都被他们俩一口回绝了。

在做"屠龙送宝"活动任务时,澄澄郁闷了。

明明她瞄准时机一剑把龙杀了,结果任务完成进度显示失败!

【队伍】安小白:这不科学啊!不是说杀完龙,救了公主,领了宝箱,咱们就功成身退了。咋这刚把龙杀死立即就显示失败呢?

电脑另一端的君少敛揉了揉眉心,无奈地敲着键盘。

【队伍】君子爱财:不是让你负责围观吗?谁让你动手的……

【队伍】安小白:我是那么没道义的人吗?为了战友那得果断插敌人两刀呀!

【队伍】君子爱财:自作聪明。你把公主都杀了,还指望完成任务?

【队伍】安小白:这不是龙吗?咋变成公主了?

【队伍】君子爱财:龙公主。

澄澄当场喷了。那龙公主长得黑绿黑绿的,体格又胖,整个面容都扭曲了，如若不是头顶有犄角，她还真辨认不出这是龙，更别提还是母龙。对比她旁边的女子可就美艳多了。这么抽象的公主也下得了手，Boss 也太重口味了吧！

【队伍】安小白：那 Boss 在哪儿呢？

刚说出疑问，澄澄立即一惊，有种真相隐隐浮出水面的感觉。因为整座大殿，除了他俩以及龙公主跟婢女外，再没有其他人了。

【队伍】安小白：不……不会是我猜的那样吧？

【队伍】君子爱财：你说呢？

【队伍】安小白：这任务好变态……

国庆活动任务有六项，除了最后一项一次性活动任务，因为有三十几个环节他们俩没接外，其余几项全部轻松搞定。澄澄把获得的所有活动奖励全部交易给队长，理由是占包裹。

搞定这些后，队长拿着"姻缘簿"开始筛选比较好下手的目标。这种时候没跟大部队在一起的已婚人士统统倒霉了。特别是那些等级低没入帮，却又爱在人烟稀少的地方看风景的小号。

第一个是一对刚刚出师的小夫妻，澄澄主动请缨，可惜完全没有掌握杀人技巧，上去就站在原地死砍。最后还是队长看不下去，上前结束了小夫妻的苦难。

澄澄崇拜又羡慕地看着身手利落的某人，忍不住旧事重提："学长，您看咱俩都这么熟了，您就勉为其难收我为徒吧！我会好好侍奉您的，上刀山下火海，关键时刻让我插自己两刀都行！"

"学妹，你这是……恩将仇报？"

澄澄看到他的回答，当场笑喷，敲键盘道："学长，你知不知道你刚才伤害了一个有志青年的心！"

君某人慢悠悠回了一句："光有志向可不行，有空多回去练练手速操作。"

澄澄握拳说道："我会努力的！"

因为一开始下手的都是些势单力薄的玩家，他们俩又隐藏得好，所以这天直到下午两三点，服务器才慢慢有玩家反应过来，早上闹了一出的雌雄双煞并没有消失。这俩货是打算干一票大的啊，简直有血染山河的架势。

江湖上级别稍低的已婚人士人人自危，原因是这雌雄双煞跟开外挂一样，只要你在线，只要你在安全区外，都能被这俩怪找到，然后下场通常都很凄惨。

重点在于雌雄双煞来无影去无踪，背后跟长眼睛似的，上一秒有玩家报坐标，下一秒隔了十万八千里又有玩家爆料他们出来活动，每次都让追杀大队扑了个空，惹得世界频道咒骂与哀号声一片。

玩家们，都快被玩坏了。

窗外的天色一点点暗下来，澄澄看着"恨我不是李莫愁"第一环节的任务进度乐开了花。

在短短一天不到的时间内，干掉了一百多对情侣，尽管她的任务是最后补刀，但仍然觉得与有荣焉啊，哈哈。

吃完晚饭，她迫不及待地跑回电脑前，结果发现某人去吃饭还没回来。她一时半会儿也没想到有什么事情要做，索性点开私聊消息查看今天有谁找过自己。

看了一圈，发现发消息给自己的都是吃货家族的。她一一回了消息过去，此时还没去吃饭的糖糖帮主迅速回了消息过来。

【私聊】一锅端：小白姐，今天都在游戏里干什么呢？我们密你都不回，打电话也不接。

【私聊】安小白：我跟在你们偶像屁股后面做任务升级呢。手机啊，不知道被我扔哪儿了。

【私聊】一锅端：看在我们家偶像的份儿上，原谅你啦。对了，你好像是南陵大学的吧？我今天听说荼蘼的帮主也是你们学校的哦，

156

还是个大美女。

【私聊】安小白：你怎么知道荼蘼花开是南大的？

【私聊】一锅端：今天荼蘼的玩家在门派里蹦跶一天了，咱们服都传遍啦。我还听说刀锋的副帮主潇潇风雨是个高富帅，他们俩奔现了。

【私聊】安小白：别人的事，咱们管那么多干吗？

【私聊】一锅端：嘻嘻，其实我是想问下，小白姐跟偶像准备何时奔现呀？

澄澄无语，没再答复她越来越离谱的问题。只是，奔现？想太多了吧？她甩甩头，将这些不切实际的想法甩掉，把注意力转移回游戏。

恰好这时，医生门派里的聊天消息引起了她的注意。

【门派】荼蘼花殇：哇卡卡，本人见到花开姐真人了！她是个绝世大美女哦，而且还是南陵大学的高才生！风雨姐夫太有福气了！

【门派】微光：荼蘼的人烦不烦啊，秀了一天还不够？长得漂亮了不起啊？谁知道是不是生了一副蛇蝎心肠？

【门派】荼蘼婉心：一看就知道楼上羡慕嫉妒恨了。我们在门派里说话碍着你了吗？看不顺眼就屏蔽啊。

【门派】鱼丸粗面：嘁，世上长得漂亮的女生海了去了，有什么了不起？说到南大，别以为全世界只有荼蘼花开才考得上，我们家小白姐在南大那可是顶呱呱的！

看到这里，澄澄赶紧给二货队友鱼丸粗面发密语，让她不要再暴露己方同胞的资料。毕竟游戏里鱼龙混杂，她可不想让人知道自己的现实身份，免得发生一些不必要的纠葛。再者，谁能保证游戏里没有其他南大的校友在潜伏？例如她家队长大人。

只是令澄澄没想到的是，此时坐在电脑前面的荼蘼花开正好也看到了这段聊天内容。

当天，除了国庆活动任务及雌雄双煞重出江湖的新闻外，到了晚上还发生了一件大事！那就是本服大帮刀锋一个多月没上线的正牌帮主横刀立马战天下回归了。

他回归的第一件事，就是刷世界频道昭告天下。

【世界】横刀立马战天下：对不起诸位刀锋的兄弟，最近事情比较多一直没空上游戏。昨天听说帮里最近发生的一些事情，战某深表惭愧。

【世界】横刀立马战天下：身为一帮之主，没有让诸位兄弟在帮里感受到家的温暖，是我的失职。壹刀、血煞、琴心等曾经一起打天下的兄弟，我战天下回来了！你们也回家吧！

【世界】横刀立马战天下：无兄弟，不游戏！桃园结拜处等你们！

横刀立马战天下的消息一刷出，他提到的那些因各种原因离开刀锋的玩家，立即上世界频道回绝了他发的邀请。

这个变故引发刀锋现有玩家们的不满，大抵意思就是帮主亲自出面你还拿乔之类的。一来二往，两帮人马在世界频道吵了起来。偏偏刀锋的帮主也是个死心眼儿，人家都拒绝了，他还一个劲儿在世界频道发消息请那些退帮人员回归。如此一来，刀锋现有成员对帮主就有些怨念了。

彼时，澄澄正跟在队长君子爱财身边趁乱继续作恶。由于太过于关注八卦，差点儿死在了目标人物手中。好在身旁之人及时伸出援助之手，才免遭身份败露的危险。

队长无奈宣布："今天到此为止，明天再继续吧。"

澄澄玩了一天游戏，浑身肌肉酸痛，所以对此没有任何异议。不过她有个疑问迫切想知道："我有点儿奇怪刀锋副帮主明明在线，却一声不吭，这是为什么呢？"

"'螳螂捕蝉'后一句是什么？"

"黄雀在后呗。"澄澄答完，恍然大悟。不过，心里还是有些不相信萧师兄会做出这么卑鄙的事情来。

电脑另一端的那人似乎知道她的纠结，一语道破天机："这就是一出戏，围观群众随便看看就行，千万别当真。"

澄澄继续困惑。如果真的在演戏，那到底是哪一方在演呢？

　　第二天，澄澄一上线，就看到整个服务器跟捅了马蜂窝似的闹哄。世界频道都在明里暗里嘲讽刀锋副帮主潇潇风雨不地道，而她所在的血战帮派频道则无一在欢迎横刀立马战天下的加入。

　　澄澄实在是跟不上节奏啊，她赶紧去戳糖糖："发生什么大事了？怎么刀锋的帮主跑我们帮派来了？"

　　"卑鄙的潇潇风雨趁着半夜三更横刀立马战天下下线睡觉的时间，召集刀锋的帮众把横刀立马战天下弹劾了。"糖糖给出的回答，让澄澄当场就震惊了。

　　所谓弹劾，就是强行更换帮主。帮派成员发起弹劾，如果超过帮派规模一半以上的人员同意则弹劾成功，由发起弹劾者继承帮主位置。另外，无论弹劾成功或失败，从弹劾结束一周内任何人都不能再次发起弹劾。

　　澄澄顿时联想到昨天君子爱财跟自己说的话，还真让他说中了。可是按理说，萧师兄不会为了个帮主之位，使一些下三滥的手段吧？澄澄一看系统提示君子爱财上线，立即跑去请教。

　　【私聊】安小白：学长，你太神了，真的让你猜中了！不过我有点儿不明白，为什么潇潇风雨不趁之前横刀立马战天下一个多月没上游戏的时候弹劾呢？现在这么做不就把自己推到风口浪尖上了吗？他傻啊。

君少敛正在挂机写报告，看到她发来的消息，脑中下意识浮出她苦恼皱眉的样子，忍不住笑起来，耐心解答她的疑惑。

【私聊】君子爱财：之前不弹劾是因为横刀立马战天下交代过工作忙没时间顾及游戏。之所以挑这个时机，是因为横刀立马战天下昨天的表现让很多刀锋帮众失望跟反感。还记得我昨天跟你说的话吗？

【私聊】安小白：哪句？你昨天说了好多话。

【私聊】君子爱财：这就是一出戏，看看就好，千万别当真。

【私聊】安小白：那……到底谁在演戏啊？

【私聊】君子爱财：戏台子一搭，你觉得谁在演戏？

【私聊】安小白：不是吧？可是为什么呀？

【私聊】君子爱财：解疑答惑时间结束，我继续写报告，等会儿我们继续做第一环节任务。

一连串问题得不到解答的澄澄忧伤极了，聪明人的世界好复杂。

澄澄继续关注了一会儿八卦，发现事情越演越烈。此时部分刀锋成员大闹世界频道，骂潇潇风雨无情无义，并脱离帮派追随横刀立马战天下而去。

潇潇风雨还没上线，刀锋几位长老一直在世界频道上奉劝要离开的同胞多考虑，千万莫做让自己后悔的事情。尽管如此，短短一会儿的时间，还是有十几人脱离了刀锋。

澄澄看着自己所在帮派频道不断刷新的欢迎新人的聊天内容，有些怀疑这两帮人马是不是真的在演戏。唉，不是她没眼力见儿，实在是这群人演技太高超，真真假假让人傻傻分不清楚。好在君少敛很快写完报告，并将她从纠结的苦海中拯救出来。

就在全服大部分玩家还沉浸在"刀锋帮主遭弹劾出走血战"的惊人新闻里，剑客排行榜永远不变的第三名，已经带着他的小跟班开始了隐藏任务第一环节最后的扫尾工作。

可能昨天下手太狠，直接导致今天野外落单的小号少了许多。姻缘簿上一大片红色的 ×，让君大侠也有了那么点烦恼。因为至今全服共 1300 多对夫妻，简单的都被他们干掉了，剩下的自然都是等级高、操作不错的。

君大侠锁定姻缘簿上某一对相对不那么具有威胁性的夫妻，交代自家小跟班今天务必多加注意，并制定了些战略。

可惜姻缘簿是死的，人是活的。他们走到山脚下，并没遇到要杀的那一对，反倒遭遇两对满级夫妻档，头上顶着的还是"苍山暮色"的标志。

澄澄犹豫了下："4:2 难度系数是不是太大了点儿？而且对方全是医生。"

君少敛看着那四个在采药做任务的熟人，赞同道："嗯，遇到这种移动血库确实相当棘手。"

噗！看来大侠也不是万能的啊。澄澄边感慨边委婉提出解决方案："都是自己人，自相残杀不大好吧？我看要不咱们先迂回一下，绕过去？"

"不，真的勇士敢于直面强劲的对手。"君大侠说完，真的操作着灰袍剑客迎了上去。

澄澄差点儿当场昏倒。大哥，咱勇士不是这么当的啊！光荣赴死之前，体谅一下身为队友的我的心情好吗？

她看着前方突然一动不动的四个满级医生，心惊胆战地点了跟随玩家："学长，你今天是不是没吃早饭？这种情况不是应当避免正面交手吗？为啥明知山有虎偏向虎山行呢？这可不是一般的虎啊，是母老虎！还是成双的！学长，你不能轻敌啊，虽然你也很厉害……"

君少敛看着小学妹的碎碎念，终于心情大好地回了一句："别担心，死不了。"

很奇怪，短短六个字就安抚了她内心所有的浮躁不安。也许是因为潜意识里相信他，相信他所说的每一句话，相信他做的每一件事。

她坐在电脑前，看着游戏屏幕里信步朝对手走去的灰袍剑客。风拂过他清俊的眉眼，穿过他乌黑的头发，他从容淡定，没有半丝犹豫。

明知人物不过一堆冰冷数据，却因为知道坐在电脑另一端的人是他，所以止不住心动。

其实，在雌雄双煞刚碰上全服最难缠的两对暴医夫妻组合时，君大侠就在帮派 QQ 群里把这四人拉进了讨论组，坦白了这一切。于是，澄澄之前看到他们四个突然一动不动，那是因为他们被真相惊到了。

在大脑空白了一分钟之后，讨论组里爆出一阵激烈的讨论。

随水："哇，雌雄双煞居然真的是玩家扮演的！而且那人还是咱君大长老，真是越想越激动，哈哈！"

常流："那我们现在是装模作样反击呢？还是假装挂机啊？"

明月："哈哈哈哈，假装挂机这招太假啦。不过君长老不厚道啊，保密工作做得这么好。估计今儿个要不是无意间碰上，咱们还没机会知道呢！"

清风："呃，其实我比较好奇……那个女恶匪是谁？"

随水："同好奇 +1 ！"

常流："同好奇 +2 ！"

明月："同好奇 +3 ！"

清风："长老好像被我们的问题吓跑了？"

八卦因子蠢蠢欲动的四人，重新将目光投回游戏屏幕上，结果一看游戏屏幕，君大长老哪里是被吓跑了，分明是趁他们聊天的空当，在游戏里对他们四个进行了惨无人道的虐尸……

QQ 聊天讨论组，同时刷出四句一模一样的问话："君长老，这样对待同胞真的好吗？"

已经带着小跟班走远的君大侠，微笑着在他们心口补了一刀："你们不死得凄惨一点儿，如何衬托我在女恶匪心中的威武形象？"

众人一致无语。

日光一点点倾斜，澄澄看着身旁的剑客，眼里的崇拜有增无减。

这一路，他们虽然杀得没有昨天那么迅速，但是身旁之人神一样的手速及操作，让整个旅程变得精彩纷呈。

其间，她看到世界频道上一些玩家对他们的评论。

【世界】牛腩熊猫猫：如果不是因为雌雄双煞是任务怪，且招式都经过程序精确计算过，我真的要产生自我怀疑了。这操作太牛了！

【世界】大黄老鼠皮卡丘：这操作是要逆天啊，不知道排行榜上那些高手跟雌雄双煞谁更厉害？

【世界】墨青城：我很怀疑江湖恶匪的真实身份。

【世界】妈妈再爱我一次：虽然被杀过一次，但是我跟我老婆现在是他们的脑残粉。

特别是"脑残粉"三个字让她笑得合不拢嘴。不过在看到后来关于自己个人所获得的评价时，她气得差点儿得内伤。因为那些评价总结起来就一句话：无脑补刀妹的存在，就是为了让被杀玩家找到内心的平衡。

这样赤裸裸的鄙视，深深伤害了澄澄，所以她杀得更加卖力了。之前是补一刀，现在补上一刀，再从尸体上无情地踩过去，踩的还都是关键位置：脸。

彼时，南陵市某五星级酒店房间内，赵蕊坐在电脑前，查看着刚刚接收的一组照片，照片内容全部来自前两天举办的校迎新晚会。

因国庆假期结束之后，校报需要刊登一些照片，所以她正好趁这个空当挑选几张好看的。除了一张角度灯光都很不错外，其余几张让她忍不住皱起秀眉。

萧禹换好出门穿的衣服走过来，看见她嘟嘴皱眉的样子，立即温柔地拥住她的肩："怎么了？"

赵蕊语带不满："他们把我拍得好丑。"

萧禹顺着她的目光望向电脑屏幕，照片中黑天鹅翩然起舞，身体线条柔美，整个人优雅又高贵。唯一美中不足的，大概就是女性永远不会满足的爱美之心了。他笑起来："宝贝，其实这个角度抓拍得也很漂亮，如果我是王子，我也会迷上黑天鹅。"

甜言蜜语逗笑了伊人，于是又把其余几张照片打开让男友欣赏评价。得到赞美之后，这才心满意足作罢，起身去换出门要穿的衣服，不过仍然不忘叮嘱："晚上我要吃意大利菜哦。"

萧禹点点头，将目光重新落在电脑屏幕上，手指按动鼠标的声音在房间里细微地响起，突然手上动作顿住，他的视线落在一张照片上。照片上的女生穿着白色的武术服，乌黑的秀发被紧紧盘在脑后，五官清秀，打拳的动作刚中有柔、柔中带刚。

他觉得有点儿眼熟，想了下，没想起来，于是又陆续往下看。接下来几张抓拍得都很不错，特别有一张，女孩在做空翻动作的时候，正好有一滴汗水自空中滑落被抓拍了下来，让他这个摄影爱好者拍手叫绝。他看得投入，连赵蕊走到他身边都没发现。

赵蕊瞄了一眼他的表情，好奇地看向电脑屏幕，见到这张照片也笑起来："我也觉得这张拍得很好。这个表演武术的学妹是历史学院大一的，好像是叫……澄澄？"

萧禹听到那个名字微微蹙眉思考了下，然后又把照片一一倒回去看，最后才问："是不是姓安？"

赵蕊已经看到上面标注的名字，点点头："你认识？"

"也许。"萧禹笑起来，顺手关掉电脑，"以前一起学习钢琴的师妹也叫这个名字，不过很久没联系了。女大十八变，也不知道是不是同一个人。"

"师妹"这个称呼让赵蕊有不好的联想，不过她暂时没空理会，笑容灿烂地挽上男友的手往外走："先别想这些无关紧要的，我快饿死啦。"

房门被从里向外打开，年轻俊美的男女亲密地走了出来。那些游戏里的纷扰，暂时随着关门声留在了室内。

从此山水不相逢

【系统】恨我不是李莫愁（998/999）。

澄澄看着游戏屏幕中央刚刚刷出的这条任务完成进度提醒，差点儿兴奋得尖叫出声。只要再解决掉一对，他们就能完成这任务的第一环节了。

已临近午夜12:00点，澄澄跟打了鸡血一样丝毫不觉得累和困，只感觉浑身的血液都在沸腾叫嚣。

【队伍】安小白：胜利在望，想什么呢？

【队伍】君子爱财：思考最后一对杀谁比较好。

【队伍】安小白：这个简单啊，打开"姻缘簿"找个容易下手的！

澄澄说完，立即收到君大侠发来的交易邀请，点开发现交易栏上的物品就是"姻缘簿"。她有些不明所以，确定交易之后打开"姻缘簿"，瞬间被名单列表上面满目大红色的 × 所震惊。

仔仔细细又扫了一遍，她发现现在这个时间点，本服夫妻玩家中男女双方皆在线的，除已经被他们俩杀过一次的那些人外，就剩下那么十几对排行榜耳熟能详、操作强又难缠的夫妻玩家。

澄澄反复看了三遍"姻缘簿"，立马跟泄了气的皮球一样，忧伤地垮了肩膀。

想了几秒，澄澄脑中灵光一闪："学长，要不然我牺牲下，咱俩凑一对得了？等结婚后，咱俩相互插对方两刀，这样不就顺利完成任务了？"

电脑另一端的人看到她的建议，差点儿从椅子上摔下来："小白，你的脑袋瓜儿是离家出走忘记回来了吗？"

澄澄纳闷："你不觉得我的提议既简单又保密，可行性相当之高吗？"

君大侠无奈地打破她不切实际的幻想："完成任务附加条件之一，接受任务玩家有任何一方死亡，皆视为任务失败。"

"没想到 GM 还挺聪明的！"澄澄吐槽无力。

"原来，小白学妹你没打算趁火打劫？"

澄澄因为他的调侃瞬间红了脸。

好在君大侠没再继续开玩笑，而是让她原地休息待命，不然澄澄真的会找个地洞钻进去。

君大侠心情愉悦地点开自己的游戏好友列表，在那些在线的游戏好友身上来回巡视了一番，最后将目光停在"兔子窝边的草"同学身上。至于原因……这货前几天刚刚去月老那儿领了证。

几人的 QQ 群，突然在这个凌晨热闹起来。

一切皆因君某人起的那个开头："阿北，展现你奉献精神的时候到了，快出来接活儿。"

岳恒反应最快，见室友这话就知道有好玩儿的事情要发生，二话不问先挺再说"阿北,恭喜你！你这块板砖要上岗了！还磨蹭什么呢？赶紧来吱一声！"

至于"板砖"这个绰号的由来，完全是因为乔北同学有一阵特别迷军旅剧，开口闭口就是：我是一块砖，哪里需要哪里搬。

白原比较好奇："咦？这是有情况啊。咱们板砖同志终于也要派上用场了吗？看来还是那句话说得在理。"

"哪句话？"莫繁正在打整点怪，脑筋一时没转过来。

顾天磊看到以上聊天内容，微微笑起来："阿北，你实现价值的机会到了。"

白原发了个牙里带着菜叶、拍桌狂笑的表情："Bingo！还是天磊跟我有默契！老乔，你不厚道啊，在哪个风流窝潇洒呢？怎么千呼万唤就是始不出来。"

乔北在众人的呼叫声中，姗姗来迟："怎么啦？怎么啦？我这儿刚打得火热呢，各位老大何事吩咐？"

君少敛直接开门见山："你这几天是不是经常开你老婆的号做任务？"

"是啊，怎么了？"乔北有些摸不着头脑，突然一个惊人想法冒出来，"啊咧，君老大，你不会是看上我媳妇了吧？"跟着又迅速敲出了俩字，"禽兽！"

乔北刚把消息发送出来，立即遭到小伙伴们的一致唾弃，聊天框刷出五个一模一样的脑门儿被锤头敲打的QQ表情。

君少敛深深叹了口气，跟着将自己接到隐藏任务的事情简略说了一遍："现在差一对就可以完成第一环节。"

除了一向沉稳的顾天磊，电脑前的其他小伙伴不约而同骂了一声。敢情这些天把江湖搅得翻天覆地的江湖恶匪是他们的兄弟啊。

"老大！我现在就去开我老婆的游戏号，你们在哪儿？等我主动送上门哈！"乔北反应迅速。

君少敛将坐标发到QQ群没一会儿，切回游戏画面，就看到小白学妹在队伍频道里说："学长，有奇怪的家伙乱入了。"

他闻言调整了下人物视角，果然看见原本只有他们两个人的荒郊野岭，此刻正有一群ID熟悉的家伙在逐渐逼近。

与此同时，QQ群"嘀嘀嘀"响起来。

顾天磊："我比较想问你身旁的女恶匪是谁？"

岳恒："+1！"

莫繁："+2！"

白原："+3！"

乔北："+4！"

君少敛："难怪小学妹说有奇怪的家伙乱入了。你们收敛点，别关键时刻给我丢人。"

这回所有人都忍不住低咒了一声，因为真相好惊人！如果只是游戏里有交集就算了，居然还牵扯到现实了。现在要是谁说阿财哥跟女恶匪是清白的，打死他们也不相信啊！

君少敛看着满屏幕用来回应自己的省略号，默默将画面切换回游戏。游戏里，乔北已经操作着一个近乎满级的女剑客号出现在他们面前。

澄澄看着站在自己眼前的那一对男女，又看看周围同样顶着苍山暮色帮派标志、围成圈打坐的四个满级玩家，一群乌鸦从头顶飞过。

【队伍】安小白：什……么……情……况？

【队伍】君子爱财：打坐那群无视就好，眼前这一对才是我们要杀的。

【队伍】安小白：哦……

【队伍】安小白：自己人应该不会还手吧？

【队伍】君子爱财：不会。我放两个大招让他们掉血，然后你慢慢砍。

【队伍】安小白：这样做真的好吗？

【队伍】君子爱财：机会难得，你顺便练练技术。

澄澄默默在心里替眼前这个叫"兔子窝边的草"的同学掬了一把辛酸泪。这家伙肯定是暗地里得罪了君学长，要不然学长怎么会出这么狠的招？她一个人慢慢砍的话，起码得花个十来分钟吧……

等到兔子窝边的草同学开口说话，澄澄立即知道为什么了。

因为这货一开口就是："嫂子，我一点儿都不介意你慢慢砍，但是你介意说一下跟我们君大哥相亲相爱的心路历程吗？"

十分钟后，眼前的这对夫妻终于呻吟一声光荣阵亡。

在他们倒下的瞬间，漆黑的夜空突然电闪雷鸣，眼前场景里突然冒出一个形容枯槁、发白如雪的白衣女子，头顶闪动着可提交任务的标志。

身为队长的君大侠上前一步交完任务，整个屏幕突然一白，周遭一切像被大雾笼罩，大约有十秒时间，澄澄都看不清周围景象。而在两人凭空消失后，其余几人不约而同看到系统刷出大红色的公告。

【系统】服务器将于一小时后进行紧急更新，具体请移步官网。请玩家们注意把握游戏时间，造成困扰我们深表歉意！

十秒一过，澄澄听到耳麦里传来船夫等人吆喝的声音，甚至还有孩童嬉戏的笑声。她仔细盯着电脑屏幕，只见眼前白雾渐渐散去，露出堤岸旁翠绿的柳、紧紧相拥的少年男女、一望无际的海……

待整个屏幕全部显现，她才看清这是一个渡口。渡口边上，停了好几艘出海归来的渔船。同时，还有一艘要远行的船即将起航，船夫在吆喝着大家赶紧上船。青衣少年背上携带着简易的包袱与剑，轻声安慰着怀中哭泣的白衣少女。他们青梅竹马，然少年心怀大志，不想一辈子在这座小镇苍老，于是仗剑远行，想一圆自己的江湖梦。

【当前】青岚：小荷，别哭。无论最后结果如何，三年后我都会归家娶你。

【当前】水荷：青岚哥哥，我听族中长老们说江湖凶险、善恶难辨，你就不能不去吗？

【当前】青岚：小荷……如果我不去外面的世界闯荡锤炼，我这辈子都不会甘心。这个话题，我们之前不是已经说好不再提了吗？

【当前】水荷：可是……可是……江湖这么大，青岚哥哥，你要是中途迷路，回不了家怎么办？

【当前】青岚：笨蛋小荷，我怎么可能会忘记回家的路？我还要回家娶你呢！好啦，你别再担心啦，我安顿好会用书信联络你的。

【当前】青岚：要起航了，我走啦！你在家要照顾好自己，等我回来！

少年的声音随着船只一齐远去，渐渐消弭在耳边。那远行的船带着少女的相思，一点点成为视线里看不见的黑点，化为滚烫的泪水。

不能动弹的隐形人澄澄，看到这里，大概想象到故事后头的狗血凄凉。这年头痴情汉难觅，负心人泛滥，只是苦了一众少女心。

因为聊天框暂不能用，所以不能跟外界联系的澄澄只好耐着性子把剧情继续看下去。

第一年、第二年、第三年……十年如一日。

少女握着少年第一年寄回来的唯一一封书信，在渡口边日夜眺望。最初还有人劝她忘了远方的情人，择个好人家嫁了。但是一年又一年，堤岸旁的小柳树长成了老柳树，曾经粉黛倾城色如今憔悴惹人叹，被踏破的门槛终于又沾上了尘埃。

她就那样站在渡口，等了一个又一个春夏秋冬。三千青丝化白雪，年华旧事随水流，曾经信誓旦旦的青衣少年再没有归来。不知道是江湖太大，她的少年迷了路，还是江湖凶险，古来征战无人还。

她只知道，一朝君去未回头，从此山水不相逢。

澄澄坐在未开灯的房间内，看着一点点变成黑白色的画面，以及画面上那句"一朝君去未回头，从此山水不相逢"，瞬间被戳中泪点。明知道剧情里的少年未归无非沦为负心汉，她却忍不住悄悄期盼自古征战江湖无人还，最好是少年成为一抔黄土。一个别人眼中的传奇，也胜过他功成名就娶了美娇娘。要不然，这个叫水荷的少女何其可悲？

耳麦里传来"叮"的声音，澄澄重新将目光望向游戏屏幕，这才发现自己已经被传送回刚才消失的地方。刚才的几个满级玩家还在，而之前被锁定的队伍频道也已经恢复。

【队伍】君子爱财：来，把眼泪抹干净，接下来这个环节任务有九个步骤。

好神奇，居然能猜到她哭了！澄澄赶紧抹掉脸上的泪珠子。好在键盘网游的好处是，电脑后头那个人就算在抠脚对方也看不到。

点开自己的任务列表，发现自己已经被强制接受"恨我不是李莫愁"任务第二环节。第二环节共九个步骤，其中第一步是：活要见人死要见尸，寻找少年青岚。

【队伍】安小白：这个好像一点儿线索都没有，怎么找？

【队伍】君子爱财：你往回翻一下系统消息。

澄澄赶紧回去翻找，果然看见那条醒目的大红色系统更新公告。那条简洁的系统更新公告让她暗暗期待起来。不过转念一想，不对啊，这怎么就到第二环节了呢？第一环节杀得手都抽筋了，咋连个见面礼都没有啊？她翻了翻自己的包裹，除了一个木箱子什么都没有了。最可恨的，木箱子居然还上锁了。

【队伍】安小白：学长，第一环节不是说有大奖吗？我怎么除了个破箱子，其他什么都没看到？

【队伍】君子爱财：可能第二环节会获得这把钥匙，把箱子收好。很晚了，你快下线休息，我们明天再继续。

【队伍】安小白：好，那……学长，你也早点儿休息。

【队伍】君子爱财：嗯，晚安。

电脑前的澄澄盯着那句"晚安"看了一会儿，最后拍了拍自己的脑门儿，命令自己不要瞎想，下线去睡觉。不过这种有人互道晚安的感觉，好像很不错。

/ 二十四 /
落花时节又逢君

　　"大家不觉得凌晨的系统紧急更新很蹊跷吗？今天上线发现保护家园任务已经失效，而且江湖恶匪居然还惊动了武林盟主！此次更新主要就是添加了武林盟主广发英雄帖，希望召开群英会，共商对付雌雄双煞的计策的剧情。雌雄双煞这俩货凭空冒出来又突然消失，有没有可能……这是个隐藏任务？PS：那个新开放的落花镇地图，居然不能自动寻路，太坑了！"

　　"为隐藏任务的猜测点赞！其他服有人抓到雌雄双煞了吗？"

　　"楼上别搞笑了，我问了下在其他服玩的朋友，他们那儿压根儿就没这个任务。之前保护家园任务更新的时候，他们服也不能接。好像他们服还有玩家打电话去问过客服，结果对方说剧情进度需玩家自行摸索。"

　　"我突然觉得有可能是我们服有人开启了隐藏任务，要不然不可能会有剧情进展的。"

　　"你们服这是要逆天啊！我觉得雌雄双煞是玩家伪装的可能性比较大。我决定注册个小号去你们服围观！"

　　"围观 +1。"

　　"算我一个啊，我们正好建个外服观光团！"

　　澄澄浏览着《风云 OL》游戏论坛上这张早上刚发表就飙升到第一

的火爆帖，默默摸了摸心口。果然这世界聪明人很多，如果第一环节任务再晚一点儿完成，他们这两个江湖恶匪肯定会死得很凄惨。毕竟杀了这么多已婚夫妻，一人一口唾沫都能把他们俩给淹了。

关掉论坛页面，澄澄开始去官网寻找蛛丝马迹。

虽然说更新了剧情，但武林盟主不是轻易可见的，游戏里也没有公开他的位置，而且她暂时还没想通那个叫青岚的少年跟这次群英会的联系。

电脑右下角的时间还差两分钟才到7:00，澄澄翻了翻游戏官网上的更新通告，有些烦躁地抓了抓头发。果然，关键时刻还是聪明人好使。

今天早上她睁开眼的第一件事，就是满怀激情地开电脑上游戏，查看游戏都更新了哪些。本来以为会有惊喜在等待，结果这次更新除了一个给大伙儿发英雄帖的NPC外，其他人连个鬼影都没看见。

最可恨的是，别人点开NPC都能接到英雄帖，唯独她，每次一点开这个叫陈正直的NPC，都会看到NPC头顶冒出一句话："啊呸，群英会也是尔等宵小之辈能去的吗？"

NPC受系统保护，玩家杀不了，所以澄澄当时就锁定对方，恶狠狠地对着他拳打脚踢了十分钟，以泄心头之恨。周围不明真相的玩家们，目瞪口呆地看着毅力惊人的小医生对NPC进行非人的虐待。当时，他们心中唯一的想法是，小白不可怕，二就有罪了。

澄澄在他们心中，估计已经罪孽深重了。

君少敛一登录游戏，就受到小白队友的热烈欢迎。

【私聊】安小白：学长，你终于上线啦！我发现关键时刻还是你比较靠谱！

【私聊】安小白：这剧情有更新跟没更新一样，找不到关于青岚的消息。还有，你快跟我去NPC陈正直那里看看能不能接到英雄帖，我被NPC歧视了！

【私聊】安小白：上次保护家园任务因为阵营不对接不了任务，现在直接被NPC吐了一脸唾沫啊。你快去试试，看是不是只有我人品有问题？

君少敛看着电脑屏幕，一脸忍俊不禁。

【私聊】君子爱财：小白学妹，智商跟人品是成正比的。

【私聊】安小白：学长，打击我让你很快乐吗？

【私聊】君子爱财：嗯，还行。

每次都落下风的澄澄很忧伤，不过在看到满级剑客被NPC陈正直吐了一脸唾沫后，她平衡了。最后，君某人开了岳恒同学的刺客号上来试了试，发现除他们俩外，其余的人都可以接到任务，且NPC废话还挺多。其中有个关键信息：群英会将在两日后的落花镇举办。

落花镇是这次系统更新后才有的，澄澄在地图上找了半天，最后在江南地图临近锦州边界处找到落花镇的图标。她找游戏精灵询问了下落花镇的详细信息，结果只有一句话：正是江南好风景，落花时节又逢君。

君少敛也从游戏精灵那儿得到回答，思虑几秒，敲着键盘说："马上去落花镇，先从这个落花镇的典故查起。"

澄澄也正有此意，两人当下直奔目的地。

大概因为落花镇是服务器新开放的地图，外加两日后这里要举办群英会，有许多游戏玩家都跑来观光。因整个镇上都不能使用自动寻路，澄澄怕等会儿找不着北，所以又一次接受了对方发出的共乘坐骑邀请。

画面中，菜鸟女医生娇羞地依偎在面容清俊、一身风骨的剑客怀里。剑客双手圈着她，浅薄的日光柔和洒落，枝丫的杏花被风一吹纷纷飞扬，有几瓣调皮地落在她乌黑的发上。

怎么看都应该是幅唯美的画面。但是，可能因为女医生身材太过高大魁梧，所以画面直接逆转成娇弱的剑客靠在女壮士胸膛上，双手小心翼翼地搂着女壮士的腰，头顶上方的女壮士还发出猥琐的笑声。

所有的意境全被破坏了。

电脑前的澄澄默默捂脸，早知道这样当初就不把游戏角色的身高调高了。

悔不当初。

镇子上管事的基本都手握一手资料，所以两人依据坐标直奔镇长住所。可等到了那里一经询问，才发现镇长这老头儿居然带孙子去街上玩了。

【队伍】安小白：啊，对了！我早上好像看到论坛爆料说，落花镇上的NPC都不是在固定位置的。比如今天有书生在卖字画，可能隔天你在街上就看不到他了。为什么呢？因为他老婆要生了。

【队伍】君子爱财：啧，这次更新有点儿意思。

【队伍】安小白：那我们继续找镇长吗？还是见人就问？

【队伍】君子爱财：嗯，双管齐下。

从镇长家出来，一路碰见卖冰糖葫芦的大叔、会主动上前要流氓的无赖、买胭脂归家的小娘子、闲来无事在街角下棋的老头儿们以及一群唱着童谣在嬉戏的孩童。

大叔开口闭口"少侠，来根冰糖葫芦吗"，无赖节操已碎，小娘子则看到陌生人就开始羞涩地跑。这群老头儿更绝，忘性大又耳鸣，撬不出半点儿有用信息。

最后还是孩童们口中那句"杏花娇，杏花俏，佳人三遇意中郎。相思苦，相思难，少年娶了美娇娘"，让两人重新燃起希望。

在镇上转悠了一圈，终于还是找到了镇长。

【系统】老镇长：少侠是来参加两日后的群英会的吧？

澄澄看着对话框中弹出的两个选项，选择了后一项，询问落花镇历史。

【系统】老镇长：落花镇原名杏花镇，某一年举办花节时，镇上最美的少女在纷纷飞扬的杏花雨下，同一天里三遇途经此地的少年侠客，最终有情人终成眷属，"落花时节又逢君"的美谈一时广为流传。此后每年花节，都有少女觅到自己的如意郎君。落花镇也就随之传开，杏花镇反倒没人再提起。

澄澄看着那段介绍，微微皱眉。

所以，这个少女出生于落花镇？那少年侠客极有可能是他们要找的青岚。可是，群英会的召开，跟他们隐藏任务的第二环节有什么关系呢？

就在她理不出头绪时，已经把两个选项内容都浏览完的小伙伴点醒了她。

【队伍】君子爱财：镇长说武林盟主将群英会地点选在此地，应该是想故地重游，顺道带妻子回娘家看看。看来想知道武林盟主是不是我们要找的人，只能等群英会召开了。

【队伍】安小白：十有八九就是这个负心人！我们为什么现在不杀过去？

【队伍】君子爱财：你以为武林盟主是谁都能见的？何况就算今天把所有地图翻遍，也找不到他。

【队伍】安小白：为什么？

【队伍】君子爱财：笨，当然是因为系统还没更新，NPC 还没被放出来。

【队伍】安小白：居然还有这种事……服了！那接下来我们做什么？

【队伍】君子爱财：嗯，带你做任务升级吧。玩了这么久，居然还能保持在三四十级，学妹真乃神人也。

【队伍】安小白：学长，你再夸我，我会骄傲的。

【队伍】君子爱财：……

两人离开落花镇后，来到了发布一次性活动任务的 NPC 面前。虽然这个任务有几十个环节，但经验很多，算是小号玩家升级的首选。

任务难度从易到难，一开始也就杀杀盗号贼之类的，所以澄澄看到怪出现，立即很英勇地挡在了某人面前。

"学长，这么简单的怪物让我来就好，你休息吧。"

"你确定？"

"确定！"

"那我就恭敬不如从命了。"君大侠一撩衣袍坐了下来，开始欣赏队友的英姿。

由于任务过程出现的怪物的等级和组队玩家等级相关联，队伍中有个满级玩家，可想而知后面的怪物难度有多大。

在喝了无数瓶瞬间回血回蓝药水后，澄澄终于忍不住出声了："学长，让一个等级比怪还低的人来杀怪，这么做真的好吗？"

"不是学妹让我休息的吗？"某人答得理所当然。

"呃，刚才怪比较容易嘛。"

"学妹，你不是一直想学操作？"

"所以你要收我为徒？"澄澄激动了下，结果看到对方说："不，不过学操作最基本的一点，要多练。"

说了等于没说。

"在杀怪过程中，要掌握每个技能的特点，还要把握技能间施放的时间。杀怪过程要注意距离，不能站在原地一动不动。"

"哦，明白了！那我继续干活儿，学长你先休息啊。"感觉任督二脉被点通的澄澄一扫颓废，开始继续奋战。等她勉勉强强干掉 Boss 后，大侠又说话了。

"对比杀低级怪，杀掉等级比自身高的怪物，是不是更有成就感？"

"还不错。"

"那继续吧。"

怎么有种上当受骗的感觉？

任务进行到后面，难度越来越大，幸好大侠有良心，知道出手解救受苦受难的同胞。

云雾缭绕、景色秀美的缥缈峰，NPC 身后就是万丈悬崖。这环任务好奇怪，居然没有出现 Boss，只问了个简单的问题。

NPC 周围站着许多跟澄澄一样疑惑不解的玩家。

【当前】一树梨花压海棠：这个任务还没结束吧？好像还有最后一个环节？

【当前】苏离：应该是，我刚才看到好多人都跳下去了。

【当前】带头大哥：我也觉得后面还有任务。同志们，跳不跳？

【当前】青城山下白素贞：You jump, I jump！

澄澄看了看频道上的那些聊天内容，有些迟疑不定。

"学长，这任务是不是还有一个环节啊？"

"嗯，好像听说接下来的任务在崖底。"

"咦，难道我们真的要跳下去接吗？"澄澄的问题没有得到回答，因为站在她身旁的人已经二话不说踩剑飞下悬崖。她见状不疑有他，纵身一跃跟了下去——当场跌死。

澄澄看了看周围，哪里有什么NPC的身影。她打开游戏精灵询问，结果看到回答当场掀桌："坑人呢，我刚才问过游戏精灵那个就是最后一个环节！"

某人站在剑上，气定神闲地看着她的尸体："要不然你以为呢？"

澄澄泪流满面："任务结束了，那你跳崖干吗啊？"

"你猜？"他坐在电脑前，想象着她气急败坏跳脚的样子，唇边的笑意有增无减。

太坏了！她瞪着屏幕里那个灰袍剑客，把下巴仰成忧伤的45°角。可是隔了几秒，想起刚才被忽悠跳崖的情形，又忍不住"扑哧"一声傻乐起来。

不怪敌军太狡猾，实在是我军二到令人不忍直视。于是这个寻常的秋日下午，他们在同一片天空下，亲吻着相同的日光，感受着相同的快乐，没有人发觉，爱情早已悄然降临。

枪打菜鸟

【私聊】一锅端：小白姐，你这两天到底都在做什么任务？每次找你做活动任务都没空！

【私聊】一锅端：是不是都跟我们偶像在一起？典型的有异性没人性啊！晚上七点前会上游戏吗？

【私聊】一锅端：横刀立马战天下帮主让我们每个家族清点一下今晚在线人数。看到消息回我一下呀，我们吃货家族的其他人都有空，就差你了。

对着电脑发呆的澄澄被糖糖帮主一连三条密语消息唤回神。看到对方的指控，澄澄心虚地摸了摸鼻子。为了做隐藏任务，她每次一上线就把其他人的消息自动屏蔽在大脑之外。不过她一下看出重点："横刀立马战天下帮主？咱们帮帮主什么时候换人了？还有清点人数是做什么？我晚上七点会在线。"

澄澄刚问完，立即遭受到糖糖帮主的鄙视："小白姐，你还敢再白一点儿吗？敢情这两天发生这么大的事情，你一点儿都没发觉啊？横刀立马战天下那天加入我们帮后没多久，管理层就提议让他当帮主，当天的全帮派会议上大家全票通过！不要告诉我你那天没参加？"

"呃，没怎么注意。"

"那别告诉我你上线这么久，连我们帮今晚要跟刀锋打城战的事情都不知道？"

"咦，今晚就要打架啦？说实话，糖糖你要是不说，我还真不知道。为什么打架？那天横刀立马战天下加入我们帮派的时候不是都没打？"

"大家互看不顺眼呗。你可以去翻看世界消息，两边对刷了一天骂战。"

"那晚上你们记得叫我，我接下来应该会比较闲。咱就算打不过对方，这气势上也不能输！"

结束聊天话题，澄澄开始往回翻世界频道的聊天记录。

花了老半天将裹脚布一样长的聊天内容看完，她终于得出一个结论，这就是一只鸡引发的血案啊。

早上，刀锋跟血战两帮派新加入的两个二十多级的小号，分别在同一个野外点刷任务怪。本来河水不犯井水，各自相安无事。谁知道两人杀鸡速度比系统刷怪还快，场景里最后一只鸡被 A 砍了一刀后没死成溜到了 B 面前，然后被 B 给干掉了。本来也没什么，但是这俩货的师父都是各自帮派里急脾气的主儿，徒弟回来一说，世界频道上你来我往几句之后就把帮派都卷了进来。

新仇加旧恨，于是有了晚上的城战。

《风云 OL》中的城战和在每周六晚上 7:00 开放的帮战不同。城战会在每周一、三、五晚上 7:00 开启，打法其实很简单，分为攻城方和守城方，由两大帮派帮主抽签决定谁攻城或者谁守城。

攻城那一方的任务就是占领城市各大要地，且把守城方的旗子拔下来换上己方的。守城方的任务就是守住城池，不让攻城方得逞。时间跟帮战一样，都是半小时。

城战开始前一小时，两帮派玩家吃完晚饭又开始在世界频道瞎搞，美其名曰鼓舞士气。

澄澄看着两帮人马发表的抬高己帮、贬低对手的言论，私下给激情四射热衷参与的糖糖发了条提醒。

【私聊】安小白：糖糖，实践得出，战前曝光度太高，容易成为

180

敌军锁定攻击的重点对象，咱低调点儿。

隔了一会儿，对方回了消息过来。

【私聊】一锅端：我已经一个个吩咐下去啦，我们在相互切磋。小白姐，你要来凑热闹吗？

收到对方随后发过来的地点，澄澄先跟挂机中的君子爱财留言交代了下，然后退出队伍，申请加入了糖糖所在的队伍。

等赶到大部队所在位置，澄澄差点儿惊掉下巴。吃货家族的几位小朋友什么时候偷偷练到一百多级了？

【队伍】安小白：一日不见，刮目相看啊。你们怎么突然这么多级啦？

【队伍】一锅端：谁让你整日神龙不见首尾，我们想约你一起升级都找不到人。

【队伍】过桥米线：谈恋爱不见人影很正常嘛，何况小白姐的对象还是我们偶像，大家应该多体谅的啦。不过小白姐，你的等级怎么都没咋变？

【队伍】酸菜鱼：不应该啊？有高等级玩家带着升级，通常没几天就能升到一百级。

【队伍】鱼丸粗面：我知道，我知道，肯定是因为偶像忙着带小白姐姐谈情说爱看风景，所以没空升级。

澄澄看到他们几个的讨论，默默黑线。为啥这种子虚乌有的事情，到了这群小屁孩口中，立刻就成了事实呢？想不通，真心想不通。

她的沉默在大伙儿眼中变成了默认，于是讨论得更加激烈了，无奈的澄澄同学只好将话题重新引到晚上的城战上。

【队伍】安小白：等下城战有什么要求吗？

【队伍】一锅端：管理层规定，参加城战的人员必须全体上 YY。

【队伍】安小白：可以不上吗？我的 YY 注册到现在就没怎么登录过。

【队伍】一锅端：好像是不行，上 YY 比较容易统一指挥。

【队伍】安小白：好吧，那我等下再登录。对了，你们几个还没回答我，怎么这么快就升级了？

【队伍】过桥米线：上次不是说过加入血战的话，有专门人员会带我们升级跟练操作吗？等我们并帮后，血战管理层没有食言，开始每天轮流组织刷副本、做任务及键盘操作。

【队伍】酸菜鱼：弱弱地插句话，每次帮派里组织带小号升级的时候，我都会戳小白姐问要不要一起去，结果小白姐你从来没吱过声。

【队伍】鱼丸粗面：我也叫过小白姐，但是一次都没得到回应。

【队伍】一锅端：不只你们，我也叫过，但没得到回应！

【队伍】安小白：我真的不是故意的！前阵子忙着迎新晚会的表演没怎么上游戏，你们一定要原谅我！下次再叫我，我肯定第一时间出现。

【队伍】一锅端：我们大方地原谅你啦，不过你得坦白回答我们一个问题。

【队伍】安小白：别说一个啊，十个我也如实回答。

【队伍】一锅端：非常好！我们几个就想知道一件事，小白姐，你跟我们偶像究竟进行到几垒啦？

澄澄看到问题当场两眼一黑，她还是求别原谅好了。

距离刀锋跟血战开打前两小时，十二级低级副本里，有一男一女正坐在亭子里不打怪物纯聊天。

【队伍】茶蘼花开：师兄，事情安排得怎么样了？

【队伍】横刀立马战天下：嗯，你跟风雨说下全部按照计划进行。

【队伍】茶蘼花开：那……如果被血战的人知道，你怎么办？

【队伍】横刀立马战天下：我会处理好的，你别担心。

【队伍】茶蘼花开：那就好。师兄，你辛苦了。

【队伍】横刀立马战天下：花开师妹，我们是不是真的没有可能？

【队伍】茶蘼花开：师兄，不是说好不提这件事了吗？

【队伍】横刀立马战天下：呵呵，我就开开玩笑，师妹别当真。

我昨晚制作武器时领悟了一套"莫问"，你现在的等级也能穿，我们交易一下。

【队伍】荼蘼花开：谢谢师兄。

短暂的聊天结束，女医生立即退出副本传送到了别处。在男战士看不到的地方，女医生为难地看着没有多余空位的仓库以及只剩一格空位的包裹，犹豫两秒，将鼠标放在那套刻有制作人名字的装备上——点了销毁。

男战士则独自呆坐了许久，直到副本时间耗尽被系统强制遣离。

他与她师从同一个师父，中途师父退服，他们相互扶持长大，他为她站在世界的顶端，她却成为别人的新娘。

这世上，从来堪不破是情关，没有谁例外。

晚上6:40，帮派频道管理层开始通知全体在线成员上YY频道。

澄澄因为临时才发现自己YY语音版本太低，不进行更新没法登录，只好耐心等待更新完毕。等她进入帮派YY频道时，恰好听到一个公鸭嗓正在麦上分配任务。

这声音太有特点，她瞬间记起自己曾在刀锋的YY频道听过。那会儿，她刚注册游戏号没多久，无意间得知刀锋YY号就想着碰碰运气看能不能遇见萧师兄，谁知道耳朵被荼毒一个晚上愣是没听到萧师兄说一句话，从此以后她就再没上过YY。

今天算是澄澄第二次登录YY语音，本来平常迟到一两分钟没什么，但因每次有成员进入频道，系统都会有声音提示，一两个无所谓，人数一多就容易打断麦上人员的说话及思路。特别是这么关键的一战，光迟到的加起来就陆续有近二十多人。

所以脾气不太好的个别高层人员当场发飙。

"不好意思，我这里先打断一下帮主的话。刚刚进来的这个'为谁风雨立中宵'是谁？有没有一点儿时间观念？不是说好准点集合的吗？搞什么飞机？难怪刀锋的人都爬我们血战头上撒尿，就你们这状态，连最基本的准时都做不到，还谈什么团结？谈什么并肩作战杀敌？还有都给我把名字跟游戏里统一！"

被当枪靶子的澄澄忍了忍没作声，毕竟迟到确实不对。

整个频道安静了几秒，然后之前分配任务的公鸭嗓，即帮主横刀立马战天下出面缓和气氛："好了、好了，今晚迟到的人确实多了点，希望大家以后多注意。再说今晚第一次跟刀锋打城战，管理层难免有些紧张，说话口气冲了点，但出发点是好的。所以这个小插曲大家都别放在心上，我们继续分配任务。"

任务分配是按照等级跟职业来的，每个队伍保证一名等级操作都不错的医生。

帮中最精良的队伍分为五个部分，分别守在整座城池东、西、南、北四个城门，外加最重要的旗子周围。小号们要防止送人头给对方，所以也都留下来守旗子。其余人马随时听从指挥调遣，哪里有需要就往哪里搬。

澄澄一听晚上没自己什么事，就将游戏号停在旗子旁挂机去洗水果了。等她端着水果盘进来，就听见麦上的帮主在大喊："旗子旁边挂机的都给我动起来，敌人都打到家门口了！不玩的都给我滚蛋！"

她赶紧凑回电脑屏幕前，一看黑压压满屏幕的敌方红名，奇怪的是周围战火纷飞，她却毫发无损。

耳麦里横刀立马战天下在麦上声嘶力竭地大吼："快、快、快！所有人回台子集合，敌人大部队全在旗子这里！小号也给我打，别在旁边当摆设！"

澄澄赶紧坐下来，开始瞄准身旁最近的敌对玩家进攻，可惜攻击力低，基本可以忽略不计。但是战斗了一会儿，她就发现不对劲儿。这些刀锋的家伙居然好心到对她打不还手？又换了目标试了试，结果还是一样。

看着身边倒下的小伙伴们，百思不得其解的澄澄直接将视线范围内的"乘风破浪"锁定，然后发动攻击。

可是，这货居然假装没看见她！

而且刀锋精锐部队水平还不错，每次群攻都能保证周围的人挂了，她这个小号还坚挺着。

不祥的预感瞬间冒出来，因为这种战斗场面被杀成刺猬也绝对好过毫发无损啊！可惜她还没理出头绪，战斗已经白热化。

硝烟散尽，满目净是残垣断壁，旗台被插上了敌方的旗帜，城池被夺，守城彻底宣告失败。

战斗结束，所有人被传回安全点。几百人的 YY 语音频道上鸦雀无声，因为这一战，打得失败又耻辱。三十分钟的战斗，居然十五分钟不到就丢了城池，还处处受敌掣肘。

全场静默了五分钟之久，横刀立马战天下清清嗓子说："谢谢所有今晚努力到最后的战友，一次失败并不代表永远的失败，希望大家不要因此气馁！大家都来总结一下失败的经验教训，先从管理层开始吧。这次没有守住城池绝大部分的错在我，如果指挥与行动方案给力点，现在结果可能完全不同。"

副帮主剑胆琴心接过话茬："很高兴大家这么团结打城战。我个人总结了以下两点：一是我们等级装备跟刀锋还有些差距，二是对方似乎提前知道我们的人员部署，每次行动都抢在我们的大部队之前。帮主，你不要把错揽到自己头上，你的表现大家有目共睹。"

澄澄无语，敢情这副帮主得出的结论是……有内奸？水平不行还怪别人下黑手。澄澄摇摇头，拿起水果盘上的水果继续开吃。

副帮主起了个好头，底下讨论瞬间活跃起来。

"今晚我除了奇怪，剩下的还是奇怪，怎么对方似乎对我们的行动了如指掌？"

"我也奇怪，在北门等了半天，一直只看到敌对两三组人马，我们一回击，他们就跑，似乎是在拖延时间。"

"东门、西门的情况也差不多！我算是明白了！难怪敌对气焰如此嚣张，敢情留了这一手，这仗打得真憋屈！"

"弱弱举手，刚才旗台跟对方群殴时，我注意到一个奇怪的现象，不知道该不该说呀。"

最后这个说话的女声，引起在线全体人员的注意。得到应允后，她继续说："我看到敌对在洗旗子的时候……全部避过了这个叫安小白的女医生。"说完，她还在频道聊天版面附上了好几张截图。

澄澄听到自己的名字，当场被果肉噎住喉咙，拍了半天胸口才缓过气。

聊天版面早就炸开锅，质疑与骂声交杂，甚至连管理层都出面让澄澄给出交代。吃货家族的成员发表的维护言论，瞬间被刷得看不见了。

不爱在 YY 上说话的澄澄怒气值飙涨，当下把字体颜色换成醒目的红色大字。

安小白："你们什么意思？打输了就赖到我一个小号身上？你们不嫌丢人，我还嫌呢！而且我凭什么帮刀锋？你们脑子都进水了吗？"

剑胆琴心："但是刀锋的成员不杀你是事实，你又做何解释？"

安小白："想知道，你们怎么不去问刀锋那边的人？我要是想当内应会做得这么明显吗？"

横刀立马战天下一句话将局面来了个 360°大扭转："我知道怀疑自己的同胞不地道，但或许……这才是你的高明之处。大家都知道不合理，才不会对你有所怀疑。"

"怀疑什么啊！把诬赖人的工夫用在打架上，今晚城战也许就不会输了！"澄澄把消息发送之后，果断退出 YY，顺带点了退帮。整个世界顿时清净。

私聊频道里相信她的吃货家族成员们，发了许多消息关心她，让她的心情好了一些，但仍然怒火难消。最后，她选择关掉游戏，去玩连连看发泄怒火。

一小时后，澄澄愤愤地关掉连连看的页面。

今天皇历肯定是忌上网。玩儿网游被人污蔑也就算了，玩个连连看居然连输九九八十一盘！

放在桌上的手机突然响起，澄澄拿起来看到来电显示，没来由地紧张了下。

"喂……"音量不自觉低了下去。

"在做什么？"电话那端的男声跟这窗外的夜色一样清浅、柔和，带着安抚人心的效果，连带着心中的烦躁郁闷都淡了不少。

"嗯，在接你电话啊。"

她煞有介事答完，立即听到电话那端的人问："心情不好？"

"你怎么知道？"惊讶完，她立即反应过来，"你在上游戏对不对？"

他听出她语气中细微的沮丧，到嘴边的调侃开口时变成了："要不要听笑话？最近刚看到一个比较有深度的笑话。"

她咧咧嘴："好啊。"

"香菇走在路上被橙子撞了一下，香菇大怒道：'没长眼啊，去死吧。'然后橙子死了。"

澄澄等了一会儿，发现没后续："这就讲完了？橙子为什么死了？"

"因为菌让橙死，橙不得不死。"

"噗！"澄澄握着手机当场笑喷，果然是个有深度的笑话。笑过之后，她对着手机认认真真、一字一句道，"君少敛，谢谢你，很高兴认识你。"无论是今天晚上的笑话还是那天下午在礼堂外，抑或游戏里无数次的英雄救美以及网吧里的出手相助……

电话那端的人似乎轻微地笑了笑，语气里还有笑意未散："安澄澄，很高兴再见到你。"

很高兴再次见到你，遥远少年时光里偶遇过的小丫头。

《风云 OL》官方论坛，八卦版。

主题：坏人就是矫情！

作者：爱说真话的马甲

帖子内容：刀锋的人你们真是史上第一不要脸！打不过就派出小号当卧底，你搞个新颖一点儿的方式好吗？还有安小白这个傻帽儿，被当枪使还不知道，你狡辩个啥啊。刀锋那边都默认了，你还想立牌坊？也不撒泡尿照照自己，你配吗？坏人就是矫情！那些帮坏人说过好话的，现在应该都看清楚她的真面目了吧？图片自己找亮点。PS：昨天晚上发的帖子不知道被哪个傻帽儿删掉了！再发一张！

一楼回帖：楼主别生气，恶人自有恶人磨，坏人自有坏人收！最烦这种打架使手段的！

二楼回帖：血战管理层都太仁慈了。这种坏人就应该把她鞭尸一百遍，挂墙头示众以儆效尤！

三楼回帖：果然坏人就是矫情！当初听了很多这女的的八卦，还以为是有人黑她，看来无风不起浪！

四楼回帖：楼上快来八卦一下啊！话说看了截图，发现自己真是瞎了眼，昨天居然还在帮里替她说好话，无法原谅自己！以后见一次砍一次！

......

一百二十楼回帖：我说为什么看到安小白的那个 YY 名字这么眼熟，敢情她以前在刀锋 YY 频道出现过啊！

一百二十一楼回帖：医师门的女玩家就没几个让人省心的！爆料一下，据说这个叫安小白的跟茶蘼花开之间还有一段爱恨情仇，真假有待大伙考证哈。

一百二十二楼回帖：楼上说的那位男主角不会恰好是现在刀锋的副帮主吧？

一百二十三楼回帖：什么副帮主，人家现在可是正帮主了。说起来刀锋这一帮子都不是好货色！看来富二代人品都不行啊。

咔嚓！

澄澄一把捏碎左手中还未开封的干脆面，目光死盯着电脑屏幕上显示的《风云 OL》游戏官方论坛上的帖子及回复不放。

今天如果不是糖糖打电话的时候说漏嘴，她还不知道自己被黑成这样。

主帖里放的截图，有几张是昨晚打城战时她毫发无损站在战火中，有几张是被隐去名字的刀锋玩家的聊天记录。关键在于最后两张。一张是很久以前刀锋帮派活动的在线玩家截图，另一张是昨天血战 YY 频道上的在线成员截图，两张图片里那个叫"为谁风雨立中宵"的玩家被圈了出来。名字可以是巧合，头像可以是巧合，签名也可以是巧合，但三者加一块儿就不可能是巧合了。

大概是担心澄澄看完帖子后的反应，糖糖作为代表发了条手机短信过来："小白姐，我们吃货家族永远挺你。终有一天，我们会把刀锋这个高端黑一锅端掉的。还有血战这种破帮派不待也罢，我们继续回吃货家族一起闯荡江湖。你今天如果上线也回来吧。"

澄澄被短信内容逗笑："好！等我上游戏后会勤奋练级的，早晚把欺负我们、给我们泼脏水的人统统报复回来！"

短信发送成功，澄澄想了想又补充了一句："糖糖啊，你有没有认识什么厉害的技术人员啊？"

"呃，没有哇，不过我爸公司里有好多。有什么需要帮忙的吗？尽管说！"

澄澄看到对方的回复，一巴掌拍在自己脑门儿上。她真是蠢毙了，居然忘记这游戏是糖糖家的产业，还想让她找人来把帖子黑掉。虽然让糖糖出马，论坛上这种帖子肯定再无踪影，但总觉得不大好，最后她只说："没事。你先玩儿，我去做点事情，等下游戏里碰头。"

结束短信聊天后，澄澄开始发动度娘的力量，搜索如何把论坛上已经发布的帖子黑掉。

其实她想得真不多，只要偷偷让那个黑她的帖子打不开就好。令她没想到的是，原来还有许多同道中人跟她有一样的追求。只是关于这种技术问题，网民们给出的答案五花八门。她搜查了十几页，被一些帖子中的技术用语弄得一愣一愣的。

等翻完前面二十多页，她整个人都凌乱了！

因为那些中文单词、英文字母分开看她全懂，合起来她一句没看懂！

当然，人生最悲惨的不是搜索到了类似的答案却看不懂，而是没黑掉想黑的帖子，反而被病毒入侵了自己的电脑系统。

看着瞬间当机的电脑，她整个人都不好了。

澄澄赶紧抱着电脑奔到书房门口，正打算敲门让她家安老大帮忙修电脑，结果脑中突然想起，自己电脑里好像曾经接收过室友发来的一些不该有的东西。

她家安老大干了几十年技术活儿，她真怕自己一不小心就暴露了。所以，还是找水平一般点的熟人吧。

轻声溜回房间后，她给通讯录中备注为"友好的地球人"的那位打了个电话。这个备注是上次听完他说的笑话之后，她动手修改的。

"嘿，学长下午好啊！今天天气不错。"

电话另一端的人闻言，抬头瞥了一眼窗外阴霾的天，神色淡定："嗯，是个好天气。"

澄澄听他跟自己瞎掰，胆子肥了点："学长，能不能请你帮个忙呀？"

"说吧，电脑怎么了？"

"咦，你怎么知道？电脑刚刚中病毒当机了，我认识的人里面就属学长你技术最好。"

"好端端的怎么会中病毒？"

"呃，一时手误。"总不能说实话吧，真相实在令人不忍直视。

他没细问，只道："急着用？"

"还好啦，我这几天可以先用台式电脑。"

"那等返校后，带电脑来找我。现在把它收起来，上游戏，我们去解决一下江湖恩怨。"

听到"江湖恩怨"四字，她瞬间想起游戏里的不愉快："我想了一晚上都没想通，为什么刀锋一开枪就打到我这只菜鸟了呢？"

他极为认真地思考了下："大概是因为刀锋的人都高度近视。"

"哈哈哈！学长，你太有才了，我必须给你点个赞啊，哈哈哈！"心情一好，她动作也利索了，两三步坐在台式电脑前，一边开机一边对着手机里的人说，"我在开电脑啦，等解决了江湖恩怨，我请你吃酒喝肉看美女。"

"吃酒喝肉？"这丫头的语文是体育老师教的吗？

"哎呀，江湖儿女不拘小节啦！你知道意思就好，我挂电话啦，游戏里见！"

火速登录游戏，澄澄立即看到吃货家族的小伙伴们发来的一堆暖心的安慰。她极有耐心地一一回复完，然后看着屏幕上弹出的糖糖帮主发来的入帮邀请，犹豫了下点了"拒绝"。

【私聊】一锅端：小白姐！你是不是在生我们的气？不然为什么不回来？

【私聊】安小白：当然没有！我这是策略懂不懂？现在要是挂着咱吃货家族的标志，不是给帮里招黑吗？等我跟你们偶像一块儿解决完江湖恩怨了再回来哈，把位置给我留着！

【私聊】一锅端：原来如此！那有偶像保护你，我们也就放心啦。早点解决完早点回来哦。

澄澄给她回了个飞吻，然后关掉聊天框，主动申请加入君子爱财的队伍。

队伍里除了队长君子爱财外，居然还有其他人，而且她还都挺眼熟。

一个是叫月黑风高的刺客，刺客榜响当当的人物，那天晚上杀最后一对夫妻玩家时他也在。另外两个分别叫随水、常流，都是满级的医生，不久之前山脚下的偶遇让她印象深刻。

澄澄一看这队伍，立即脑补："你们有什么大事要做吧？不然我先撤？"

月黑风高发了一连串的"哈哈哈哈"："学妹，你说对了，我们还真的有大事要干，不过你可不能跑。"

居然叫自己学妹？澄澄有些惊讶："你们现实里都认识啊？"

医师门已经工作的暴医夫妇看到对话，立即异口同声："副帮主，现在都流行组校玩儿游戏了吗？看来咱们服还挺多你们校的学生，听说荼蘼花开好像也是。"

月黑风高发了个戴墨镜装酷的表情："学校那么大，每个低年级的女生都要叫学妹，谁叫得过来？但你们眼前这个小白学妹不一样，这是咱们君长老的学妹，嘿嘿！"

随水："哦，了解。"

常流："嗯，明白。"

听完月黑风高的话，澄澄的表情是这样的：囧。

置身局外的队长同志终于知道要出面为她解围，一开口就飞刀直射自家兄弟心口："副帮主，你话是不是多了点？不参加行动的话，我喊其他人来。"

"别！我就是活跃活跃气氛。"开玩笑，就今天这杀人越货的活儿，他费了九牛二虎之力打败帮里那几个家伙，好不容易才揽到手的，怎么能轻易放弃？最近荼蘼、刀锋都不找他们苍山暮色麻烦，有些手痒啊。

队长同志不再理会他，而是对澄澄解释："我说要带你去解决江湖恩怨，结果这群人非跟来凑热闹。等下你来指挥，你指哪儿，他们就打哪儿。"

澄澄此刻反射弧有些长，许久才反应过来："那你呢？"

队长一脸正直："我勉为其难负责监督吧。"

月黑风高："太不要脸了……"

随水："太不要脸了……"

常流："太不要脸了……"

要报仇，得有一份黑名单。

【队伍】君子爱财：先从谁开始？

【队伍】安小白：第一个，潇潇风雨。第二个，横刀立马战天下。如果两个帮派没打城战，我现在一点儿事情都没有，想想还是觉得可气！

【队伍】安小白：呃，把荼蘼花开也算上，第六感告诉我，我被陷害这件事是个阴谋。哦，还有血战副帮主剑胆琴心。

【队伍】月黑风高：哈哈哈！老君，你哪里找来的活宝？太逗了，不过我喜欢！

【队伍】随水：副帮主，你这是想干啥？朋友妻不可戏啊！PS：妹子，你这性格深得我心，哈哈！

【队伍】常流：长老，要不让你学妹也入帮吧？

【队伍】月黑风高：这个绝对可以有！夫唱妇随，比翼双飞。

【队伍】君子爱财：一个个最近狗胆儿肥了啊！不放油都可以直接下锅了。

【队伍】月黑风高：呵呵，咱们不开玩笑啦，干活儿，干活儿。

游戏里正阳光明媚，四个排行榜上的满级高手带着一个小菜鸟开始了复仇之旅。

第一个找的还就是潇潇风雨。

潇潇风雨跟荼蘼花开不愧是恩爱夫妻，经常同时行动，正好省了他们花时间去追踪。澄澄看到他们俩，习惯性担心了一下："诸位大侠，没问题吧？"

"学妹，以多欺少我们绝对没问题！当然，如果你是想让你君学长以一敌二的话，问题也绝对不大。"

听完月黑风高的话，澄澄忍不住看了看灰袍剑客，心底莫名觉得自豪。虽然她自己都没搞清楚，这种自豪感到底是怎么回事。

当下，他们刚进入潇潇风雨视线范围内，就被正在做主线任务的人所察觉。不过好歹是一帮之主，逃跑实在不符合他的身份。

【当前】潇潇风雨：苍山暮色的副帮主居然也打算以多欺少？

【当前】月黑风高：怎么？只许你们欺负小号，我们就不能以多欺少了？

【当前】荼蘼花开：哼，我当是谁呢，原来是我们亲爱的小卧底呀。被踢出血战后又投靠了苍山暮色？其实如果你无处可去的话，我们荼蘼会好心收留你的。

【当前】君子爱财：啧，突然有些同情横刀立马战天下，做了这么多也不知道有没有得到一句"谢谢"。

轻易一句话就让心虚的人乱了阵脚。

荼蘼花开不管三七二十一，对着君子爱财就开始进攻。潇潇风雨见状只得帮忙，毕竟只要是个男人都不会放任自己的女人被外人欺负。

君大侠不慌不忙，应对自如，月黑风高以及随水、常流则退至一旁看好戏。澄澄本来不担心，但见到荼蘼花开改为给潇潇风雨加血，她就开始担心了。

【队伍】安小白：你们都不去帮忙加血吗？

【队伍】随水：哟，长老，你家小学妹心疼你了，抓紧时间。

【队伍】随水：妹子，你安心啦，从来只有君长老虐别人的份儿。认识他到现在，也就他跟故大帮主没分出过胜负呢。

【队伍】月黑风高：你君学长比二郎神还厉害，二郎神是前面长三只眼，他是前后长六只眼。所以学妹你还是走过来点儿，免得被误伤。

澄澄闻言叹叹气，开始退到他们身边围观打架。

说实话，潇潇风雨操作得也很不错，再加上一身闪亮的装备，还有个大奶妈在加血，这一战不说赢，至少不会输。但是山外青山楼外楼，强中更有强中手啊！潇潇风雨装备好，君子爱财的装备绝对不比他差，特别是他手中的极品武器流光剑，更是位居武器榜前三。相比之下，潇潇风雨手中那柄排行榜上第七的单刀月下美人则逊色不少。

高手之间打架的厉害之处在于神逆转，往往你还没看清楚他用了什么招数，胜负已经很明显了。澄澄目不转睛盯着屏幕，明明看见君大侠在跟潇潇风雨过招，突然就发现一旁荼蘼花开的血条唰唰唰锐减，还来不及回血就已经挂了。少了医生的辅助，潇潇风雨撑了一会儿，最终也宣告阵亡。

【当前】潇潇风雨：不愧是剑客榜第三，我认输。

【当前】君子爱财：操作有待加强。

【当前】君子爱财：小白，不过来吗？

澄澄本来还处于游离状态，看到他的话大脑瞬间恢复运转，一个箭步奔上前。她也没干啥，就是对着地上两具尸体做了几个表情。

然后，潇潇风雨跟荼蘼花开立即看到屏幕上显示——

【系统】玩家安小白抽了你一耳光。

【系统】玩家安小白嘲笑你的愚蠢。

【系统】玩家安小白恶狠狠踹了你一脚。

这天，服务器许多处地图，人们都能看见一个小号嚣张地对刀锋、荼蘼、血战三大帮派高层的尸体拳打脚踢，小号旁边则有四个满级大神在护驾。

世界频道上，被杀的高层们个个沉默，剩下帮派里的小喽啰控制不住地公开质问，让杀人者给理由。结果，只得到一个嚣张却又令所有人震撼的回答。

【世界】君子爱财：敢欺负我的人，就应想到后果。PS：三位帮主，戏演得太过可就不好玩儿了。

/二十七/
娶 NPC 为妻

早上九点的阳光正好，已经吃过早饭的澄澄又躺回床上，幼稚地抱着被子翻过来滚过去。其实她是在很严肃地思考一个问题：今天究竟要不要上游戏？

昨天某人在世界频道上宣示意味极浓，又极容易引人遐想的发言，搅得她一湖春水起涟漪，胡思乱想了一宿。

本来她自己是没觉得有什么，只是好奇他说的三大帮主联手演戏的事情。但吃货家族那群家伙，以及队伍里那几个家伙密集地调侃，让她也有点儿想歪了。

这要是搁在她勇敢无畏的花季雨季，她一定开门见山问清楚对方是不是喜欢自己。但现在的她，唯一缺失的东西就是勇气了。她害怕如果自己会错意怎么办？难道从此以后跟对方断绝联系？她不想冒这个险，不想成为他世界里的陌生人，所以昨晚才会找了个借口提前遁走。

想到这里，澄澄纠结地将整个脑袋埋进被子里，她是上游戏呢还是不上游戏呢？

就在她第 N 次叹气时，一旁的手机短信音响了起来。她纳闷地拿过手机一看，立即乖乖起来去开电脑。

短信来自那位友好的地球人先生，内容就一句话：游戏更新完成，

197

上线。

　　游戏更新完毕，就说明群英会活动要开始了，群英会开启就说明武林盟主要出现了。

　　想到隐藏任务，她的纠结暂时都抛诸脑后。

　　刚抵达落花镇群英会举办处，澄澄的整个游戏屏幕卡得不行。点了取消屏幕玩家的按键一看，见过大世面的澄澄惊呆了。周围乌压压一大片，挤得水泄不通。

　　【队伍】安小白：怎么捧场的人这么多？我都快要被卡掉线了。

　　【队伍】君子爱财：群英会的奖励很吸引人。此次会议旨在挑选出杰出侠士为武林除去雌雄双煞这对恶患。如果有玩家成功完成任务，那么就有机会娶武林盟主的女儿——江湖第一美人慕容嫣儿为妻。

　　【队伍】安小白：娶NPC为妻？这个不太科学吧？

　　【队伍】君子爱财：官方说法是，以后打架可以随时随地召唤慕容嫣儿帮忙，想听小曲之类的也点召唤即可。两人间亲密度越高，可以召唤她做的事情就越多。

　　【队伍】安小白：哦，我明白了。不过这关雌雄双煞什么事？我们俩不是已经演完了吗？

　　【队伍】君子爱财：这个暂未可知，等下看剧情怎么发展。现在先去看看武林盟主慕容彦是不是我们要找之人。

　　离群英会开始还差半刻钟，女医生紧跟在灰袍剑客身后一路直闯议事大厅。正中央坐着的那位眉宇轩昂气度不凡的中年男子头顶显示"慕容彦"三字，见到有人擅闯立即大喝让守卫围住两人。

　　队长君子爱财用鼠标双击NPC慕容彦，系统立即自动进入剧情。澄澄看着电脑屏幕上的对话，有些着急。因为这谈话的内容都是关于群英会的，终于一番冗长的对话之后，澄澄发现了重点。

　　【当前】慕容彦：好、好、好，有志气！正所谓有志不在年高，想当年老夫闯荡江湖之时，也跟你们一般年纪。长江后浪推前浪，不服老都不行。

【当前】安小白：慕容盟主过谦，试问有谁能敌得过盟主的武功与气魄？何况江湖恶匪乃关系武林安危的大事，但凡江湖中人，自当为此鞠躬尽瘁。只是在下有一事不解，不知……

【当前】慕容彦：少侠有事但说无妨。

【当前】安小白：敢问盟主为何选在此地召开群英会？按说……

【当前】慕容彦：呵呵，落花镇人杰地灵，江湖上不少英雄豪杰皆出自此地。三十年前，救江湖于危难的四大怪杰之首白前辈也是落花镇人士。只是近些年落花镇不少能人异士皆隐于市，尔等年轻一辈未曾听过实属正常。另外，内人也是落花镇人士，这些年深受病痛折磨，唯一的愿望就是想重游故土，此番也是私心地想让她一尝夙愿。

与NPC的自动对话到此暂停，画面上弹出三个选项——

A. 原来如此，在下鲁莽了。

B. 原来尊夫人是落花镇人士？莫非那则"落花时节又逢君"的美谈指的正是前辈？

C. 嗬，少年子弟江湖老，知己红颜鬓边白。尘事如潮人如水，只叹江湖几人回？慕容盟主可还记得苦守渡口盼君归的少女水荷？

队长觉得有必要跟队友讨论一下，毕竟选定之后不可更改，后续剧情也会随着玩家的选择而发展。

君子爱财："你觉得选B还是C？"

安小白："当然是C！我每次考试不清楚答案，选择最长的保准没错！而且第二个比较委婉，第三个比较直接，我喜欢开门见山。"

君子爱财看见她的答复，直接把队长职位移交给她。澄澄也不客气，直接选择第三个答案，结果"确定"刚点下去，大厅门口立即有个蒙着面纱的红衣少女冲进来剑指队长。

【当前】慕容嫣儿：你们是何人？上门大嚼舌根有何居心？

屏幕上照例弹出三个选项，澄澄往后退了退，选择之前还不忘叮嘱身旁的小伙伴："我估计会有一场恶战，学长你一定要保护好我啊。"

得到某人的肯定回复后，她果断选择三个选项中最具挑衅意味的那一项。

【当前】安小白：哟，我道是谁呢，原来是负心汉的女儿。

刚选完，只见眼前剑光一闪。不过对方动作快，君子爱财手中的剑更快，武林盟主见有人对自己的女儿出手，顿时怒不可遏，整个议事厅刀光剑影一片混乱。

澄澄看着化身为主动 Boss 的武林盟主以及盟主女儿，赶紧往某人身后躲。

俗话说擒贼先擒王，君少敛边躲避慕容嫣儿的攻击，边将火力主攻慕容彦。本来以为会有一番恶战，但当慕容彦的血量降到 50% 以下时，又恢复成受系统保护的 NPC 状态。不过 NPC 称谓由之前的"慕容彦"变成了"受伤昏迷的慕容彦"。

屏幕弹出队友君子爱财邀请她"相依相偎"的提示，澄澄点了同意后，两人趁乱火速消失在众人的视野中。待他们走后，一个顶着茶蘼帮派标志的女医生从角落里走了出来。

在离开议事厅后没几秒，密切注意服务器动静的澄澄注意到，全服刚刚刷新出一则大红色的系统广播。

【系统】惊！群英会召开之际，武林盟主竟受雌雄双煞暗算受伤昏迷！在场江湖豪侠闻之无不义愤填膺，誓要将江湖恶匪千刀万剐！究竟谁有机会斩获金色坐骑，迎娶江湖第一美人？让我们拭目以待吧。

澄澄有些无力地敲键盘说："搞了半天，我们俩还得被人追杀呢？也不知道什么时候才是个头？"

"抓紧把接下来的步骤搞定，第三环节应该就会简单许多，现在先找找看在哪里交任务。"

最终两人根据系统所给提示，在镇上一株杏树下找到了一身白裙少女模样的任务NPC水荷。

【系统】水荷：你们真的找到青岚哥哥了吗？快告诉我他现在哪里？他有没有提到我？

【当前】安小白：他……

【系统】水荷：他有说他为什么一直没回去找我吗？我穿这身裙子好不好看？他走的时候我也是穿成这样子，不知道他会不会一眼就认出我来？

【当前】安小白：前辈，放下过往不好吗？

【系统】水荷：哎呀，你们快带我去找青岚哥哥，如果我去得晚了他会生气的……

【当前】安小白：算了，也许告诉你实情才是对你好。你的青岚哥哥如今是江湖上人人敬仰的武林盟主慕容彦，他早已娶妻生女，压根儿就忘记你的存在了！

【系统】水荷：不！我不相信！

澄澄点了"确定"之后，系统提示已经接受任务：让水荷死心。同时，还获得任务道具"隐形斗篷"。

有了这件道具，可以随意出入任何地方。澄澄刚因为NPC的大方而暗暗自喜，谁知点开详细任务介绍立即被泼了一盆冷水。搞了半天，原来让NPC姑娘死心的方法是他们去把受伤昏迷的武林盟主给掳来。

两人商量了半天，最后决定让有实力的那一位出马，另一个的隐形斗篷用来罩住武林盟主。只是费了九牛二虎之力将人搞来，NPC姑娘居然开始装沉默。

因为系统限制受保护时间为一小时，一小时后系统会全服公告盟主失踪，如果武林盟主被任何一位接了群英会任务的玩家或者NPC守卫发现，这个隐藏任务就算失败。

"现在怎么办？"澄澄急得脑袋瓜儿都不好使了。

队伍里那人语气淡定一如既往："紧张什么？有我在呢。"

"镇定"这种东西大概真的能传染，他的话瞬间抚平她心中的焦躁。NPC姑娘在沉默了足足五分钟之后又下达任务，这回是让他们俩把盟主的妻儿也给掳来。

落花镇内，澄澄与靠谱的君大侠开始协力完成NPC姑娘下达的一个又一个指令，而同在镇上的荼蘼花开则收到了一条私聊消息。

【私聊】荼蘼花颜：花开姐，我刚刚发现一件很奇怪的事情。武林盟主遇袭的时候，我有看到那个贱人安小白跟苍山暮色的君子爱财从议事厅跑出来。

【私聊】荼蘼花开：安小白？没想到她还真的勾搭上君子爱财了。不过盟主被雌雄双煞暗算，他们会出现很正常。

【私聊】荼蘼花颜：话虽如此，但我后来越想越不对劲，所以就买了道具符查看了对方的位置，然后你知道我发现什么了吗？

【私聊】荼蘼花颜：我发现用道具居然查不出她的地理位置，然后我又查了下君子爱财的位置，结果也是显示无法查询！我总觉得他们好像跟盟主遇袭的事件有关系。

【私聊】荼蘼花开：小颜，这件事你先别外传，我来查。

荼蘼花开叮嘱完荼蘼花颜后，起身去了隔壁房间。

"小怡，你昨天看迎新会那些照片的时候，是不是有说过历史学院那个安澄澄是你初一的同桌？"

长着一张苹果脸的女孩从电子书中抬起头："对啊！表姐，你问这个干吗？"

"哦，她好像是我男朋友以前学钢琴的师妹。你知道她有在玩《风云OL》吗？我在服务器里认识一个女玩家有点儿像她，但是怕认错人，所以想找你确认一下。"

苹果脸女孩摇了摇头："我也不知道她是不是有玩网游，不过你想确认的话很简单啊，游戏里直接发消息问一下不就得了。"

"嗯，知道了。"结束简短的聊天后，她重新坐回自己房间的电脑前，看着此刻正双开的游戏屏幕，思虑了一会儿，点开潇潇风雨的游戏账号界面，找出好友列表中的安小白，敲着键盘给对方发了条私聊消息。

【私聊】潇潇风雨：请问你是不是安澄澄师妹？

成功将消息发送出去后，茶蘼花开耐心地等了好几分钟。让她失望的是，那则消息就跟石沉大海般，没有激起丁点儿浪花。

其实茶蘼花开不知道，澄澄不只看到了那条消息，而且还因为太过于震惊手一抖点错了选项。然后原本明亮的游戏屏幕漆黑一片，整得就跟系统崩溃黑屏似的。

本来第二环节进展还算顺利，NPC 水荷得知一去未归的竹马，居然变心娶了美娇娘而当场魔化，掌风催动灰袍剑客身上的流光剑直直朝地上的负心人胸口刺去。慕容彦病弱的娇妻见状，也不知哪里来的力气和勇气，瞬间用身体护住昏迷的丈夫。

死前她告诉水荷，少年青岚之所以愿意和她成亲，是因为她悄悄下蛊让他忘记了家中苦守的青梅。但是她不会道歉，因为爱情从来都是自私的。

被这一幕吓呆的慕容嫣儿终于回过神，拔剑就要跟仇人拼命。

澄澄与君少敛的屏幕上弹出选项框，照例有三个选项："A. 前辈，这女的跟她娘一样一脸狐媚样，看着就碍眼，直接杀了得了。B. 前辈，放下执念，放过自己，莫再造杀孽……C. 前辈，这是你们之间的恩怨，我只是来打个酱油，请无视我好吗？"

身为队长的澄澄，本来是要选择第二个选项的，结果就因为收到假冒的潇潇风雨发来的私聊消息，导致澄澄握着鼠标的手悲剧地一抖，选择了第三项……

于是当前场景里狂风大作，晴朗的上空瞬间被黑云笼罩，澄澄只看见整个屏幕一黑，然后……然后就没了。耳麦里还可以听见暴雨雷鸣声，游戏屏幕上却黑漆漆的什么都没有。

她原先不怎么着急，因为除了游戏界面外电脑其他方面都挺正常，但等了三四分钟，终于变得不淡定了，赶紧掏手机给队伍里的小伙伴打电话。

电话打通后，她一开口就是："学长，完蛋了，我的电脑好像坏了！"

电话另一端的君少敛听到她的话差点儿笑出来："是不是游戏屏幕变黑，什么都看不到？"

"对啊，好奇怪，耳麦里还能听到游戏里的声音，而且也不像卡屏，因为网页什么的都能打开呀。"

他的笑声轻松愉快："小白，电脑要想坏成如此高难的程度可是个技术活儿。刚刚你选定第三项后，我就注意到一条快速闪过的系统提示。"

"啊？系统提示？说什么了？我没注意……"

"说现在的年轻人缺少古道热肠，关十分钟小黑屋。"

"太坑人了！那接下来咱时间够用吗？"

"马上就到尾声了。"

"哦，那就好。"

聊完游戏的话题，两人一时都没说话，电话里被静默笼罩，却没有人想过挂断电话。最后还是君少敛率先打破这种奇怪的氛围，将话题引回游戏里。

"小白，你刚刚为什么会选第三项？一般人会选第二项。"

"啊？我本来还打算选第一项的。你看任务名叫'恨我不是李莫愁'，摆明了就是下不了杀手嘛。至于为什么会选错……"澄澄想起潇潇风雨的话，组织了半天语言，"我的身份好像暴露了，刚才收到游戏里一个学钢琴的师兄发的消息，问我是不是安澄澄。"

"潇潇风雨？"他刚猜完，澄澄立即脱口反问："你怎么知道？"

他看着用室友的号新登录的游戏界面，目光落在世界频道："他现在正在世界频道上向你道歉，而且还声明昨晚卧底事件是子虚乌有、蓄意捏造，与你无关。"

澄澄听完的第一反应就是，好像哪里不对。

可惜直到被从小黑屋放出来，澄澄都没理清楚头绪。

从小黑屋出来，她发现游戏剧情策划们又洒了一盆大狗血。

原来所谓被下蛊的慕容彦，早就知道真相，只是到底舍不得这功名富贵美人笑，所以便假装不知，渐渐也就忘记了，忘了千里之外苦候的青梅，忘了曾经的誓言，忘了自己的本心。

画面中的少女水荷笑到流出血泪，那些曾经的美好一一闪过，最后化为漫天飞舞的尘埃。记得当时年纪小，你爱谈天我爱笑，可惜往事如潮人如水，万物回头一场空。

她与他，早已不再是当时年少。

/二十八/

身份暴露

【系统】恭喜玩家 *** 与玩家 **** 完成隐藏任务"恨我不是李莫愁"第二环节，奖励"水荷的木"一个。注：雌雄双煞系列任务已经结束，感谢玩家们的热情参与！所有在线玩家一小时内均可连续获得经验奖励，同时领取群英会任务的玩家，请在二十四小时内提交任务！具体详情请关注官网。

官方连刷三条内容相同的大红色全服广播，让全服玩家的关注点一下子从刀锋、血战两大帮派间的真假卧底事件转移到隐藏任务上来。

【世界】一树梨花压海棠：啊，隐藏任务？我没看错吧，到底谁完成了隐藏任务啊？麻烦名字别马赛克成吗？

【世界】带头大哥：搞了半天这神出鬼没的雌雄双煞是隐藏任务怪啊！不过隐藏任务就奖励破木箱也太寒碜了吧，连经验值也不赏点儿？

【世界】公子霸气：比较好奇被马赛克的玩家名字！有人提交群英会那个任务了吗？出来吱一声呗。

【世界】公子行云：何处风流帮会收人再来一发！一笔凤凰朱砂，恍若刹那芳华。甘愿袖手天下，为其满树繁花！

【世界】公子行云：收人之余发问，雌雄双煞就这样溜了？那武林盟主呢？江湖第一美人呢？

　　【世界】呵呵呵：搞了半天，上次害哥跑了老婆的江湖恶匪是隐藏任务怪？哥这绝对是倒了六十四辈子的霉！

　　【世界】荼蘼花颜：隐藏任务怪？不可能的吧？！看到公告后，我更加相信论坛上那张爆料帖的内容了，所谓雌雄双煞应该就是接到任务的玩家扮演的，要不然完成第一环节的时候系统怎么不公告？

　　【世界】公子霸气：咦？虽然我不待见楼上这女的，但这猜测还挺有道理。自己跑去交了群英会任务，获得了一个江湖技能！

　　【世界】乘风破浪：花颜妹妹，你说的论坛帖在哪儿？我去看看。

　　【世界】荼蘼花颜：我把地址发给你！

　　【世界】鱼丸粗面：突然发现这个隐藏任务的名字很变态啊！第一环节的任务该不会是化身雌雄双煞，然后杀尽天下有情人吧？

　　隐藏任务的曝光，激起了全民讨论的热潮。

　　看到鱼丸粗面同学在世界频道上的猜测时，澄澄差点儿一口血喷出来。真是不怕神一样的对手，就怕猪一样的队友啊！关键时刻这么给力，不是成心给她添堵吗？

　　当然，除了这条猜测外，有些玩家的言论也引起了澄澄的共鸣，特别是任务奖励这一项。你说第一环节实物奖励一个破木箱就算了，可是第二环节居然也只奖励一个木箱！而且也是个带锁的，没有钥匙拿来有啥用啊？

　　唉，至于经验奖励这一块就更别提了，说多了都是泪。第一环节只涨了十几万点经验值也就算了，第二环节更可恶，只给涨了99999点的经验值！打电话咨询客服，结果说是为了保护玩家身份，如果经验奖励过多、升级太快，容易暴露。

　　她听完，当时就把电话给摔了。

　　呜……她的手机……

　　将注意力从闹哄哄的世界频道转回隐藏任务第三环节上，澄澄忍不住皱眉。

第三环节任务完成条件是提交一颗真心。

任务详细介绍只有一句话：承卿一诺，许君一世。

这一环节看似简单，但是总找不到切入点。想了一会儿，她只好作罢，敲键盘请教队伍中聪明的小伙伴："学长，第三环节你想出头绪了吗？"

"有一个猜测，只是不知道对不对？"

澄澄一听立即来了精神："什么猜测？赶紧说来听听。"

"这一环节应该是向 NPC 证明世间仍有真情。"

这段时间培养的默契，让澄澄立刻就明白了他话中的深意，但是这个猜测好惊人！为了确认，她只得继续追问："可是怎么证明？"

"你来月老庙就知道了。"

"不会真的是我想的那样吧？"澄澄一惊，赶紧操作着游戏角色直奔月老庙。等她到的时候，发现那个灰袍剑客此时正站在月老面前。

"用鼠标双击 NPC。"

澄澄依言跟月老对话，一看到弹出的对话框，当场石化。因为月老的开场白就是："承卿一诺，许君一世，执子之手，与子偕老。三生石上结因果，你二人可做好准备了？"

天哪，整了半天原来 NPC 姑娘在下一盘大棋啊！要想获得"一颗真心"的条件就是，他们俩必须在一块儿。

队伍里的两人难得沉默。

君少敛沉默是因为在思考要着手准备的各项事宜，而澄澄沉默完全是因为对方的沉默。不过她憋了没一会儿就破功了，点开自己的包裹，反复看了看上面的余额，又看了看结婚所需的 888 金币，心一横，壮着胆敲键盘："学长，你别怕，我包里有钱结婚！"

消息刚发送成功，她立即又补充道："你放心，咱俩结婚的事我一定会保密的！任务一完成咱俩就离婚，不会有人知道的啦！"

君少敛看到她那句"别怕"，瞬间笑出声。本来想告诉她自己此时的想法，谁知还没来得及说，却又看见她发在队伍频道里的第二条消息。少年时代偶尔有过的捉弄人的想法突然就冒了出来，于是敲出的文字就变成："小白，你太天真了。结婚成功后系统会进行全服广播，为了一个任务好像有点儿不值得？"

"学长！就算是为了看一眼破木箱里装的东西也值得啊！你放心啦，如果将来有女生嫌弃你是二婚的话，让我来解释就成！"

"小白，你没看出我是怕你将来嫁不出去吗？"

"英雄儿女不拘小节，将来的事情等发生了再说。目前最重要的是历经千辛万苦终于要拿到钥匙了，不看看木箱里究竟装着什么东西，我夜不能寐啊！所以，学长……"

"嗯？"

"求求你，从了我吧！"

"噗！"大侠直接喷了。

队伍里两人正聊得起劲，彼此的私聊频道突然同时响个不停。

君少敛收到的是三千繁华等人发来的消息，他一看到内容立即皱眉，然后叮嘱身旁的小家伙："小白，我离开一下，你先回安全区待着，暂时别出城。"

"哦，好。"不明所以的澄澄乖乖把号传送回安全地区，这才点开响个不停的私聊频道。一连串的消息全是吃货家族的小伙伴们发的。

【私聊】一锅端：小白姐，大事不妙啊！快去官方论坛看帖，排水区第一的那张爆料帖！

【私聊】鱼丸粗面：小白姐，真的被我猜对了吗？雌雄双煞真的是你吗？哇，好厉害！

【私聊】酒酿圆子：小白姐，论坛帖子里说的那人真的是你吗？当年杀我跟四喜的红名怪，真的是你吗？好棒，哈哈哈！

【私聊】过桥米线：小白姐，你这是要红的节奏啊！

看完收到的所有私聊消息，澄澄甚至来不及回消息，就去游戏论坛找那张所谓的爆料帖。

打开论坛水区页面，她就认出大伙儿说的是哪张帖子了，因为那个标题很直白，叫《爆料江湖恶匪的真实玩家身份》。她点开看到里面爆料的内容，差点儿没当场晕倒。

好家伙！发的都是女医生在落花镇的截图，甚至有一张截图里还看到女医生站在 NPC 水荷面前。虽然截图的人距离站得有些远，但一点儿都不影响女医生头顶上那三个大字——安小白。

如果系统之前没全服广播完成隐藏任务的玩家获得"水荷的木箱"一个，那这些爆料内容的真实性有待商榷，但是现在……看着帖子底下那么多围攻及扬言要报复自己的回复，澄澄默默点了右上角的"×"。

完蛋了，这何止是要红的节奏，这绝对是要挨打的节奏啊！而且还是被全服玩家暴打的那种！

此时此刻，天下无双服务器里，世界频道以及各大地区频道都在声讨一个人。

【世界】一夜长大：整了半天，我的婚事是让一个小号给搅黄的？真是的，那个叫安小白的，我是上辈子欠你的还是这辈子跟你有仇啊？连个二婚男都不放过……太没人性了！

【世界】小楼听风雨：安小白，你给哥等着！杀妻之恨不共戴天！

【世界】玉面小狐狸：大家一起组团杀她退服啊！

【世界】疯狂的壹刀：加哥一个啊，这种危害江湖的恶匪不杀难泄哥心头之恨！

【世界】荼蘼醉相思：组队算本姑娘一个，上次好不容易做连环任务，结果最后一个环节被杀了！

【世界】一锅端：这个归根结底应该怪任务太变态，跟接任务的玩家有什么关系？

【世界】鱼丸粗面：就是！千刀万剐的应该是游戏策划，大家都理智点儿啊。

【世界】剑下情：关你们什么事？都滚远点儿！

【世界】荼蘼沵雨嘀：吃货家族的滚出去，少在这里替她洗白！杀人偿命天经地义，她杀了我们一次，自然也得让我们每人杀她一次！这才叫公平！

澄澄看着世界频道上一冒头声援自己就被群骂的吃货家族的小伙伴们，愁得头发都白了。更让她愁断肠的是，身旁这一堆如雨后春笋般冒出来的玩家，她走一步他们就跟一步，这是要闹哪般哟？

最后实在没辙的她，只好一屁股坐在了石阶上。这不坐还好，一坐下来，周围那群人直接将她给围在人圈里了！

【当前】安小白：英雄女侠们，你们都没正经事要做了吗？这样浪费时间跟在我屁股后面转真的好吗？

【当前】玉面小狐狸：不要脸！杀人的时候手脚利索，这会儿怎么蔫了？有本事别躲安全区啊。

【当前】青城山下白素贞：就是，太没种了！小号同学，你有点儿志气好吗？杀了我们这么多人，难不成准备一辈子躲在安全区？

【当前】安小白：志气又不能当饭吃……你们不会还真打算堵我一辈子吧？

【当前】奔放的男青年：你要是不滚出安全区让哥儿杀几遍泄愤，那可就不一定喽。

【当前】血煞如此：先撇开上次城战的事情不说，今天你要是乖乖走出来让我们每人杀一遍，那件事就算了。不然……

澄澄看到血战这位高层的话，突然就想通了之前觉得不对劲的事情。好像在潇潇风雨替她辩白之后，她是卧底的嫌疑更大了。

不过眼前她没空再理会这些事情，因为她看到一个熟悉的ID！

【当前】君子爱财：不然呢？

【当前】血煞如此：不然我保证以后天天轮白你，杀到你退服为止！

【当前】君子爱财：哦？口气不小。可是你确定你不需要叫血战的其他人来帮忙？那天你好像还没抗住五秒就挂了。

看到这句话，在场包括澄澄在内所有人都目瞪口呆。

但是造成轰动的君大侠似乎还嫌不够，随后就在世界频道公布——

【世界】君子爱财：特地替我家小白洗刷一下冤屈，嗯，所有死于雌雄双煞手里的玩家都是我杀的。想报仇？欢迎来找我。

这句话的潜台词就是，你们是不是有健忘症？雌雄双煞是两个人啊。还有，你们真的以为一个小号就能把你们全杀了？你们真的太瞧不起自己了。

最后还特意强调，死在我手里你们真的一点儿都不冤。

这一天还没到头，游戏里就各种高潮迭起，玩家们表示心脏快要受不了啦。

他们震惊是因为受论坛帖子的影响，一开始就忽略了雌雄双煞是两个人这件事情，所以一股脑儿就将枪口对准容易拿下的小号安小白。当然，被惊到的另一个原因是，没想到另外一个江湖恶匪居然是服务器的大神级人物。

而澄澄震惊完全就是因为没想到他会在这种情况下站出来，坦白自己的身份，将所有的事情揽到自己身上。他在告诉她，天塌下来有他顶着，无须害怕。像之前很多次她在游戏里被人谩骂追杀一样，为她出头的那个人总会是他。

似乎不知从何时开始，他就成了她的意料之外。她苦恼无助、伤心难过、郁闷纠结的时候，出现在她身边的总是他。无论游戏还是现实，仿佛只要她想，他就可以为了她开出满树的繁花。

那些曾经被忽视、被悄悄埋藏的、称之为喜欢的心情，在这一刻被无限放大。

她坐在电脑前，看着屏幕上冰冷的游戏 ID，以及数据堆砌的游戏人物形象，脑中浮起的却是那人戴着眼镜在阳光下朝自己微笑的俊颜。

【世界】齐天大剩：操作好、等级高了不起啊！杀人偿命，既然你是主谋，那她当然是帮凶，要杀肯定两个一起啊，大家说对不对？

【世界】苏打花：有道理，两个都不能放过，我记得女恶匪专门负责补刀工作的。

【世界】荼蘼醉相思：有本事你们俩别躲安全区，缩头乌龟！

【世界】血煞如此：君子爱财，你不过就是个剑客榜第三，有什么好嚣张的？我一个人是杀不过你，但是没关系，哥可以把你的小伙伴轮白！

【世界】君子爱财：看来这件事是没有商量的余地了？

【世界】血煞如此：余地？你杀我们的时候跟我们商量过吗？

【世界】君子爱财：啧，那就没办法了。小白，看来我们只能当一对亡命鸳鸯了。

虽然明知他口中的亡命鸳鸯是指第三环节任务，但澄澄听了仍觉十分开心。她想都没想就跟在他身后声援了一句：

【世界】安小白：别怕，我会对你负责的！

对这种突如其来的秀恩爱情节，本服玩家表示相当气愤，随后纷纷出言鄙视跟嘲讽。但是当事人趁着他们在敲键盘的时候，迅速传送去了某地。

安全区里，有人在当前频道大呼："亡命鸳鸯不见了！"

一时之间，所有人都点开游戏商城，打算购买道具查看两人的具体位置。结果几秒之后，所有人都在世界频道上破口大骂。原因是狡猾的亡命鸳鸯把当天商城里所有的库存都买光了。

一分钟后，情人崖上出现了一对身影。

因为心境不同，再次登上情人崖，澄澄才发现这里的景色一点儿都不比缥缈峰等地方差。想起当初跳崖未遂的情形，她忍不住笑起来。原来放手一段无果的苦涩单恋，真的是为了拥抱更好的旅程。

转了一圈，发现情人崖上此刻空无一人，她疑惑道："我们来这里干吗？躲避追杀吗？"

"小白，我发现你的重点好像永远不对，来情人崖当然是刷恩爱值。"

澄澄被批评得一头雾水："不是可以去道具商城买道具补充恩爱值吗？"

"既然条件是要真心，你说的方法肯定不行。来，趁着没人捣乱，我们抓紧时间。"

"好！"

刷恩爱值的任务其实很简单，男女双方组队去 NPC 处领取"琴瑟和鸣"任务，任务一共二十个环节，都是随机的，基本上都只需对彼此使用一些求婚、开心的表情即可。每一环节所获得的恩爱值与任务难度挂钩，等恩爱值刷满 1000 点以上，即可去月老申请结婚。唯一的限制就是每天只能领取一次，任何一个环节失败，该任务就只能放弃，等 12:00 后才能再接。

当然走运的话，玩家会被派去围剿狐狸洞，因为一次就会获得 100 点恩爱值。据说这些狐狸精扰乱人间，致使夫妻失和，所以为了维护人间真爱，刷恩爱值的玩家们需要合力将狐狸洞中的狐狸精全部击杀。

澄澄觉得他们今天肯定走大运了！因为第一环节就碰上了围剿狐狸洞。

两人都是首次做这种任务，对流程不大熟悉，特别是澄澄还是个帮不上忙的。再加上任务没有显示洞中到底有几只狐狸，所以在五分钟的围剿过程中，差点儿溜了一只。

完成围剿狐狸洞任务后，接下来的三个环节都是按NPC指令使用特定表情，一次只有10点恩爱值。不过，第五个环节到第十个环节居然全部是围剿狐狸洞。这个神一样的巧合让澄澄都开始怀疑GM是不是给他们俩开挂了。

然后短短半个多小时，他们就刷到了730点恩爱值。

如果接下来的十个环节能再给力点，"恨我不是李莫愁"任务第三环节的完成指日可待。

可惜理想很丰满，现实很骨感。

第十一个环节的任务是对队友使用跳舞指令。澄澄这才刚开始跳，立即就被人打断了。人物头顶飘过一串大红色的负数，因为毫无防备，所以来不及加血就阵亡了。其实就算她加满血条估计也得挂，因为周围突然冒出的两队人马，起码有一队在瞄准她……

【当前】荼蘼灬雨嘀：我就说他们在情人崖，没骗你们吧？

【当前】带头大哥：我说怎么找不到人呢，原来在情人崖啊，哈哈哈！

【当前】江湖风流：哇，好浪漫！表示小的跟他们不是一伙的，纯围观，所以可不可以申请等下打架的时候别理我？

【当前】血煞如此：围观的都给爷滚远点儿！君子爱财，你再厉害又怎样？难不成你一个人还能杀得过我们这么多人？

【当前】剑下情：大家不用理会安小白，火力主攻君子爱财！还等什么？一起上啊！

大概有了江湖恶匪这一对共同的敌人，所以此番血煞带的那一队里也有刀锋的玩家。这一喊"上"，全组人员立即远攻的远攻、近战的近战，目标直指君子爱财。因为被队友嘱咐不要起来而在地上躺尸的澄澄，反倒没人理会了。

　　另外一组是野队，有些对江湖恶匪有怨言，但有些纯属来看戏的心态。所以导致有人上前帮忙，其他人还在原地没动。

　　按道理，这一场1:7的打架没啥看头，单挑的那个肯定会被围殴得很惨的嘛。可事实是，七个人的防守居然还能让对方发现漏洞！

　　其实不怪对手太厉害，只怪队友太二傻。荼蘼淼雨嘀作为七人当中唯一的医生，明明就是个手残党，居然还要凑到前面送人头，这架要是能打赢才有鬼！

　　当然最重要的还是对方的打法太犀利，一开始信心十足的血煞等人瞬间觉得压力山大。而且君子爱财虽然只有一个人在战斗，但是排行榜上的数据不是弄虚作假的，特别是一个剑客居然还属于万能型，防御跟攻击都高得吓人。虽然七个人在同时攻击他，让他掉血厉害，但是富人跟穷人的区别就在于，富人仓库里永远存了两三组瞬间回血回蓝的药。还有富人如果挂了基本都是原地复活，穷人存货不足，宁愿省点钱死回复活点重新再爬一次情人崖。

　　所以，胜负可想而知。

　　澄澄看着瞬间又恢复清净的情人崖，赶紧原地复活。

　　【队伍】安小白：可惜任务失败了，要不然估计今天就能去月老那里领任务了。

　　【队伍】君子爱财：没关系，明天我们继续来刷。先离开这里，估计追杀我们的大部队又快要到了。

　　君子爱财的话刚发出来，澄澄就看到情人崖来了黑压压一大批人马，逐渐将两人包围在人圈里。这群人几乎来自全服大大小小所有帮派，当然除了吃货家族和苍山暮色。

俗话说得好，人多力量大。现在这几十个对付两个，连作战方案都可以省了，直接锁定目标群放技能，很快就把亡命鸳鸯给干掉了。

【当前】血煞如此：我看着排行榜的大神也不过如此嘛，不过泥菩萨过河自身难保竟然还妄图英雄救美？

【当前】江湖风流：喊，没品！28:2才能打赢，真不知道自豪感从哪里来的？

【当前】血煞如此：江湖风流，你嘴巴给哥放干净点儿！再多嘴让你跟地上两人一样变尸体！

【当前】荼蘼淼雨嘀：继续吗？还是……

【当前】剑下情：肯定继续！他们杀了我们每人一遍，我们这才报了一次仇，强制复活！

【当前】别杀我是小号：得罪苍山暮色不太好吧？

【当前】乘风破浪：难道我们这些帮派就是好欺负的吗？不敢上的是孬种！

于是有人直接对着君子爱财使用强制复活符，澄澄也被其他人强制复活。画面惨烈，澄澄有些不忍直视，之前的愉快心情早已被前所未有的内疚所覆盖。

如果她等级高点、操作好点，虽不能保证帮上忙，但至少能保证不给他添堵。这样的话，现在的局面兴许就会大不相同了。

"对不起……"她对着键盘一阵敲打之后，最后发送出去的只有三个字。

他正在计算时间差，以便等下能够准确原地复活摆脱眼下局面。

她语带沮丧："我太没用了，什么忙都帮不上。如果换别人，或许你们早就完成任务了。"

他看到她的话，莞尔一笑："小白，谁说你没帮上忙？你真的以为第三环节随便换个人，我都愿意？"

"啊？"她一时没反应过来。

他第一次对着电脑屏幕一脸不自然地坦诚自己心中所想："因为

是你，所以才觉得没关系。"他计算好逃亡时间差，很快将话题转移回游戏上，"等下我喊完'一、二、三'就立刻原地复活，趁着保护时间我们快速跳崖。"

"好。"她脑中想的还是方才那句比甜言蜜语还动听的大实话，压根儿没注意到他后面的话。

"要精确到秒，落到崖底后，直接复活回安全区。"

"好。"已经开始自动回复了。

幸好澄澄在关键时刻回过神，虽然时间没把握得那么精准，但至少两人顺利回到了安全区。

因为接下来游戏暂时没什么事情，所以大忙人君少敛将游戏处于挂机状态，然后做其他正经事去了。澄澄则一蹦三跳地去找 NPC 修理她穿的那身破烂。刚才她一共被杀掉了三级，而君大侠满级之后压了很多经验值，所以只掉了点经验值。

等她修理完装备，发现游戏上的骂战又开始了。当然，挨骂的对象正是他们俩这对亡命鸳鸯。

没办法，谁让他们俩造的杀孽太重了呢？

让她没想到的是，游戏里男人居然比女人更能骂街！尽管有些玩家骂得太过火的，当场就被系统大神禁了言。

澄澄正打算眼不见为净，索性下线放松放松，结果就看到世界频道上冒出一个熟悉的身影。更让她惊奇的是，他这回真的是在帮她说话！

【世界】潇潇风雨：不过是个游戏，大家何必较真儿？何况他们又不是故意乱杀人。我知道肯定有人会说我站着说话不腰疼，但事实是我跟花开也被杀过。换个角度思考，如果是服务器任何一个人接到这样的任务，恐怕也会做出跟他们一样的选择吧？

【世界】潇潇风雨：其实我倒觉得大家应该感谢他们，如果不是他们接到了隐藏任务，并且完成了该任务，关于群英会这个系列任务就不会开启，那我们也不可能开通江湖技能。我了解了下，只有我们服开通了江湖技能。

【世界】潇潇风雨：多余的话我也不多说，大家不妨静下心想想。我们是来玩儿游戏，不是被游戏玩儿，若一直吵闹下去赢的只会是游戏运营商。PS：刀锋在线所有成员请回帮，我有事情宣布。

潇潇风雨的话起到了一定作用，世界频道上的骂声虽然还有，但少了一半以上。另外澄澄不知道他用了什么方法，之前找麻烦的那些态度恶劣的刀锋成员居然都不找她麻烦了！

她心里挣扎了一会儿，最后还是给好友列表里的那个人发了条消息。

【私聊】安小白：谢谢！

【私聊】潇潇风雨：师妹，跟我客气什么？以前发生的事情错都在我，改天师兄请你吃饭赔罪。

【私聊】潇潇风雨：你后来怎么突然不学钢琴了？是不是因为爱上了武术？我看到你在南大迎新会上的表演，很精彩。

【私聊】安小白：谢谢师兄！

除了这四个字，她一时半会儿想不出自己该说什么。不过对她的寡言，潇潇风雨并未在意。

【私聊】潇潇风雨：师妹，你还不知道吧，花开跟你是同校，我跟她说一声，你以后有什么不懂的都可以去找她。隐藏任务的事情，我让她也去跟自己帮派里的人说一声，让她们不要为难你。以后游戏里有事随时叫我，如果我不在线可以找花开，她人挺好的，改天介绍你们认识。

【私聊】安小白：哦，那师兄我还有事，先下了，拜拜！

对方突如其来的热情让澄澄很惶恐，虽然她很想问他是如何知道自己身份的，毕竟早上他发消息的时候，明明还没确认她的身份，但现在她实在是不知该如何接他的话茬，所以只好遁走。让她承认荼蘼花开是个好人？有事就找荼蘼花开？喊，她又不是被猪油蒙了眼。

澄澄下线后，电脑另一端的萧禹看着电脑屏幕上的对话蹙眉。

他想不通曾经天天跟在他身后的小女孩，如今怎么会与他如此生疏？但是转念一想他就释然了，他们好几年未联系，加上之前游戏里又有误会，不生疏才怪。

他直接打了通电话给女友："小蕊，关于安师妹的事情，我希望你能跟你们帮派被杀的成员说一下，如果愿意不追究，那就跟刀锋这边一样每人找我领取一个'月之华'。我刚刚跟师妹聊过了，你以后在学校里帮我多照应她一下。"

月之华是高级武器锻造中所需要的材料，在游戏中一个值100金币左右，两帮被杀人数加起来是个不小的数目。男朋友大方是好事，但如果他的大方是为了别的异性，那就另当别论了。

特别那个异性还怀了其他心思。

赵蕊忍着心中醋意，笑答："知道啦。不过你对你师妹这么好，就不怕你女朋友——我吃醋吗？"

"当然不怕，谁让我的女朋友聪明漂亮又善解人意呢？今天你帮我的游戏号挂机时，有什么别的事情发生吗？"

"没有，除了跟你提过的安学妹的事情。"

"哦。对了，小蕊，我明天有空，要不要去看电影？"

"好呀。"结束通话后，赵蕊脸上的笑容瞬间敛去。他明明说过今天没空上游戏，但是她在早前的电话中无意间说起游戏中的事情，他隔了没多久就上线了，而且一上线就帮他所谓的师妹搞定游戏里的事情——这场她蓄意挑起的混乱，经他这么一安抚，平息了不少。

想到这些，赵蕊心中对男友那位所谓的师妹更加厌恶了。

/三十/
马赛克新娘

窗外夜色已深，澄澄躺在床上翻来覆去好几个小时就是睡不着。原因是每次一闭眼，脑中就会浮现那个人微笑的样子。可是睁开眼更糟糕，因为看到电脑、手机，甚至是窗外布满星星的夜色，都会想到他。

最后，在床上辗转许久依旧没办法入睡的澄澄，只好从床上爬起来，重新开电脑。

本来她是打算玩手机游戏的，但是手机拿在手里就忍不住想发短信。可现在已经过了午夜 12:00，说不定对方已经睡着了。

不过刚刚登录游戏，她就收到了那个人发来的私聊消息。

君子爱财："这么晚还不睡？"

澄澄随口胡诌："科学研究表明睡眠时间少的人聪明，你在做什么？要不一块儿去刷恩爱值？"

君子爱财回了个笑脸："好。"

半夜三更捣乱的人比较少，再加上爬一次情人崖不容易，所以澄澄他们的任务进展很迅速。最后一个环节完成，两人已经达到了结婚的条件。

澄澄兴奋地提议："要不然现在去月老庙登记吧？"

君某人瞥了一眼电脑右下角的时间，调侃道："小白，我真的有这么见不得光吗？"意思就是结个婚，用得着深更半夜偷偷摸摸的吗？

澄澄语塞，正不知如何作答，突然收到一条系统弹窗。

【系统】玩家荼蘼花开请求加您为好友，同意 OR 拒绝？

她盯着这条半夜加好友的消息看了半分钟，然后收到队长发来的消息："卡了？"

"没，游戏里有人要加我为好友，我在想我是不是眼花了。"澄澄回答完，继续盯着那条诡异的好友邀请，没点"同意"也没点"拒绝"。

他隐约猜到一些："遵从内心，不必勉强自己。"

"嗯，我也是这么想的。"澄澄说完，果断点了"拒绝"。不过她拒绝加对方为好友后，立即又收到对方发的私聊消息。

【陌生人】荼蘼花开：安学妹，之前发生的事情很抱歉，相信学妹一定不会放在心上的。禹今天打电话给我了，学妹以后玩儿游戏或者在学校有什么需要帮忙的都可以来找我。

【陌生人】荼蘼花开：游戏互加好友方便以后联系，我重新加一遍，学妹可别又点错了。

澄澄撇撇嘴，关掉对方再次发来的加好友申请。不过荼蘼花开这次居然难得的坚持，见澄澄没反应，她就不停地发邀请。同时还上世界频道说，澄澄既然是老公潇潇风雨的师妹又是她的师妹，亲上加亲，希望过去的事情就让它过去，以后有什么需要帮忙的都可以来找她等。

澄澄看着不断弹出的加好友申请，最后无可奈何地点了"同意"。本来她是想直接关掉游戏不去理会，但她怕一天不加对方为好友，对方就会坚持不懈地发申请。没办法，精英怕流氓，菜鸟也怕人缠。

下游戏前，澄澄跟队长同志约好下次在游戏里结婚的时间，然后互道了晚安，这才关电脑睡觉。

晚上 8:00 整，一条玩家结婚的系统公告把全服同胞都镇住了。

【系统】地老天荒三叩首，万古流芳一世情！恭喜新郎君子爱财

与新娘 *** 成为本服第1430对夫妻，永结同心，共修百年好合！让我们一起为他们祝贺吧！

【世界】青草离离：什么情况？什么情况？大神结婚了，新娘是马赛克？

【世界】月黑风高：小爷没看错吧？君少结婚了？

【世界】兔子窝边的草：月爷，你没看错，好像真的是君长老。

【世界】三千繁华：好像哪里不对啊？

【世界】公子立白：忽然觉得自己的理解能力下降了，谁来解释一下这公告是什么意思？

【世界】故人两相忘：啧，想知道真相的话，月老庙集合吧。

【世界】别杀我是小号：咦，没听说结婚还可以马赛克的啊，不会又是隐藏任务吧？

【世界】一锅端：偶像结婚了？新娘不是我家小白姐？肯定是我登录的方式不对。

【世界】鱼丸粗面：帮主，我怎么觉得那个马赛克就是咱们小白姐啊？

【世界】水煮鱼：别瞎猜了，直接跟大神们去月老庙堵人啦！吃货家族走起！

【世界】横刀立马战天下：看情况应该是隐藏任务，难道之前那个隐藏任务还没结束？

世界频道各种猜测扑面而来，苍山暮色帮会素来低调的故帮主也出来凑热闹，带队围堵月老庙，围观群众们不用说，果断紧随其后。

澄澄看着响个不停的私聊频道，不解地问："你怎么公开了？"

大概是这个任务需要玩家结婚满半个月才能提交的缘故，所以两人结婚比其他玩家多了个选项——隐婚。澄澄第一反应是他们俩是为了任务结婚，以后肯定是要离婚的，所以选择隐婚。她还以为对方跟自己想的一样，没想到居然公开了！

"不小心手滑了一下。"相较于澄澄的反应，君某人显得淡定多了。

澄澄一脸黑线，想到一大堆人马正在赶往月老庙顿时有些紧张，"现在怎么办？要去避避风头吗？"

"跟我走。"他说完，邀请身旁的少女上马。

骏马嘶鸣，尘土纷扬，蹄声渐远。

周遭的似锦繁花一路被抛在身后，耳旁狂风呼啸，前路未尽。

天空新月正如钩，颇有些江湖梦远的感觉。

澄澄没说话，偷偷截了好几张图。

过了一会儿，他们并肩站在蜀地寂寞的高崖。

"我们来这里做什么？"她有些疑惑不解。这里是低级地图通往中级地图的必经路，除新手玩家会途经此地外，很少会有人再把时间浪费在这上面。

"度蜜月。"他说完，只见画面中的满级剑客突然温柔地拥抱住女医师，一个纵身飞跃而下。

澄澄的大脑神经还没来得及对他的回答做出反应，已经被这个跳崖的画面吓到。聪明的人大脑结构都跟别人不一样，跳崖也能算度蜜月？

等到两人双脚一落地，澄澄立即推翻了自己的结论！

原本以为无尽的悬崖之下，居然是一个茂密的森林，隐隐传来水流和虫鸣鸟叫的声音。她看着眼前黑漆漆的林子，有点儿不确定："咱们真的是来度蜜月的吗？"

他反问："你觉得呢？"

澄澄如实回答："有点儿像来探险的。"

他笑起来："来，跟我走。"他缓步朝林子里走去，背上流光剑发出的光像黑夜里的一盏明灯，她老老实实跟在后面，好奇而期待。

走了一段路后，澄澄发现小溪的对岸透着点点微光，乍一看像一盏盏灯火，又仿佛夜空中闪烁的星辰。朝着光亮越走越近，她才发现那星星点点遍布在四周的黄色、红色以及莹绿的光芒，居然是萤火虫发出来的。这些美丽的光芒，将幽黑的森林点缀得浪漫而神秘。

就在澄澄的注意力被眼前的迷人景象吸引时，耳麦里突然传来一阵悠扬舒缓的笛声。她调整了下游戏画面，这才注意到身旁的人正静立一旁，手里多出了支晶莹剔透的玉笛。

笛声刚刚响起，那些安安静静停在树丛里的小家伙突然扑腾着翅膀，在夜空中跟着音乐飞舞起来。

她站在原地，看着这些发光的小精灵，连惊喜都忘记了，只是傻傻地问了一句事后差点儿咬掉自己舌头的话。

"学长，你看这蜜月也度了，作为一个负责任的人，我觉得我得对你的下半身负责，所以咱这婚是不是别离了？"

"对一个男人的下半身负责？小白，我是该称赞你勇气可嘉呢还是……"

澄澄看到迅捷的回复纳闷了下，返回去看自己发的消息，瞬间羞愤下线。

嘤嘤嘤，错别字真心伤不起。

第二天是假期最后一天，澄澄没再上游戏，吃过午饭就去搭公交车回校。

返校这一路，她想起昨晚每隔几秒就会叹一次气，搞得身旁的大妈还以为碰上了"蛇精病"。等到转了好几趟公交车，终于站在学校大门前，澄澄才后知后觉地想起来，刚才坐在她身旁位置的中年男人好像在哪里见过。而且最神奇的是，她换了好几趟公交车，对方都很巧合地坐在她身旁，甚至连她到达学校站点下车时，对方也跟着她一同下了车。

那种奇怪的、像是被人跟踪的感觉冒了出来，她下意识四处巡视，发现四周人来人往压根儿看不出不对劲，只好甩甩头不去理会心底的不安。

到了寝室，她发现两位室友早就到了，正在分享彼此带来的特产。

澄澄加入吃货阵营后，三人开始边吃边聊。管微跟夏沫国庆都出门旅游去了，宅在家里玩了一个长假游戏的澄澄理所当然被鄙视了。

最后还是君少敛的电话解救了她。她接完电话，背起电脑包就出门，快走到楼梯口才想起来走得好像太心急，于是又心虚地折返："我找学长修电脑去了，你们继续。"

等到她欢快的步伐远去许久，寝室内的两人才想起来哪里不对劲。

正常人修电脑会这么兴高采烈、迫不及待到一脸娇羞吗？

寝室里的两人开始猜测某人是不是在谈恋爱时，正主已经出现在了研究生寝室门口。

岳恒正在开电脑，听见敲门声，抬头一看，表情有些惊讶："学妹？你怎么来了？"话刚问完，立即拍了下自己的脑门儿，一本正经地说，"瞧我这话问的，来找你君学长的吧？快进来，快进来。"

澄澄本来没想太多，被他这么一说突然就莫名觉得心虚，有些不好意思地跟对方打招呼："岳学长好，我来找君学长修电脑的。"

"嗯，修电脑嘛，我知道，我知道。你学长在接电话，我帮你催催。"岳恒拉了椅子让澄澄坐下，然后走到阳台的玻璃门边敲了敲，"老君，你学妹来啦。"

外头的君少敛听到动静抬手朝澄澄示意了下，然后很快结束手中的通话。推开玻璃门进来的时候，他恰好听见室友问："学妹啊，你觉得你君学长怎么样？"

君少敛伸手推了下鼻梁上的眼镜，走到他们身旁："阿恒，我怎么样你不是最了解吗？"

"对啊，岳学长跟君学长朝夕相处，肯定了解得比我深入。"澄澄初时的紧张心情，在听到这句玩笑话时瞬间消失。

"唉，男大不中留啊。"岳恒叹叹气转过身投入游戏的怀抱。

澄澄当场笑抽，不过在看清对方电脑屏幕上熟悉的游戏界面后，立即止了笑意，好奇地问："岳学长也玩《风云 OL》？"

君少敛点点头："嗯，他就是游戏里那个爱凑热闹的月黑风高。阿恒，你不是一直问我安小白是哪位学妹吗？"

"不是吧，学妹就是你游戏里那个被马赛克的老婆？"知道真相的岳恒差点儿从椅子上摔下来。

虽然这话怎么听怎么怪异，但在见识对方的反应后，澄澄圆满了。

趁着某人震惊之际，君少敛主动拿过澄澄手中的电脑，开始了维修检查。等他轻松搞定被病毒袭击的笔记本电脑，发现那两个家伙已经凑在一块儿研究游戏操作技巧了。

他抱胸站在一旁观摩了几秒："不错，有进步。"

"真的吗？哈哈哈，我有按照你说的方法苦练操作哦。不过学长，我这么有天分的徒弟，你真的不收吗？"澄澄开心地抓住他的手臂，待看到两位男生落在自己动作上的目光时，脸一红，瞬间收回手。

君少敛微不可见地笑了下，一口否决。

澄澄叹气："三顾茅庐就能请到一个诸葛亮，学长，你干脆改名叫赛诸葛得了。"

君少敛淡定收下她的揶揄："谢谢夸奖。"

澄澄词穷，她这道行跟对方完全不在同一水平线上啊。

"那个，学妹啊……"岳恒这时候终于插上嘴，"你们俩都结婚了，你要是再拜他为师，是打算乱伦吗？"

"呃，我们是任务结婚。"其实她是完全没想到这一层。不过提到游戏，她不由得联想到昨晚那段简短的对话，然后默默红了脸颊。

岳恒目光在两人身上转了转，露出了然的笑意。他当下决定为小学妹创造有利条件，毕竟君少的追求者中，很少碰到这么好玩儿又看得顺眼的小学妹。何况认识这么久，他还没见过君少对哪个学妹这么照顾呢。

任务结婚？好烂的借口哦，呵呵呵呵。

他家君少也是时候该把重心转移一下喽，老这么高贵冷艳地欺负兄弟怎么成嘛！

　　"啊！我突然想起有东西落在小故他们宿舍了，我出门拿一下，你们继续。"虽然被君少犀利的眼神看得差点儿破功，岳恒还是故作镇定挺直脊背走出了寝室。

　　刚到门外就听见小学妹声音甜软地说："学长，谢谢你帮我修电脑，晚上请你吃饭吧？"

　　"不用，举手之劳而已。"

　　岳恒听到意料之中的回答，立即探头，朝小学妹挤眉弄眼："搞定一个男人得从喜好上入手。学妹，你早上如果有时间，不如送点南区食堂的包子过来。"

　　他说完，看见小学妹涨红的脸以及自家兄弟目光中放出的冷箭，"嗖"地一下火速跑远。

爱情战术

两个人的寝室，突然有种奇怪的气氛在蔓延。

淡定如君少敛也不由得轻咳了声，打破这莫名让人觉得不自在的氛围："阿恒向来爱开玩笑，他说的话你不用在意。"

"哦……"澄澄低垂着脑袋瓜儿，眼睛盯着脚面，有些不敢看他。她真的表现得很明显吗？岳学长居然看出来了，那……那眼前这个人是不是也知道了她喜欢他？他会喜欢她吗？如果她此刻告白的话，他会怎么答复她？

脑袋瓜儿被无数个喜欢与不喜欢轰炸过后，她终于鼓足勇气抬起头。

告白的话语还没说出口，却看见他俊眉紧皱，似是思考许久："我最近可能没空上游戏，等任务期限到了我们在游戏里碰面吧。"

"好的。"她掩住心中的失落，"那改天如果电脑出问题，可以再来找学长帮忙吗？"

"我帮你的电脑加强了防火墙，你尽量别点那些提示有风险的网站，也别接受陌生邮件及文件。"

"知道了，那我先回去啦。学长拜拜！"她说完拿上自己的东西转身离开。她不知道他是因为发现了她喜欢他这件事才借口忙，还是他接下来真的事情很多，她不敢再问，怕一开口就暴露了自己此刻的心情。

回去的路上，沉浸在自己思绪中的澄澄被响个不停的手机铃声扰回神。

她看了一眼陌生来电，停了几秒才慢吞吞接起来："喂？"

电话那端是个娇柔的女声："安学妹，你好！我是赵蕊，你回校了吗？"

澄澄想起赵蕊是谁后，微微皱眉："请问赵学姐有事吗？"

"我现在正好在你们寝室楼下，想邀请学妹一起碰面喝个下午茶。"

陈述的语气让人怎么听怎么不舒服，澄澄停住脚步，不假思索地回绝："不好意思，我人还在家里。"

对方听到拒绝，明显愣了下："哦，那算了，下次吧。"

澄澄没多说，很快挂了电话。担心现在回去会跟赵蕊撞上，澄澄随意在旁边找了张长椅坐下。没想到几分钟后，她刚准备起身回寝室，突然碰上岳恒一行人。

岳恒隔了老远就扯着嗓子喊了句："安学妹……"

五个年轻人个个外形俊朗、气场强大，走到哪里都是旁人关注的焦点。这一喊，让澄澄想假装没听见都不行。

等那几人走近后，澄澄认出岳恒身旁这些人基本都是那晚在网吧曾碰见的几位。

她礼貌地打了招呼，就听见岳恒问："怎么这么快就走了？"

"电脑修好啦，而且君学长还有事要忙。岳学长，如果没什么事的话，我先回寝室了。"她说完越过这些目光中透着打量的帅哥，往寝室的方向走。走了几步，她就听见岳恒在后面说："学妹，爱情有时候也要采取些迂回战术……他每周都会去学校操场晨练。"

她当然听出对方口中的"他"是谁，脚步细微地顿了下，继续朝前。

面上虽然不显山露水，但反应过来对方这是在给自己传递情报后，澄澄心中激荡，斗志瞬间全回来了。不过迂回战术啊……这个建议怎么听起来这么耳熟？哦，她想起来了，以前她因为告白无果沮丧时，那人当时怎么说来着……敌进我退，敌退我进，不打正面，来回骚扰。呃，攻击敌人最薄弱的位置？

　　可是……什么是君学长最薄弱的位置呢？

　　澄澄纠结着眉头慢慢走远。

　　站在岳恒左手边的乔北用手肘碰了碰他："我怎么不知道阿财哥每天会去晨练啊？"

　　他刚问完就收到一大堆白眼。顾天磊见他还没开窍，于是好心告诉他真相："不只他，明天我们一个都不能少。"

　　第二天清早，前一天晚上被岳恒打过晨练预防针的君少敛被大伙儿催了起来。

　　他扫了一眼这几个家伙，挑眉："你们几个在打什么坏主意？"

　　大伙儿口径出奇地一致："早上空气新鲜，抽空锻炼锻炼身体。"

　　知道问不出答案，他索性不再废话，做完热身就开始运动，正好借机好好思考一下自己最近一直未想通的事情。

　　君少敛跑了一小会儿，发现身后那几位聚在一起小声议论着什么，还时不时拿眼光瞄自己。

　　"还不快点跟上？"他一开嗓，几位小伙伴立即停止讨论，跑步跟上。

　　大伙儿开始扯话题："哇！今天天气不错啊。"

　　"是啊，是啊，除了风大了点儿。"

　　"空气干燥了点儿。"

　　"乌云……多了点儿。"

　　顾天磊目光落在前方的红色身影上，总结："嗯，风景那边独好。"

　　几人顺着他的目光望过去，果然见到那抹红色的身影朝他们所在的方向小跑过来。除君少敛外，其余几人暗自用眼神交流了一番，然后齐齐往反方向跑。

澄澄跑到目标人物面前站定，笑眯眯地打招呼："好巧哦，学长你也是来晨练的吗？"

君少敛看着她此刻眉眼弯弯、脸颊粉扑扑的样子，突然就觉得这段时间困扰自己的那种让他有些微抗拒与烦躁的情绪，好像更甚了。

他下意识地皱眉："你每天都起这么早？"

"嘻嘻，一天之计在于晨嘛。"她才不会告诉他，她昨晚想了一晚上得出结论：清晨是一个人最没有防备的时候，刚醒来脑子肯定还没转利索，这样比较容易得手。

"学长，你还没吃早餐吧？"她问完在红色运动服的口袋里掏啊掏，掏出两个还冒着热气的包子，"喏，请你吃早餐。"

"你留着自己吃，我等下跟阿恒他们一块儿就好。"

"没事，我刚刚已经吃过了。"她将包子硬塞到他手中，"那个岳学长他也来啦？"她问得有些心虚，因为刚才大老远就看见他们几个了。

君少敛点点头："在你后面。"

澄澄吃惊，这一圈跑得也太快了吧？还没扭头看，就听见岳学长带着揶揄的笑声："学妹，我们几个早餐也没吃。"

澄澄一脸正气："对不起啊，没注意到你们也在。只有两个包子，你们这么多人反正也不够吃，为了个包子伤感情啥的不值得。"

"唉，我们五个大活人居然被无视了，伤心地继续去锻炼吧。"

"还锻炼啥啊，都快别锻炼了，大家一起伤心地去吃早点吧，唉。"

澄澄看着他们唱作俱佳的表演，差点儿笑场。事成之后得请岳学长他们吃顿饭啊，这又是给情报又是腾空间的，太够意思了。

岳恒等人走后，澄澄跟君少敛开始绕着操场跑道慢走。走了几步，澄澄突然停住，扭过头往后看了看，君少敛察觉到她的异样，问："怎么了？"

澄澄压下心头的不安，摇摇头。其实早上从寝室出来到这里，她一直都有种被人盯梢的感觉。不知是因为清早的校园人不算多，还是因为心理原因作祟，她总觉得有人在跟着自己。可是每次她转身，身后都是空荡荡的，只有树叶被风吹得晃动的声音。

又走了几步，澄澄再次停下来，秀眉紧蹙，压低声音问："学长，你觉不觉得有人在偷偷看着我？"

他看见她紧张兮兮的样子，还以为发生了什么事，抬眸扫一眼四周，煞有介事地点点头："这个还真有。"

"啊？"她瞬间进入戒备状态，"快帮我看看在哪里。"

"太多了看不过来。"

"啊！"

他看着她脸上"大事不妙"的表情，忍不住伸手轻轻弹了下她的额头："脑袋瓜儿成天在想什么稀奇古怪的东西？"

她捂着额头，看着周围锻炼的人群，也觉得自己应该想得太多了。她没财、没色又没犯事，怎么可能会有人跟踪自己呢？

两人闲聊了几句，澄澄突然想起另外一件困扰自己许久的事。

"学长，你计算机操作这么厉害，对破解 QQ 密码之类的问题应该小事一桩吧？"

"嗯？"

"我几年前注册过一个 QQ 号，但是后来密码忘记了。你能不能教我怎么破解密码？我想把它盗回来！"

君少敛一开口直奔重点："有填密保吗？"

"有！"

"那你完全可以通过密保把 QQ 号要回来。"

澄澄皱眉："可是我只记得问题不记得答案。"

最后晨练结束，澄澄也没能学会盗 QQ 号这种技术活儿。因为高手兄说了，盗 QQ 号太掉价！不知道这评价被企鹅的程序员们看见了会有啥想法？

此后，澄澄又接连去了大操场晨练了两天，但是都没再碰见君少敛等人。最后她厚着脸皮给对方发了短信询问，这才知道原来他人并不在学校里，而是在学校附近的工作室加班，据说忙到日夜颠倒。

这天清早，她习惯性地爬起来打算去晨练，走到楼下才想起来他压根儿不在寝室。她掏出手机看着那条短信思考了一会儿，最后决定送点早点过去。

可是厚脸皮的结果是，买好东西走到仁厚路附近，她才发现自己压根儿不知道那间工作室的具体位置。在原地徘徊了一会儿，她决定把握机会主动出击。

电话响了一声就被对方接通，澄澄心里了然，抢在他之前开口："学长，你们的具体位置在哪儿？我买了些早点给你们，已经到仁厚路口啦。"

接电话的人愣了一下，把耳边的手机拿到眼前瞅了瞅，然后笑起来："学妹，我是岳恒，你的君学长去洗脸了。我先把具体地址发到你手机上。"

岳恒刚发完短信，看到对方发来的"谢谢"二字，顿时笑了起来。

对面的乔北从资料中抬起头："谁要过来？笑得一脸'蛇精病'的样子。"

"呵呵呵呵，你猜？"

"月爷，你刚开的桃花吗？"

莫繁停下手中的工作加入话题："怎么可能？那手机明显是咱阿财哥的，这个时间点过来难道是来送早点的？"

"Bingo！咱们善解人意的安澄澄学妹正在来的路上。"

"哦！原来我们是沾了阿财哥的光。"

众人正调侃之际，去洗脸归来的君少敛扫了他们脸上的笑容一眼：

"在讨论什么？"

"讨论等下的早点。嘿嘿，阿财哥，谢谢你的个人魅力！"

君少敛横了他一眼，看向还握着自己手机的岳恒："刚刚有谁打电话过来吗？"他话音刚落，工作室的门铃响了起来。他索性长腿一迈，自己去找答案。

玻璃门外，站着一个扎着两条辫子、穿短袖加休闲长裤的女孩，此时她手上拎着两袋热腾腾的包子和豆浆等早点。看到玻璃门内的他，那双乌黑的杏眸里仿佛点亮一盏灯，瞬间亮了起来。

他愣了几秒，赶紧开门让她进来："你怎么来了？"

澄澄咧嘴，晃了晃手上热腾腾的早点："嘿，学长，早上好啊，我来给你们送吃的。"她扫了一眼这间装修简洁面积不算大的工作室，包括玻璃门隔着的会议室，所有位置都被文件图纸铺满。她有些迟疑，"这些放哪里？"

他拿过她手中的所有袋子，领着她往会议室走，另外五个一起加班的家伙也都跟了去，并立即自觉地收拾桌子。

早点花样很多，除了南区食堂的包子外，还有水晶蒸饺、小笼包、糯米饭、蛋饼等。

岳恒等人看了一乐："学妹，不知情的还以为你是卖早点的呢。"

澄澄不好意思地摸摸额头："我也不知道你们喜欢吃什么，所以就把我自己觉得好吃的都买了。"

"我正好饿得肚子都快扁了，学妹，你真是我们的救星！阿敛，你要是嫁给学妹，我们以后就有福了！"岳恒刚说完，立即引起一阵哄笑。

君少敛将手中的包子塞到他嘴里："吃东西的时候废话不要太多！"

澄澄有些羡慕地站在一旁，看着他们之间亲密的打闹，心中暖暖的。能够遇见一群志趣相投的朋友，实乃人生一大幸事。

屋里安静了一会儿。

君少敛转身倒了杯温水递给澄澄："怎么满头汗？不要告诉我你跑步过来的。"

她吐吐舌："就当作是晨练好啦。如果慢吞吞走过来的话，我担心早点都凉了。"

得到这样的回答，某人无奈地伸手揉了揉她的头："下次别来了，大清早的穿这么少容易着凉。况且楼下走一会儿就有早餐店，如果我们饿了会自己下去吃的。"

澄澄点点头，心里甜得像吃了蜜糖。

哟，这么温柔的阿财哥还是第一次看到啊。

一旁的众人看见这一幕，纷纷露出意味不明的眼神。唯独当事人自己还未曾明朗，困扰心底许久的情绪是什么。这大概就叫作"旁观者清，当局者迷"？

由于澄澄早上还有课，所以坐了一会儿就得回校了。君少敛本来打算送她回去，但澄澄知道他们工作还未收尾，就算送她回校，还得回工作室，所以只让他送自己到楼下。

君少敛叮嘱她到校后发短信或者打个电话，然后目送她的身影离开视野范围才转身上楼。

澄澄走了一会儿，忍不住转身往后看了看。一开始还没觉得有啥，可是静下心后，刚刚那种被人盯梢的感觉却越来越强烈。

又走了一会儿，感觉身后有细碎的脚步声，她瞬间扭头，隐约看见拐角处有一个黑色的人影闪过。她稳了稳心神，状似没发现，实则加快脚步提高了警惕。

所幸最后直到踏入寝室都没有发生什么突发事故，只是心中的疑惑像一团找不出线头的毛线，理不清头绪。

/三十二/
来自世界的恶意

　　自从工作室送早餐事件之后，君少敛等人也在隔天晚上忙完手中事务，还特意打电话请澄澄去吃宵夜。虽然接到电话时，她以为是两个人的约会兴奋了一把，不过也借由这顿宵夜跟岳恒以及乔北等人混熟了。特别在知道这群人就是服务器大帮苍山暮色的高层领导后，惊得老半天没回魂。

　　混熟之后，澄澄顶着厚脸皮三天两头就往君少敛他们那儿跑，美其名曰：请教电脑问题。虽然天天被岳恒以及来串门的乔北等人调侃，但真爱战胜了一切！

　　管微跟夏沫见她每天都抱着电脑跑来跑去，好奇地追问原因，结果听到她的统一口径"修电脑"后，纷纷对她手中的笔记本电脑肃然起敬。

　　被主人这么折腾都坏不了，可不就是电脑界的"猪坚强"吗？

　　这天下午，澄澄趴在窗边，望着寝室外阴沉沉的天空有些踟蹰。晚上八点就是游戏隐藏任务第三环节交任务的时间，可是她在逛计算机爱好者交流论坛时下载了个软件包，结果一点开电脑就开始倒计时关机。她重启了好几遍，软件包也删掉了，可结果都一样，而且用杀毒软件扫描之后得出的结论是安全！

　　等了几分钟，见外头还没下雨，澄澄咬咬牙拎上电脑直奔轻车熟路的目的地。

此时，君少敛正一个人在浏览国内外财经新闻页面，听到敲门声后朝门口望去，见到在门口探头探脑的某人，下意识揉了揉眉心："你怎么来了？"

"嘻嘻，学长你现在有没有空啊？"澄澄直接忽略他细微的不耐烦，兀自推开门走了进去。

他目光扫过她的电脑包："电脑又怎么了？"

"果然什么都瞒不过学长你的火眼金睛！中午逛了一个计算机爱好者交流论坛，本来想自学一些简单的电脑编程之类的，谁知道那个楼主发的压缩包里居然有病毒！电脑一开机就开始自动进入关机倒计时……"

君少敛听完面无表情地接过她手中的电脑，默默开机找出她说的问题，前前后后还没花两分钟就解决了。解决完问题，他语气冰冷："安澄澄，你脑子里是不是缺营养？不是告诉过你不要在网上随意下载吗？下次再有这样的问题不要来找我！还有能不能麻烦你不要天天往这里跑？你以为所有人都跟你一样闲得慌？"

他厉声说完似乎还不解愤，一把摘下鼻梁上的眼镜重重扔在桌上。

其实那只是一个恶作剧软件，找到源文件删除就行了。可是当他看着她弯弯的眉眼，心中理不清的烦躁情绪瞬间翻涌上心头，口不择言的话语未经思虑就脱口而出。

澄澄惨白着脸不知所措地站在原地。她不知道原来他一直把她当成麻烦，可是……可是……她张张嘴，半晌才找回自己的声音："我……我在追求你啊……"因为喜欢你，所以才不顾矜持，厚脸皮死缠烂打跟着你。

可惜她等了许久，只等来满室沉默。

这段时间的相处，她还以为她于他而言是特别的……她强忍住想落泪的冲动，默默将桌面的电脑收拾好，然后默默转身离开。一直到替对方关上门，眼眶中隐忍的泪水才落下来。

她用手背随意抹了下，再也忍不住在走廊上奔跑起来。

窗外雷声轰隆，一声声的，像在讽刺她的自以为是。她终于明白，爱情才是这世上最难的题目，因为付出的情感永远换不来等值的重量。

黑云压城，暴雨将至。

她一路疾跑，心情却比眼前的天气还恶劣。

因为暴雨过后还会有晴天，可他的沉默像乌云永远笼罩在她内心深处。她以为经历过年少的暗恋，已经可以承受住这种被拒绝的痛楚。可事实是，想到从此以后她与他的人生不会再有交集，从此以后她再也没有机会成为让他开心幸福的根源，她的心就像被撕裂般生疼。

原来喜欢和爱的区别这么大。喜欢是一种小小的、心动的感觉，这种感觉总有一天会变淡。而爱永远不会停止，即使有一天，海枯石烂斗转星移，那份感情也永远不会消失。

回到寝室后，澄澄避开室友询问的眼神，将自己藏进被窝里。

每个人都有排解负面情绪的方式，她现在最想做的是大睡一场。

醒来已经是两个多小时后，两个室友大概有事出门了。外头的天空刚被大雨洗刷过，空气里混杂着泥土和青草的气息，一条彩虹悬挂在远处的天空中，世界仿佛跟之前不一样了。

澄澄站在窗边，想起那个后知后觉、被恶龙迷惑没有醒悟过来的王子，咧咧嘴，终于还是笑了出来。她的王子还等着她披荆斩棘去解救呢，她怎么可以轻易放弃？

刚这么想着，寝室外突然有人敲门。

她一开门，当场就震惊了。站在门外的那个，不是别人，正是校文艺部部长赵蕊。

就算是雨天，眼前之人也打扮得明艳动人。一脸精致的妆容，栗色的鬈发披散在肩，香奈儿新款蕾丝修身连衣裙搭配一双细高跟鞋，将她的身形勾勒得很完美。

"学妹，我知道你下午没课，一起去咖啡厅坐一坐？"

澄澄听完，还在想借口拒绝，下一秒又听见赵蕊继续说："萧禹也在楼下，他说你们好几年没见，想跟你叙叙旧。"

澄澄只好点头答应："我换件衣服就下楼。"

赵蕊朝她笑了下，踩着优雅的步伐率先下了楼。

澄澄到楼下时，萧禹正跟赵蕊在亲密说笑。因为是在女生寝室楼下，俊男美女的组合一时间吸引了许多目光。

不过等澄澄下去，围观群众这目光就变味了，特别是……

"小橙子，好久不见！"萧禹习惯性伸手揽住澄澄的肩，另一只手揉了揉澄澄乌黑的发顶。

赵蕊看见他的动作脸上的笑容有些僵，还没开口提醒男友注意行为举止，长得跟瓷娃娃般可爱的女孩，已经抢先从他的怀抱里挣脱开。

瞬间感受到来自周围恶意的澄澄，边用手梳理被弄乱的头发边瞪他："萧禹师兄，我现在已经长大了，男女有别啦。"以前他就是老爱戏弄她，所以才让她产生误解，不过好在她已经全部放下，可以只把他当成少年时光里普普通通的一位故人。

"没想到女大十八变，以前的假小子也长成小淑女了。"萧禹看着她甜美的模样直感慨，"走，难得有空一块儿找个地方坐坐。你得跟师兄好好解释一下，当年怎么突然就不学钢琴了？"他说完顺手拉着澄澄的手往前走。

澄澄无语地拍开他拉着自己的手掌，说："师兄，有你这样把女朋友丢一旁的吗？还有不许动手动脚哦！我现在有喜欢的人啦，让他误会了可不好。"

澄澄本意是提醒萧禹别冷落女朋友，谁知听在赵蕊耳中就变成了赤裸裸的讽刺与挑衅。特别是萧禹这时候还没想着介绍自己的女友，而是继续与澄澄说笑："啧啧啧，小橙子也有喜欢的人啦。唉，成长真是一件让人忧伤的事情。"

澄澄"扑哧"一声笑出来："师兄，你是想抢表演专业那些人的饭碗吗？"此时此刻，亏得萧禹，她总算找回当年彼此相处时的自然感觉。不过……她眼光无意间瞥见被冷落而脸色不好的赵蕊，赶紧转换话题，"赵学姐，你们下午没课吗？怎么有空来找我？"

赵蕊脸上早已恢复温婉知性的笑容："嗯，正好禹过来找我，我们就想着跟你碰个面叙叙旧。"

萧禹深情地望着女友，主动与其十指交叉相握，这才转头对澄澄说："小橙子，小蕊是你学姐，以后有什么需要帮忙的地方，你尽管找她。之前游戏里的事情都是我们的错，你别放在心上。今天这次见面除了叙旧之外，也是想消除彼此间的误会。"

澄澄"哦"了一声，没说话。

赵蕊轻易接过话题，并成功将话题引到澄澄插不上话的领域，于是前往咖啡厅的一路，澄澄开始识相地当隐形人。

到了咖啡厅，萧禹又提到澄澄当初突然不学钢琴这件事情上，一旁的赵蕊笑问："学妹是因为喜欢武术才放弃钢琴的吗？你在迎新会上的表演十分精彩。"

"是啊，因为突然发现武术比枯燥的钢琴有意思多了。"

萧禹一副"果然如此"的样子，不再追问此事。赵蕊状似不经意地问："对了学妹，你们做的那个隐藏任务奖励是什么呀？"

澄澄敷衍道："奖励了一个小木箱，我还没打开看呢。"

"是吗？没打开难道是因为还有一个环节没完成？"

"呵呵，学姐你想多了。"

大概是看出澄澄不想谈游戏，萧禹主动将话题扯开，然后继续跟澄澄叙旧。两人聊起年少往事都忍不住相视而笑，旁边几欲加入话题却都插不上嘴的赵蕊，终于在脸上笑容都快维持不下去的时候找了个借口："我突然想起来学生会等下有个会议要参加，所以……"

萧禹兴致正浓："不然小蕊你自己先回去，我跟小橙子再聊一会儿。"

澄澄当场摆手："别！师兄，你还是送学姐吧，反正都有联系方式，以后有的是时间叙旧。"

萧禹只好妥协，临走前，赵蕊提议说："你们这么多年没见，要不要留张合影？"

"好啊。"萧禹笑容灿烂地揽过澄澄的肩,大大方方任由女友帮忙用手机拍照。拍完照之后,赵蕊把自己的手机递给澄澄:"学妹,能不能请你帮我们俩拍一张?"

"好啊。"

镜头内,赵蕊主动抓着萧禹的手环上自己的腰肢,然后在澄澄即将按下按键时,侧过头吻上男友的脸颊。澄澄笑笑没说话,拍好照片后就将手机还给对方。

这种宣誓主权的伎俩太幼稚啦!

因不想再被赵蕊误会,所以分别时,澄澄借口自己还有东西要买,与他们走了相反的方向。不过她在说自己的理由时,总觉得赵蕊的笑容里别有深意。等她迷失在这些绕不尽的小巷子里时,她才终于明白为什么。

刚才那家咖啡厅的所在位置是学校西门附近,来时是赵蕊带的路,而且还专门抄的小道。加上刚下雨的缘故,地面湿漉漉的,出行的行人几乎没几个,澄澄现在所在的这条不知名的小巷子,都是些即将拆迁的空房子,一个个大红色的"拆"字看得人触目惊心。

赵蕊大概早就料到她会找不到回校的路吧。

澄澄自认倒霉地叹了口气,在听到包里手机闹钟响起的声音时,突然想起可以用手机搜索路线。可惜就在澄澄低头在包里寻找手机时,离她最近的一间危房里突然蹿出十几个高大的黑影朝她身后逼近。

她迅速反应过来不对劲,一个侧身躲开对方的劈砍动作,然而她没料到这些跟踪并企图绑架她的人个个都是练家子,且水平皆在她之上。她可以勉强躲开一个人的攻击,却躲不开一群人的凌厉围攻,没两下就被人打晕在地。为确保万无一失,对方将澄澄的手机砸了个粉碎,甚至特意用上了乙醚。

前前后后,这一切的发生只用了一分钟不到的时间。

原本一堆人的巷子又恢复了初时的空荡、寂静,除了地面上四溅的水花证明着这里发生过的事情外,再无人知晓。

/三十三/

如果没有你

时间如水，仿佛是转眼间，十月的日历已经撕完。

晴天建筑设计事务所内，忙了好几个星期终于把手头的重点项目搞定的全体员工正打算去庆贺一番。岳恒关了电脑，扭过头看了看身旁坐着发呆、眉头紧蹙的好友，拍了下他的肩膀，笑问："君少，想什么呢？赶紧收拾一下，天磊订了包厢，大家去喝几杯。"

君少敛收回思绪，"嗯"了一声，然后开始收拾东西。

顾天磊、乔北等人率先带其他员工过去，岳恒跟君少敛落在了最后。

两人走到楼下的时候，岳恒突然问："要不叫安澄澄学妹也出来？我看她好像很久没来我们寝室串门了。"

君少敛闻言，瞬间抬起头看着他，整个人犹如醍醐灌顶，目光中一片清朗。

直到现在他才终于明白，原来他最近没来由地失落全是因为她。原来他生活中突如其来缺少的那一部分，全是因为少了她。

那天的疾言厉色，他脱口而出后立即就后悔了。可惜说出口的话犹如泼出去的水，覆水难收。更让他当场震惊的是，她居然说喜欢他。

当时他以为，他只把她当成普通的学妹，以及年少时有过几面之缘的旧相识,他以为自己的人生里可以没有爱情。所以他放任她的消失,假装不在意少了她的聒噪而突然安静下来的空气,假装没发觉自己日复一日黯然的心。

可是少了她的存在,世界仿佛少了斑斓的色彩。他的生活照旧,却常常失神,没来由地失落。

夜晚八点半的星光下,他迎着寒冷的夜风,一扫愁眉,露出这半个多月来第一个舒心的笑容:"我来打电话吧。"

岳恒莫名其妙盯着他脸上的笑,半晌才反应过来:"呃,哦……"

输入那一串不知何时铭记于心的数字,君少敛按了拨通键就开始期待,谁知电话那端传来冰冷的女声,提示对方已经关机。

他将手机拿到跟前,特意查看了一遍所拨打的号码,确定没错后又重新拨了一遍,得到的结果相同。

岳恒见他敛去笑意的面容,问:"怎么了?学妹不愿意来还是电话打不通?"

"她手机关机了,我们过去吧。"

岳恒见他似乎心情不好的样子,忍住没再追问。

两人抵达庆祝包厢时,大伙已经等得不耐烦了。豪华大包厢内,顾天磊带头感谢和表扬了全体人员的辛苦与努力,然后所有人举杯共饮。

酒过三巡,岳恒借着酒劲低声问身旁心不在焉的某人:"你们两个……最近是不是发生了什么不愉快的事情?"

君少敛没回答,默默将杯中的酒一饮而尽。明明喝了很多杯,却越喝越清醒,脑中那个倩影像烙印般挥之不去。他无力地揉揉眉心,最终做了一个让所有人都不解的决定——提前离席。

只是当他马不停蹄地回到学校,站在历史学院大一女生寝室楼下,望着某个亮着灯光的窗口时,突然就清醒过来,原来自己也会冲动啊。

他低头看了一眼手表，马上就是寝室熄灯的时间了。

默数完熄灯倒计时，他才转身朝着自己寝室的方向走去。

喝太多酒的直接后果是，第二天醒来头痛不已。君少敛揉了揉太阳穴，然后起身给自己倒了杯白开水，随即坐到了电脑前。

登录游戏后，他发现自己的游戏角色正站在 NPC 月老面前。凝眉思索了一会儿，他才想起来，上次两人闹不愉快的隔天他登录过游戏一次，结果发现她没上线，随后他又因为工作室接了新单子，忙得无暇顾及游戏。

他将目光停在好友栏那个名叫安小白的灰色名字上，思虑许久，终于偷偷用代码查了下她上一次的登录时间。

看到的日期让他又一次蹙眉。因为那天正好是两人闹不愉快的前一天。意思就是说……从那之后，她再也没登录过游戏。

唉……看来他的话真的伤到她了。他低声悄叹着，面对游戏屏幕有些提不起兴致，索性选择"退出"。

提着食堂打包的晚餐归来的中国好室友岳恒，惊愕地发现室友居然没发现他的存在！

这太稀奇了啊！

在一旁观看了许久，岳恒再次得出结论，君大少真的在发呆！不过，最近他出神的次数是不是有点儿多啊？

岳恒端详了某人半天，发现对方依旧没察觉他的存在，只好出声打破满室沉寂："我说想什么呢？我回来半天了你都没反应。莫不是……在想咱们安学妹？"

最后三个字终于触动君少敛的神经，他面色平静地扫了嬉笑的岳恒一眼，然后目光落在一旁的午餐上，从位置上起身，伸手拍了下岳恒的肩膀："谢了，我去洗漱。"语气轻淡得听不出其他情绪。

岳恒看着他的背影摸摸下巴，掏出手机在 QQ 群里发了一句疑问："你们觉得一个男人发呆次数增多的主要原因会是什么？"

弥勒佛恰好也在线，第一时间回应他："女人？"

顾天磊一针见血："女人。"

乔北："哇，月爷你思春啦？"

莫繁："二货，你觉得月爷会那么蠢给我们调侃的机会吗？"

白原："自古正常人都有一样的正常，傻缺们各有各的二法。阿北已经二得无药可救了，体谅他一下。"

乔北："你们真是够了！今天的主角不是我好吗？你们再这样兄弟都没得做了啊！"

岳恒："好了，阿北每个月总有那么几天，大家相互体谅一下。"

乔北："岳恒同志——如果你不告诉我你口中思春的人是哪个，咱俩兄弟没得当了！"

弥勒佛："答案不是显而易见吗？怎么还有人没看出来？"

乔北："你们指点我一下会死吗？"

顾天磊："你没发现七个人的QQ群少了一个人吗？"

乔北终于恍然大悟："啊！阿财哥，哈哈哈哈！"

岳恒看着群里的对话差点儿笑岔气，君少敛洗漱回来狐疑地盯着他："什么事笑成这样？"

"看到一个好玩的段子，哈哈哈！对了，你跟安学妹联系上了吗？你们那个任务交了没啊？我发现她最近好像都没怎么上游戏。"

"还没，可能最近课程比较紧。"

课程紧张？岳恒皱眉，他怎么记得他们学校大一上学期课业是最少的啊？

关于君少敛跟突然消失的安学妹之间究竟发生了什么，岳恒等一干围观群众凑一块儿讨论了许久，最终也没得出结论。

倒是随着时间的推移，岳恒发现了一些蛛丝马迹。

例如，身旁之人出神被他逮到的次数越来越多。还有明明有时候他俩上完课，回寝室最近的路程只需五分钟，他身旁的家伙莫名其妙就提议从另外一条路绕回去，既费时又兜了个圈子。后来他才想明白，原来这家伙绕路是想跟安学妹来个偶遇，可惜一次都没遇上过。

游戏里更不用说，隔几天会上线一次，每次五分钟不到又下线了，也不知道是不是特地上线确认安学妹是否登录过游戏。

游戏里那些八卦事件，如横刀立马战天下被爆出与刀锋的决裂是烟雾弹，实则是为了从内部瓦解血战等，君大侠就更没兴趣了，只在听大伙儿聊起安学妹练的菜鸟医生号时会给些反应。

岳恒虽然心里猜测了很多，但当了这么久的兄弟，他还是清楚什么时候可以开玩笑，什时候不能开玩笑。特别是，他十分清楚这个时候敢调侃揶揄对方，总有一天会被报复得很惨的！

啧，爱情啊！

这是澄澄消失后的第三十九天，君少敛终于意识到那个把他的世界搅得一团糟、笑起来眼睛像藏了星子的小丫头，似乎失踪了。

无论是游戏还是现实中，她擅自闯入他的领地，却连衣袖都不挥一下就消失得无影无踪，空留他满腔真情无处诉说。

他强制压下内心深处莫名冒出的惶惶不安，查了她的课程表，然后直接逃了两节微观经济学的课程，直奔历史学专业一年级新生的上课点。

彼时历史学专业学生必修的中国古代史的课堂上，地中海教授讲得唾沫横飞，底下学生们听得昏昏欲睡。

"快看！外面站了个帅哥哎！"

突然不知道是哪个女生先开始讨论的，原本被瞌睡虫上脑的年轻女孩们瞬间来了精神，两眼盯向窗外。在看清那个倚着走廊的修长挺拔身影的正面后，议论声像病毒一样在教室内悄悄蔓延开。

喜好收集帅哥的夏沫偷偷用手机对着外头的人拍了张照片，然后跟着寝室长大人一起放大欣赏。

管微打量着照片中那个气质温雅的帅哥半天，悄声问身旁的夏沫："有没有觉得这人长得很眼熟？好像在哪里见过。"

"是吗？嗯，你这么说我倒有点儿印象了，等会儿哈，我再想想……"夏沫停顿了一会儿，突然打了个响指，"想起来了！有一次你发给我的校 BBS 八卦南大帅哥的帖子里见到过他！"

"我也想起来啦！好像是……研二企管系的君学长！都怪你拍照的时候手抖，导致我第一眼没认出来。"

旁边位置的女生听到她俩的谈话，主动加入话题："奇怪，学长站外面难道是在等我们这个教室里的人？"

后座的女生突然插嘴："哇，大发了！学长不会是来等他女朋友的吧？"

一时间，台上的教授只看见教室一半以上的女生都开始前后左右四处查看可疑目标，最终教授在满脸无奈中结束了教学。

下课后，君少敛随意拦了个女生询问："同学，你好！请问安澄澄今天有来上课吗？"

女生在他温和的笑容里微微红了脸颊："好像这段时间都没看到她，具体我也不清楚，学长你去问管微她们吧。嗯，就是从后面出来的那两位，她们跟安澄澄是一个宿舍的。"

"谢谢。"君少敛礼貌道谢后，两三步追上管微和夏沫两人，"学妹，你们好！请问你们知道安澄澄最近怎么了吗？"

被帅哥拦住的管微与夏沫先是被那声"学妹"惊得小鹿乱撞了一会儿，紧接着直接被"安澄澄"三个字震晕。搞了半天，原来偶像学长的目标是她们家澄澄同学！此事必有蹊跷啊，大人！

"她请假了。"管微率先回神，一边回答，一边用手肘悄悄顶了顶身旁的战友，提醒她有节操一点儿，别关键时刻犯花痴。

"请假？"

"嗯，请了一个多月了。我们问过辅导员，好像是说家里有事请了长假，等事情处理完才会回学校。"

"有具体说请多久吗？"

两人同时摇摇头。其实她们也觉得奇怪，最开始打澄澄的电话说是关机，后来直接变成了空号。如果不是因为辅导员说澄澄本人打电话请的假，她们肯定上警局报告人口失踪。

不过眼下最奇怪的是……眼前这位风云学长到底跟她们家澄澄啥关系啊？对方一听说澄澄请了这么多天的假，那无意间表露出的失落绝对不是假的。

"谢谢，那不打扰你们了。"

"不客气，不客气。"两人看着那道修长略显落寞的身影一点点消失在走廊拐角处后，彼此对视一眼，看明白彼此眼中透露的相同信息后，瞬间惊掉下巴！

我的天，这个世界好疯狂！澄澄居、居、居……居然是风云学长的女朋友？

在得知澄澄请假的消息后，君少敛的担忧与恐惧反而与日俱增。他后来又去找过澄澄的室友好几次，只是每次得到的都是相同的答案。他不知何时养成了站在阳台上等待第一缕晨光冲破云层的习惯，因为这提醒着，他又失去了她一天。

在日复一日的等待里，寒冬就这样悄无声息地登场。

冷空气席卷了整座南陵城，南大校园里树叶凋落满地，脚踩在上面咯吱作响。校园里除了傲立枝头的梅花外，还有不知名的花儿在冷风中骄傲地绽放，等着有心人欣赏。

可是如果没有她，这校园的冬景再美、花儿开得再灿烂、日出再迷人，于他而言又有什么关系呢？

/三十四/
似是故人归

冷风瑟瑟，冬雨淅沥。

一道人影鬼鬼祟祟收起雨伞，从教室半掩的后门溜了进去，然后一屁股坐在夏沫身旁的空座位上。正在做笔记的夏沫看到影子下意识抬头，看清来人居然是请假两个月未归的室友安澄澄后，激动得差点儿一巴掌拍在桌面上。

"啊，澄澄你终于舍得回来啦！我们想死你啦！"夏沫刚说完，她左手边在玩儿手机游戏的管微瞬间收起手机看过来，见到澄澄开心地凑过来："澄澄，你怎么请了这么久的假？家里没事吧？事情都处理完了吗？可把我们担心死了。还有你的手机怎么换了？请假而已，怎么搞得跟失踪一样……"

澄澄见她俩说话音量有渐渐提高的趋势，赶紧道："嘘，小声点，小声点，家里没啥事，都解决了。我不是故意不给你们打电话啦，只是之前那个手机掉了，换了张新卡，然后一直没想起来你俩的手机号码是多少。为了求原谅，我特意从家里带了很多吃的给你们，都在寝室！"

"哼，看在吃的的份儿上，放过你啦。"

三人小聊了一会儿，最后在授课老师的提醒声中闭上了嘴。

好不容易熬到课间休息，夏沫问出了让自己备受困惑的一个问题：
"话说澄澄啊，说好三个光棍一条心的，你丫什么时候找了男朋友，
怎么也不说一声？"

管微也在一旁帮腔："就是。你这不声不响的，知道我俩当时受
到多大惊吓吗？不过……"管微话锋一转，"优质股！好样的！"

澄澄听得一愣一愣的："你们在说的那个人真的是我吗？可是我
咋不知道自己有男朋友了啊？"

管微跟夏沫还未回答，后排飘过来一道不冷不热隐隐带着嘲讽的
女声："喊，我就说学长不会看上这种女的吧？外表清纯、内心险恶
城府深，经常周旋于男人之间，你们知道网络上叫这类人什么吗？"

"绿茶婊？"

"没错！家庭条件一般却穿着上万块钱的衣服……上次还在咖啡
厅看到她跟一个有女朋友的男生拉拉扯扯……"

夏沫听见后排传来的谈话声，立即冷笑反击："这年头到处都有
咬人的狗啊，是不是忘记打狂犬疫苗了？"

"我看不是忘记，是把打疫苗的钱都用到脸上了吧。可惜整容也
就整成那副模样，还不如把钱捐给留守儿童们，好歹算做了件好事。"
管微也不示弱地回击。

澄澄看着对方气红的脸，心中暗爽："那女的谁啊？长得人模人
样，张嘴没一句好话。"

"这就叫狗嘴里吐不出象牙啊。隔壁班的，据说还是班花，不知
道是不是自封的？"

"噗！我不在的这两个月你们骂人的功夫见长啊！"

"天天在后面炫耀游戏里的男的给她买了什么极品装备，好像跟
你玩的是一款游戏，我俩看她不顺眼很久了！"

"原来如此！"澄澄顿了顿，把因为游戏而飘远的思绪拉回来，"继
续刚才的话题啊，你们说的我那个男朋友，到底是何方圣神？"

两人看她的样子不像在撒谎，于是将君少敛来找她们的事情大致

说了一遍。

澄澄听完差点儿一口血喷出来："你们说来找我的人是谁？"

"研二企管系的君少敛学长。"

"咯咯……我逃一下课，帮我掩护一下！"她说完，立即抓起旁边的雨伞，踩着上课铃声风一样溜出了教室。

夏沫与管微见她急不可耐的样子，不约而同地笑了起来。哦呵呵呵呵，郎有情妹有意，这事要成！

从教室出来后，澄澄习惯性朝自己最熟悉的那个方向走去。行至半途，她才想起来对方现在应该在教学楼上课。思及此，她立即掉转方向。

雨水滴答落在小花伞上，像在弹奏着欢快的乐章。她走得太急，连裤脚被打湿都顾不上。这一刻，她脑中只有一个念头，她想见他。

立刻，马上。

这两个月来，她的生活发生了惊天动地的变化，唯一没变的，是思念。她思念他微笑时微微上扬的嘴角，思念他温热厚实的怀抱以及他思考时微蹙的眉。

如果不是两个月的分离，她不会知道何谓相思始觉海非深。多少次夜深人静，电话拿在手中却始终按不下拨通键，因为害怕他已将自己剔除在生活之外。可是刚才听完室友说的事情，她才知道原来他并非真的无动于衷。

她想，她现在大概像极了一只飞蛾，义无反顾，只为前方那抹微光。

雨渐渐小了。

澄澄在距离君少敛上课的那栋教学楼几米远的地方，突然硬生生地停住步伐。

对面一楼走廊上，她再熟悉不过的身影正与穿红色外套外形抢眼的年轻女子拥抱，年轻女子还趁势在他的脸颊上亲了一下。他对女孩的举止，似是无奈，却没阻止。两人不知道谈论了什么话题，眉眼间皆是笑意。

澄澄站在原地，只觉得心里堵得慌。尽管知道亲吻拥抱在国外是很正常的礼节，但她认识他这么久，第一次看到他跟异性走得这么近。

不同于他往日的礼貌疏离，他们之间的相处默契亲密，像是认识多年。

青梅竹马啊……爱情里最让人忧愁的，大概就是你的意中人有一个比你优秀的青梅妹妹了吧？因为那代表，你去城堡披荆斩棘的路上又多了几分凶险！

最终，澄澄还是没有走过去打招呼。

来时的欢愉化作满腹忧愁，等慢步踱回寝室后，她到底心有不甘，掏出手机接连打了好几个骚扰电话过去，每次都在听见他声音的那一瞬心虚地按掉了电话。

唉，想想做人真难。他跟男性走太近，她怕他性取向有问题；他跟女性走太近，她又怕他有了意中人。

两位室友回来后，澄澄遭到了一番拷问，她只好坦白地将两人的相识经过简略交代了一遍。

室友们听得津津有味，不过听完今天发生的事情后，严厉批评了澄澄一番。大意是对策、战术都是浮云啊，爱情来了你就上呗！能把肉吃到嘴里才是王道！

澄澄想想觉得有道理，当下打开电脑登录了两个月没上的游戏！

一上线，她就凌乱了！

隐藏任务第三环节因为超出三个月期限，导致任务无效！不仅开木箱的钥匙没法得到，还得接受系统的变态惩罚。

一个月内，任意玩家只要看她不爽都可以来抢亲！而且如果被抢亲时，她没有完成系统给出的任务，那么就会被强制离婚！

还没消化完这条系统消息，澄澄又收到糖糖小帮主发来的惊天大八卦！

【私聊】一锅端：小白姐，你最近是不是跑哪儿修炼去啦？我们还以为你人间蒸发了！

【私聊】一锅端：最近游戏里八卦可多啦。刀锋与血战都解散啦，荼蘼也有许多玩家退帮哦。还有潇潇风雨跟荼蘼花开离婚咯！潇潇风雨还删号不玩了。

萧师兄不仅跟荼蘼花开离婚还删号不玩？这不科学啊！

【私聊】安小白：才两个月没玩游戏，怎么发生这么多事？我比较好奇潇潇风雨跟荼蘼花开为什么离婚？

【私聊】一锅端：听说是潇潇风雨强制离婚的！估计是荼蘼花开跟横刀立马战天下之间有暧昧吧……江湖传言，荼蘼花开跟横刀立马战天下勾勾搭搭被潇潇风雨撞破……你懂的。

【私聊】安小白：我的天！这个横刀立马战天下长得很帅？

【私聊】一锅端：不知道哦，据说是个三十多岁的有钱老男人。其实我觉得他们这群人是自作自受。可信度高的版本是这样说的，横刀立马战天下为了荼蘼花开毅然决定与潇潇风雨合作，假意被逐出刀锋，然后加入血战。

【私聊】一锅端：他原意是想吞并血战，让刀锋成为全服第一大帮。但事后横刀立马战天下反悔，在他的带领下血战连胜刀锋N场帮战。潇潇风雨气不过，于是发布小道消息……你都不知道，当时这两大帮派战况多激烈！但是最后得知真相，大家心灰意冷，许多人退帮自己组建了新帮派。

【私聊】安小白：有人的地方就有江湖。

澄澄犹豫了一会儿，最后还是给QQ好友列表里的萧禹发了条慰问消息。不管怎么说，假如真的是被大叔级人物戴绿帽的话，那也太苦恼了。对方大概不在，没有回消息，澄澄关了QQ聊天窗口，继续将注意力转回游戏。

【私聊】一锅端：小白姐，你跟我们家偶像处得还好不？

【私聊】安小白：怎么说？

【私聊】一锅端：有一次，我们在世界上喊人组野队刷 Boss，但是一直找不到人，结果偶像主动入队帮我们杀怪。退队前他问我知不知道你为什么没玩游戏，其实我觉得这才是他主动入队帮忙的最终目的！

不是吧？圣诞节还没到，这是在提前拆礼物的节奏吗？他来找室友们询问她的消息已经让她很难以置信了。没想到，他居然还询问过糖糖她的去向！

他表现出来的关心与在意，让她此时的心情变得很好很好。她掏出手机当场给君少敛拨了个电话过去，结果，她的手机号好像被对方拖进黑名单了！

当天快下线的时候，澄澄收到萧禹发来的消息，还约她有空一起见见面。澄澄感觉他言谈间好像心事重重，于是想着好歹师兄妹一场，他曾对她颇多照顾，所以她就当一次他的吐槽桶好了。

两人最终敲定第二天一起吃午饭，由澄澄请客，地点在南大食堂。

/三十五/
拼桌 or 掀桌

中午天气放晴，南大食堂三楼小包间。

澄澄跟萧禹点好菜刚坐下来，明显就察觉到周遭气氛不大对！

她下意识地抬头扫了周围一眼，这一看不得了了！不知打哪儿冒出来的赵蕊，此刻正站在她正前方不远处，而她左侧好死不死居然坐着君大少跟他那位红衣女郎。

还有，这些人看她的眼神是怎么回事？

赵蕊的眼神就好像她是插足对方感情的第三者，恨不得把她千刀万剐；而君大少看她的眼神就更奇怪了，总让她有种自己背着男友偷腥被抓住的错觉……

突然，这两人，一个收回目光坐回同伴身边，另一个则起身朝澄澄所在的位置走了过来。

她下意识地用桌上的菜单遮住自己的脸，谁知听力却异常集中。她听见那人的脚步声渐渐逼近，最后停住，用她异常熟悉的语调问："现在才想起来挡住脸是不是太迟了点儿？"

她听出他声音里隐隐透着的细微怒意，讪笑着放下菜单："好巧啊，学长。你也来吃饭吗？"

"不介绍一下？"他站着没动，目光紧紧盯着她。

因为知道她身旁坐着的是谁，所以才异常在意。

澄澄心虚地摸了下鼻子，避开他的目光开始为两人相互介绍。

君少敛看着座位上的年轻人，主动伸出手："谢谢你对澄澄的多番照顾。"

"不客气。"早将一切纳入眼底的萧禹，起身礼貌性回握。

澄澄看着这两人的简短对话，额头直冒黑线。学长，你不觉得你这番谢谢很怪异吗？萧师兄也很奇怪啊，见到劈腿的前女友，居然还能笑得这么开心？

"学长，你还有其他事吗？把你女朋友一个人丢在座位上不好吧？"澄澄问完，立即看见某人嘴角微微上扬，语气里好像都透着一丝笑意："不介意一起拼个桌吧？"

拼……桌？澄澄舌头瞬间打结，拒绝的答案还没说出口，身旁笑容灿烂的萧大帅哥已经率先开口："不介意。"

不是她脑筋转得慢，实在是这情况变得太快了啊。这……这怎么就拼上桌了呢？她赶紧看去左侧红衣女郎的反应，结果……漂亮的红衣女郎居然笑容晴好地朝她眨了眨眼。

澄澄当场无语，果然都不是正常人！

四人面对面坐定，谁也没先开口。

澄澄悄悄打量了下与自己面对面坐着的那位面容姣好的女郎。她有一双漂亮有神的标准凤眼，化着淡淡的妆容，整个人非常有气质。但是澄澄总觉得对方给她的感觉有些熟悉……她慢慢将目光挪到旁侧那个人身上……没错，眼前这两个人身上的某些气质十分相像！

唉，她的追男道路怎么这么曲折崎岖啊！澄澄无声叹气，然后忍不住偷瞪了斜对面的某人一眼。在人心里撒盐什么的……太恶劣了！有女朋友也不知道躲远点儿！

君少敛看着对面小动作不断、表情纠结的女孩，唇边的笑意更甚了。正打算介绍身旁之人的真实身份，不料被抢先了一步。

"这位妹妹，我叫许秋，跟身旁这家伙从小一起长大。如果你想追他，千万不用在意我哦！"许大美女笑意盈盈地看着眼前目瞪口呆的女孩，心里感慨爱情然是所有人的死穴啊。

　　"你……你们不是那种关系啊？"

　　"开玩笑，当然不是！我怎么可能会跟从小到大样样胜过我的死对头谈恋爱？"

　　死对头？澄澄当场被雷劈中。所以……所以他还没有女朋友？那她的醋不是白吃了？

　　汗，真相总是这么惊人。

　　一旁的萧禹这时候也加入话题："师妹，你说的有喜欢的人就是眼前这位吧？"

　　师兄，你还不如不说话呢！

　　许秋与萧禹都属于善于交际的类型，所以即使男女主角没怎么说话，这顿饭还是在愉快的氛围中结束。

　　离席的时候，一直在假装鸵鸟的澄澄突然被叫住。

　　"干吗？"她慢吞吞地转身，眼神四处瞟，就是不敢望向眼前的某人。

　　君少敛好笑地看着她："把你的手机给我一下。"

　　她大概猜到他要做什么，所以默默将手机递了过去。等交出自己的手机后，她才想起来自己的手机号码昨天被他设为黑名单了，这手机一交出去，昨天的恶行可就暴露了！

　　可惜后悔已经来不及。

　　君少敛挑眉将手机还给她："骚扰电话？"

　　"呵呵……再见！"澄澄收起手机，扯着萧禹转身就走。刚走到食堂外面，正准备将手机关机，下一秒却收到一条短信。内容只有六个字：不许偷偷关机！

　　澄澄瞬间扭头，果然看见君某人站在她身后不远的地方。看见她扭头，他还特意扬了扬手中的手机。澄澄赶紧收回目光，催促着萧禹快步往相反的方向走，直到看不见身后那两人才松了口气。

萧禹缓步从后头跟上来，见她紧张兮兮的样子，揶揄道："师妹，身后又没有狼在追，你跑什么？"

澄澄横了他一眼："师兄，你也太不够意思了，我那点老底都被你揭光了！看你笑得这么灿烂，哪有半点儿遭女友劈腿的颓废嘛！"

萧禹正准备回答，突然目光落在澄澄身后，皱眉，语气冷冷道："你怎么在这里？"

南大里萧禹认识以及能让他露出这副表情的人……只有一个。应该不会这么巧吧？澄澄刚进行自我催眠，随即听到身后有个熟悉的女声说："萧禹，我有话想跟你说。"

澄澄石化，她今天肯定踩到狗屎了！赵蕊刚才不是很早就离开学校食堂了吗？怎么这都能撞上？唉，说人闲话被撞见什么的，实在是太尴尬了。

萧禹面色不悦："我们之间没什么好说的。"

赵蕊几步走上前："我跟横刀立马战天下之间真的没什么！为什么你就是不肯相信我？是不是有人在你耳边嚼舌根？"

萧禹轻哼了声："没什么？是不是要我相信你们那晚在酒店只是盖棉被纯聊天？"

酒店？棉被？聊天？

嗯，关键词很劲爆。澄澄偷瞄了赵蕊一眼，只见她脸色煞白，紧紧咬着下唇没说话。

萧禹视而不见，朝澄澄抬了抬下巴："师妹，别傻愣着，走吧。"

"哦……"澄澄刚抬脚，突然被抓住手腕，她微微挣扎了下，反而被抓得更紧。

赵蕊声音尖锐，完全不复往日表现的温雅："萧禹，你有什么资格说我？明明我才是你的女朋友，可是你每天跟我讨论最多的话题就是你师妹！你们好几年没联络，你却依然记得你宝贝师妹的喜好，我们认识这么久，你却总记不住我喜欢什么、厌恶什么！如果没有她，我们之间又怎么会走到这个地步？"

她目光愤恨地盯向澄澄，脸色阴郁地骂道："不要脸！"说完，她抬手一巴掌甩了过去。

萧禹完全没料到这个情况，反应慢了一步。

好在澄澄眼明手快准确地扣住赵蕊的手腕。她挣脱开自己被束缚住的另一只手，表情平静地看着眼前有些发疯的赵大美女："你们之间的事情，请不要牵扯上我这个外人。重申一点，我跟萧师兄之间清清白白，不是你想的那种关系。"话语微顿，"师兄，我看你还是留下来把事情解决掉再回去吧。我就不送你啦，先走一步咯。"

她说完，头也不回地逃离这个不属于她的爱情战场。

几小时后，她在课堂上收到一条来自萧禹的短信。

内容大意是说今天发生的事很抱歉，然后让她不要在意赵蕊说的那些话，他没有兄弟姐妹，所以一直以来都把她当亲妹妹一样看待，希望这份关系不会因为外人而疏远。

澄澄回了他三个字：知道啦。

因为如果是爱情，早八百年前他们俩就来电，何须等到今日呀？

傍晚 5:30 下课的时候，澄澄正在收拾课桌上的东西，一旁的夏沫突然用手肘顶了顶她："小样儿，桃花开得挺灿烂嘛。中午彩旗飘飘，晚上红旗不倒啊，哈哈哈！你学长来等你下课了，So sweet！"

澄澄不明所以地"啊"了一声，然后顺着夏沫的目光往外看，果然看见窗边站着一个熟悉的身影。她的第一反应是，他是来算骚扰电话那笔账的吗？

她收拾好东西慢吞吞地走过去："学长，你怎么在这里？我正准备跟室友去吃饭呢。"

谁知道他居然不看她，反倒对她身旁的两位室友说："可以跟你们借下澄澄吗？"

"没事，没事，学长你尽管借，随便借，不用还都行哈。那澄澄，我俩就先走一步，你尽量晚点回来！"两人说完就走，走了几步还不忘补充一句，"不用回来也没关系哈。"

澄澄头顶一群乌鸦飞过。这两个有异性没人性的家伙！

君少敛主动伸手拿过她手中的书本："走吧。"

"去哪儿？"

"吃饭。"

"我……我们俩？"

"不然你还想叫上谁？"

澄澄听完惊讶得手脚都有些不协调了，跟在他身后小心翼翼地问："学长，你不会是特意来找我吃饭的吧？"

君少敛好心地放缓脚步，脸上笑容如沐春风："小白，你该不会以为……我是来找你算骚扰电话那笔账的吧？"

被猜中想法的澄澄讪讪地摸了摸鼻子，蹩脚地转移话题："你那个死对头呢？怎么没跟你一起呀？"

"回家了。"

"哦……"她没再说话。

倒是她身旁的人主动开口问："你没话想问我？"

"啊？"有什么话是她应该要问的吗？

"我跟许秋从小一起长大，关系很好，但她同时也把我当成竞争对手，这次回来也是来跟我炫耀的。还有国外比较开放，亲吻脸颊跟拥抱只是基本礼节而已。"

澄澄听得一愣一愣，等到了食堂才反应过来，原来他是在跟自己解释昨天的事情！啊！这……这是什么节奏？她偷偷用余光去瞄身旁的人，看见他脸上愉悦的笑，心底那些忐忑不安统统溜没影了，随之而来的是与他单独吃饭的紧张与掩不住的雀跃。

这个点正好赶上食堂人最多的时候。

君少敛让她找个位置坐好，自己转身去排队打饭。

澄澄坐在角落位置，撑着下巴看他站在队伍里的身影，心情很是微妙。因为在她的印象里，男女一块儿在食堂吃饭的，绝大部分是情侣关系……

不知道她与他现在的关系应该怎么定位？女追男？可是今天主动的人好像都不是她呀。

男追女？她当场否定这个结论。想想都觉得不可能，这种事情怎么可能会发生在不食人间烟火的大神兄身上嘛！

等到他打点好一切后，坐着等吃的澄澄一看菜盘子里都是自己喜欢吃的，立即为某人点了个大大的赞！

默默吃了一会儿，话痨澄忍不住开口问眼前举止优雅宛如在高级餐厅用餐的某人："学长，你怎么突然请我吃饭啊？"

君少敛一挑眉："你说呢？"

听到这种君式反问句，澄澄默默闭嘴。谁知他反倒来了聊天的兴致："原先的手机号怎么不用了？"

"哦，这个啊，手机掉了，最近才买了张号码卡。"

"家里的事情都处理好了吗？"

"嗯，算是吧。"

"昨天是不是特意来找我的？"

"对啊。"顺口答完，她才反应过来他的问题，于是赶忙改口，"呃，就是顺路而已。"

他看她懊恼又带着羞怯的表情，嘴角弧度一点点扩大，眼神满是宠溺。时隔两个月，再次见到她，他才明白何谓失而复得。其实刚才他多想回答她，他来找她，是因为他想见她，即使他们中午刚刚见过面。可是又怕吓到她，所以只好一步一步来。

而今天要解决的第一件事就是先道歉。

"那天对不起，说了那些伤人的话。"

"啊？没……没关系，我都忘记了……"澄澄舌头都快打结了。

他居然为了之前拒绝她一事跟她道歉？这是什么节奏啊？难道说……噢！不能想了，要不然这顿饭都别吃了！她悄悄用手按住微烫的脸颊，努力平复内心的激动。

君少敛察觉到她的小举动，忍住笑："今晚有没有空？"

她瞬间抬头看他，脸上明明白白挂着"你想干吗"四个大字。

"晚上7:30我来接你。"他添完柴加完火，继续优雅地用餐。剩下对面被勾起好奇心的澄澄对着食物频频发呆，纠结着他晚上来找自己究竟是要干啥呢？

/三十六/
约会的节奏

　　直到站在图书馆门口，澄澄才后知后觉地醒悟，原来他让她带上课本还有笔记，是要来图书馆自习啊。

　　约会什么的，居然是去图书馆？学长，你真的是太正直了！在心里评价完对方，澄澄默默脸红。哎呀，她什么时候也变得这么邪恶啦？

　　君少敛见她一副发呆神游、想入非非的样子，好笑地用手中的资料轻敲了下她的头："胡思乱想什么？这些是你请假期间各学科的上课重点，你这段时间好好复习，把落下的课程都补上。"

　　她接过他手中的资料翻看了下，低声赞道："哇，怎么搞到手的？"

　　他朝她指了指一旁贴着的"保持安静"的指示牌，找座位坐好后，才在纸张上写道："有不懂的可以问我。"

　　不是吧？这个领域他也有涉猎？澄澄瞬间肃然起敬。

　　图书馆内静得只能听见书页翻动的声音，澄澄努力将思绪专注到手中的资料上，可是一想到他此番的目的全是为了让她不把课业落下，心里的小人儿就忍不住转圈。

　　在她偷瞄了好几次后，同样无法聚精会神的君某人终于无奈地发话："好好复习，小心下个月考试挂科。"

　　她朝他咧嘴傻乐了下，心虚地接受意见，开始全身心投入到学习上，不敢再乱说话了。

时间缓缓流逝，偶尔几次，她从资料中抬起头，看见明亮的灯光下，她爱的人就坐在她触手可及的位置，仿佛只要她伸出手就可以拥抱全世界。

他送她回寝室的路上，冷风吹得树影摇摇晃晃。

这个没有月亮的夜晚，行人寥寥无几，路灯也不知是不是坏了，时亮时不亮。可她一点儿都不觉得害怕，反而觉得这个没有月亮的夜晚，景色异常美丽。

没办法，陷入爱情的人啊，脑回路总是不太正常！

到了寝室楼下，澄澄踌躇许久，最后还是没有将自己内心的十万个为什么问出来。千言万语，最后只汇成两个字："谢谢。"

他微笑着拍拍她的头："快上去吧。"

"你回去小心点儿。"

"嗯。"

"那……我上去了啊。"她说完，见他点了点头，于是万般不舍也只好转头上楼。可是如果他真的喜欢她，这种时候不是应该给个Good night kiss吗？唉，学长你真是太绅士了！

隔了一会儿，君少敛踏着夜色抵达自己的寝室门口，手机刚好收到一条短信。他点开，看到里头的"晚安"两个字，忍不住笑起来。刚回复完短信，就见一抹人影飘至跟前。

"哟，今晚干吗去了？眼角、眉梢都是爱啊。"

他瞥了岳某人一眼，直接越过他往里走，然后将手中从图书馆借来的书籍放在桌面上。

岳恒当场愣怔了："你不会真的是去图书馆了吧？"

"嗯哼。"

"不科学啊，咱俩认识这么多年，没见你有晚上去图书馆看书的习惯呀？"

他微微挑眉，当作回应。习惯这种东西，因人而异，为了她，他不介意多一个习惯。

一旁的岳恒观察着一扫近段时间低温状态的室友，半天没再吭声。因为他想破头也没想明白，引起室友情绪变化的根源究竟是许秋妹妹还是澄澄学妹。

啧，爱情大概是世界上最难解的题目了！

第二天是平安夜，各大学院都有举办圣诞舞会。澄澄正在跟室友讨论今晚穿哪件衣服，突然接到君少敛的电话，他单刀直入："今晚我来接你。"

"啊？要去图书馆吗？可是我打算跟室友们一块儿去参加圣诞舞会呢。"

"跟室友参加舞会还是跟我去看电影，给你一秒思考。"

这种完全没有可比性的两个决定，她肯定选第二个！

"很好，那就这么决定了。"

挂了电话，澄澄跟室友说明原因，居然没被批评重色轻友！甚至两人还怂恿她穿得"美丽冻人"一点儿，这样才会有小说及电视剧里男主角给女主角披外套、裹围巾之类的场景出现。

澄澄在当天晚上出门的紧要关头，否决了室友们的提议。因为那样太刻意啦，而且有损她正直的形象！于是，她穿得暖暖的，下楼后她发现某人居然还开了辆私家车来接她。

"学长，为什么突然想请我看电影啊？"还是约在平安夜这种有特殊意义的时候！这个怎么看都觉得像是在约会嘛。

"有何疑问？"他特意查过，约会看电影是增进男女感情的必杀技之一。

"没……就是觉得受宠若惊。"

他扬眉，对这个回答还算满意。

正值晚上七点，再加上平安夜，市区交通堵得一塌糊涂。

小小的车厢内，前曲缓缓终了，新曲优美轻柔的旋律刚刚响起，澄澄立即惊呼："Sundial Dreams？"

他点了下头，随即听到她嘀咕："这歌不会是盗版的吧？怎么感觉似是而非啊。"

他莞尔一笑，毫不吝啬地称赞她："耳朵挺灵的，这个确实不是Kevin Kern 演奏的版本，但是说盗版会不会太不给面子了？"

"不会是学长你自己弹奏的吧？"

"跟你的偶像 Kevin Kern 比起来怎么样？"

"嗯……容我欣赏完再评价！"静待曲终后，她又凝眉苦思半晌，才得出结论，"各有千秋吧。"两个都是她最爱的男神，太难抉择啦！

"我有收藏 Kevin Kern 目前为止出过的所有专辑，你想听的话可以来找我拿。"

"哇，太棒了！这么多曲目里你最喜欢哪一首？"

"你呢？"

"Out Of The Darkness Into The Light！"澄澄回答完，就见他在播放器上点了几下，然后音乐再响起时，变成了她最熟悉挚爱的旋律。她安静地欣赏了一会儿，神情是掩不住的欣喜，"好听！不要告诉我，这首也是学长你自己弹的？"

"改天弹给你听。"他语气寻常得像在说一件小事。

她却当场一愣，为他温柔的神色以及他话中的深意。她既没点头也没摇头，眉眼却笑弯成一条小桥。呐，这个男人，让她如何能不爱呀？

估计大家都选择在平安夜出动，除了交通拥堵外，电影院也是人挤人。君少敛怕身旁的人被挤散，于是一路牵着她，买了电影票、爆米花、饮料以及一堆零食。

两人找到座位坐好后，澄澄盯着自己还被握着的手，一脸纠结。啊，不听室友言，吃亏在眼前啊！早知道她就不戴手套了，白白错过这么好的吃豆腐的机会。

君少敛见她一直低着头，有些不明所以："怎么了？"

"一只手拆不开。"她空闲的手拿起未拆封的包装爆米花，厚脸皮地看着他。等他松开她的手，体贴地替她打开零食袋子时，她暗地里迅速将手中的手套脱了下来。本来她还为自己的小聪明沾沾自喜，结果直到电影散场，他都没有再牵过她的手。

唉，学长你这样绅士真的好吗？

回去的路上，某人也不知道是不是故意的，明知她的关注点一刻都没在电影上，居然还跟她讨论电影剧情特效之类，害她心虚得手脚都不知如何安放了。

然而和聪明人打交道还有个不好的地方就是，他喜欢算利息！

就像此刻，寝室楼下她跟他道别正要下车，他却忽然倾身朝她靠过来。小小的空间内，她可以清晰地感觉到他呼出来的温热气息，一颗心紧张地高悬着，脑中闪过无数场景，还有无数的"怎么办"。

可是，预想中的吻没有落下来，只听见安全带解开的细微声响。她也不知道自己是失望还是松了口气，下一秒耳畔却传来他低醇的轻笑声："小白。"

她慢慢抬眸直视他的眼睛，尽管时刻警惕，却还是一不小心就被那双蕴藏无限深意的褐色双眸所吸引。

"刚刚我没吻你，是不是让你觉得很失望？"

"才没有！"她反应过来的当场，连耳根都烧红了。她推开眼前近在咫尺的男人，火速打开车门逃离现场，连晚安都忘记说了。

他坐在车内看着她飞速逃离的身影，脸上是从未有过的灿烂笑容。活了二十几年，他终于知道，为什么小男生都爱欺负自己喜欢的女生了。因为世界再美，都不及她脸红害羞、手足无措说不出话的可爱模样来得迷人。

当晚，澄澄在睡梦中为自己扳回了一局！

梦中一模一样的场景，他说着一模一样的话，可是她没有临阵脱逃，而是英勇地上前主动吻住了他诱人的唇！

晨光从窗外透进来，睡到自然醒的澄澄，醒来时嘴角还挂着胜利的笑容。

刚从床上坐起身，一旁的手机就响了。

看见来电显示，她想都没想就接通电话："早上好！"

他的声音里还透着些清晨的慵懒："穿好衣服下来拿早餐。"

澄澄看着挂断的通话，有些没反应过来。早餐？他居然来给她送早餐？天哪，她没听错吧？她匆匆穿好衣服，连头发都忘记梳理就直奔楼下。

一眼就看到前方不远处，单手插在口袋安静从容站立的年轻男子。明明他周遭也有好几个手拿早餐等着女生下楼的年轻人，却唯有他醒目至极。

她急急忙忙地跑过去："学长，你怎么来啦？"

"早餐。"他言简意赅地将早餐递给她，甚至还贴心地伸手替她理了理乱糟糟的令人不忍直视的头发，"好了，上去吧。我等会还有课，先回去了。"

"哦……"她听话地转身上楼，走了一会儿越想越不对劲。敢情他来找她就是为了给她送早餐？迅速掉头跑下楼去找他，恰好看见他消失在拐角的身影。

她摸了摸还残留着他手温的发丝，若有所思地转身，慢吞吞上了楼。

穿戴完毕的两位室友看到她手中的早餐，惊讶地问："就这么点工夫你就把早餐买好了？"

她摇摇头："学长给我的。"

"什么？学长？君学长？"简短的几个字快把浪给掀翻了。

她点点头，立即就听见身旁两人高声赞叹："太贴心了！好想要一个学长这样完美的男人当男友啊。"

"我俩去种男人吧！听说冬天种下去，到春天也能收获一大堆的男人。"

"好啊，好啊，那走吧。"

"等我，我带上钱！顺便买些早餐种下去，看看收获的时候，这些男人手上是不是都拿着早餐。"

澄澄听着她俩的对话内容当场笑抽。其实从刚才接到他的电话到现在，她都觉得有些不可思议啊。他居然会特意给她送早餐哪？这究竟是对她有意思呢？还是仅仅是巧合路过呢？

不可思议的事情还不止这一件。

当天中午跟晚上他又巧合地出现，然后一脸淡定地拉着她去食堂吃饭，甚至大好的圣诞夜不出门玩儿，还陪着她去图书馆复习！

当晚从图书馆归来，澄澄仍然觉得最近这两天过得很玄幻。这又是吃饭、看电影又是送早餐、上图书馆的，怎么看都觉得像是在约会的节奏呀？可他什么都没说，她实在有些怕自己表错情啊。

一旁围在电脑旁逛校 BBS 的两位室友，见澄澄回来，赶紧把她拉到电脑前，点开校 BBS 页面上的某张帖子。

"快看看，认识这发帖之人吗？"

"打倒绿茶婊还我真情？"澄澄目光扫过标题立即笑场，"太没天理了，像我这样的良民都不放过。而且我哪点符合绿茶婊啦？"

管微抿嘴思考了一会儿，缓缓开口："如果长相纯良也是一种罪，你大概已经罪无可赦了。"

"噗！可是我的生活哪里糜烂了？"

"你继续往下看……要黑你总能找到各式各样的理由，即使是瞎编……"

主帖内容图文并茂，大意是说一粒老鼠屎坏了一锅汤，那些被外表迷惑的男同胞注意了，擦亮双眼千万不要被绿茶婊迷惑，谁知道她此刻跟你撒娇下一秒又会投入哪个干爹的怀抱呢？然后用图片举例说明了一番。

　　澄澄看到那些图片秀眉微微皱了下，图片里有她返校那天在校门口，从私家车里下车的场景。发帖之人甚至还贴心地标注了下，此车目前市价达几千万元。连她身上的衣服都被扒了一遍，说都是当季大牌款。

　　其他照片女主角依旧是她，男主角则各不相同，虽然男主角的面容都被马赛克了，澄澄还是轻而易举认出其中两男是君少敛与萧禹。其他几张图片中的男生大概是同学之类的，她没啥印象。

　　身旁的两位室友见澄澄看完帖子没说话，赶紧关掉页面："造谣一时爽，全家火葬场！这大好的圣诞节千万别因为这种人坏了心情！快跟我们说说晚上跟学长的约会咋样？去小树林了没有？"

　　澄澄的坏情绪因为室友们的话瞬间消失："想得美！我们去的图书馆啦。我在复习之前落下的课程，他也在查资料之类的。话说你们从哪儿看出来我跟学长在约会的？"

　　"你这话在我俩跟前说说就算了，千万不要被别人听到，小心围观群众揍得你生活不能自理！你以为学长有那么闲千里迢迢跑来找你吃饭、送早餐吗？你以为学长随随便便就陪女生上图书馆吗？"

　　"呃，所以你们是想说学长随便起来不是人吗？"澄澄话音刚落，立即被暴走的俩室友群殴。

　　三人笑闹之际，澄澄的手机突然响了。

　　她接完电话，走到电脑前，打开网页一搜索，在看见游戏论坛上那张造谣自己当小三及被包养的帖子后，整个人都不好了！

/三十七/
小白的逆袭

　　年末最后一场冷空气来袭，最低气温达零下好几摄氏度，入夜后的南陵城甚至还下起了近三年来的第一场雪。

　　图书馆自习结束后，君少敛照例把澄澄送回了寝室。等他来到自己寝室门口，正准备进去时，突然听到里头传来聊天说笑的声音。

　　"嘿，月爷，话说阿财哥最近都在忙什么？怎么最近都不上游戏？还有吃饭也不见人影。"

　　"这么显而易见的问题还用问？让一个男人忙碌的原因当然只有一个！"

　　"女人！是上次你爆料的那个许大美女吗？"

　　"恭喜阿北猜错！等下记得负责把碗筷洗了。论坛那张八卦帖没看吧？"

　　"跟阿财哥有关？"

　　"嗯哼，要不要再猜猜女主角是谁？"

　　"不要告诉我是咱们可爱的安学妹。"

　　"答对了！但碗筷还是要洗的！"

　　听到这里，君少敛已毫不犹豫地开门走了进去。只见偌大的寝室内热气弥漫，两张桌子被拼在一起，岳恒等五人正围在桌边吃火锅。

他扫了眼刚才说话的那几位，微微挑眉："让一个男人忙碌的原因只有一个？"

话音刚落，刚才还在背后八卦的那几个家伙瞬间石化。太阴险了！居然在门口听了这么久！

一直未加入八卦话题的顾天磊好心替这些家伙解围："游戏官方论坛八卦版第一页最火的那张帖子。"

君少敛闻言立即坐到电脑前，等他蹙眉浏览完那张帖子里所描述的内容后，立即动手去查发帖人的IP，除查到发帖人的身份外，还连带查到了此人在南陵大学BBS上发的一张造谣帖。内容换汤不换药，都是针对他家小白的，没错，就是他家的。

他瞥了眼发帖时间，总算明白为何从上周五开始他家小白就一副心事重重的样子了，原来原因在此。

他连思考的时间都省略，直接动手抹掉了这两张帖子存在的痕迹，并在封号前用对方的账号发了新帖，最后还黑掉了对方的电脑。

动作一气呵成。

在他身后悄悄围观多时的一干人等，看着他操作电脑的厉害样，纷纷抹了把脑门儿上的冷汗，然后在心底默默提醒自己，千万不要再犯刚才的错误。特别是关于男人和女人的话题，坚决不能再提！

当晚临睡前，澄澄躲被窝里刷校BBS，以及游戏论坛的网页时，突然发现那两张让她备受困扰的人身攻击帖凭空消失了！那个幕后黑手还发帖忏悔道歉，还把那些之前用来讽刺她的言论统统用在了自己身上！并且在附件中上传了许多张艳照，虽然脸部都打了马赛克，但是总觉得在哪里见过。

帖子底下已经有好些留言，无一不在说这女的是"蛇精病"。

澄澄看完的唯一感觉就是，太不幸了！自己居然被"蛇精病"咬了一口！

第二天，澄澄的心情明显好了很多。

虽然在刷论坛的时候又有新帖冒出来，说她雇黑客及水军，还说她抢了自己学姐的男朋友，当婊子还想立牌坊之类的。总之，对方坚决不放过任何一个黑她的机会。她看完之后倒是比之前淡定许多，因为忽然想明白一个道理，对用"绳命"在黑你的"蛇精病"，视若无睹才是硬道理！

下午澄澄没课，所以吃完午饭就回寝室收拾东西准备回家，两个室友见状连忙追问："澄澄，你不会又打算像上次一样搞失踪吧？"

"不会啦！我家里晚上有事，明天你们就能见到我。"

"哦，那就好，那就好。话说澄澄啊，你谈恋爱你家里人知道吗？怎么这么重要的跨年夜还叫你回家啊？"

"我什么时候谈恋爱了，怎么我自己都不知道？"她刚刚说完，脑门儿立即中了两箭。

"没谈恋爱，你跟你学长天天一块儿去食堂吃饭？"

"没谈恋爱，你们天天成双成对出入图书馆？"

"没谈恋爱，你这一副沉浸在爱河的样子是怎么回事？"

"没谈恋爱，怎么那么多人向你投来羡慕嫉妒恨的目光？"

这……这都什么跟什么啊！不过，这个真的是在谈恋爱吗？可是好像……程序不对啊！当时她告白他没表态，现在也一样没明确表态啊。

所以，他们俩这算是……还没正式确立恋爱关系吧？而且她中午跟他说晚上有事的时候，他也没啥反应，反倒是说晚上正好也没空……瞧瞧，这是一个身为男朋友该有的反应吗？

离开寝室后，澄澄在学校大门口上了一辆私家车。她刚离开学校没多久，立即就有好事者在校 BBS 里将她上车的照片传了上去。然后又有人指出，这辆车就是之前突然消失的那张帖子里提到的那辆！

N 年不逛校 BBS 的岳恒等人也凑了回热闹，用真身回帖力顶澄澄，并反问那些谩骂者，你们这么刻薄家里人知道吗？而在校 BBS 上混得

274

风生水起的夏沫，也叫上一干基友挺自家室友，说嘲讽者吃不到葡萄说葡萄酸。

总之，热闹得很。

一年马上要结束的最后一个下午，南陵大学校BBS骂战升级，在线人数差点儿赶超历史最高记录。澄澄完全没料到，自己居然会因此在学校小红了一把。

君少敛收到岳恒发来的那张引发争议的照片时，正驱车前往老宅见外公邵霆东。

今晚南陵市四大家族之一的许家筹办了场宴会，邀请南陵市各大上流社会的名门望族参加。邵家身为四大家族之一，很早就接到邀请。据内部消息，许家在不久前找回了失踪多年的女儿，所以这次宴会虽说是为庆祝许夫人生日，但其实意在公布许家唯一继承人的身份，同时还有点儿招驸马的意味。

大概正因为如此，所以这次宴会外公率先发话，邵家两个表弟加上他，都得出席。

此刻，他趁着红灯时间扫了下彩信里的照片，面无表情地回拨了一通电话过去。

"阿恒，我电脑E盘里有个文件夹，你登我的号把里面的内容传到BBS上面，然后再把帖子封了。"

窝在寝室的岳恒依言打开某人所说的文件夹一看，好家伙，君少敛居然不知什么时候留了一手。文件里包括发帖者详细信息、IP地址以及N张高清无码照，当然，最关键的还是那些搔首弄姿、香艳无比的高清无码艳照，有些明显是在酒店里拍的，角度一看就知道不是自拍的。

啧，没想到黑安学妹的人居然是校花学妹。果然知人知面不知心呀！

俗话说人言可畏，这些照片一上传，校花学妹大概就毁了吧？不过出来混，迟早是要还的。这世上种什么因得什么果，岳恒摇摇头，虽没全部上传，但还是挑了几张有代表性的。

真相一经曝光，校 BBS 就跟被轰炸机轰炸过一样。名人效应果然可怕！

当然，这一切澄澄完全不知情，她正紧张兮兮地准备着即将到来的、吃人不吐骨头的、来自上流社会的宴会。

夜幕降临，华灯璀璨。

丰华国际大酒店金碧辉煌的宴会厅内，此时宾客云集，衣香鬓影，觥筹交错，热闹非常。

澄澄一身粉色晚礼服躲在角落，轻轻揉了揉笑得发酸的嘴角，心里微微感慨自己果然还是不适应这样的大场面啊。周遭的这些男男女女都跟戴了面具似的，嘴角笑的弧度像一个模子印出来的，让她真心融入不了这样的氛围。

她在角落观察了一会儿，发现前方不远处，正在与宾客相谈甚欢的主人夫妇将目光投射过来，她赶紧转身溜去了洗手间。

古有刘邦从鸿门宴尿遁，不知道她如果此刻学着刘邦一去不复还，后果会如何？

这种念头刚刚冒出，立即就被澄澄自己掐灭了。估计她真要这样做了，宴会厅那位美丽大方、温柔贤惠的女主人何俪莎女士会立即把她塞回肚里重塑吧？

而且重点在于，何俪莎女士在少女时代就拿遍国内各大武术大奖。跟她硬碰硬，估计怎么死的都不知道，所以聪明的话还是上完洗手间继续归场吧。

澄澄躲在洗手间里权衡利弊，最后无奈妥协。

不过人生真的是一盆狗血，你绝对想不到它会在什么时候泼你一身。就像此时此刻，她洗完手刚刚抬起头，立即发现身旁站着一个熟悉的身影。

尽管对方身穿紫色晚礼服，佩戴着耀眼的珠宝，化着精致妆容，脸上带着优雅的笑，可澄澄还是一眼就认出眼前之人乃南大所谓的校花赵蕊。

澄澄忽略对方眼底毫不掩饰的不屑，礼貌地打招呼："赵学姐，你好。"

赵蕊一开口讽刺意味十足："学妹是不是跑错洗手间了？"言下之意就是，这种宴会岂是你这种身份能够参加的？

澄澄笑笑没应答，转身走出了洗手间。

离开洗手间后，澄澄发现今晚来的宾客真多。许致勋先生与何俪莎女士忙得完全抽不开身，只能频频给她使眼色，让她主动过去打招呼。

澄澄目不斜视，直奔一旁的美食堆，假装没看见这些。许氏夫妇一时拿她没办法，只好任由她去，反正现在宾客还未来齐，鉴于她开头表现不错，只要今晚这小祖宗乖乖待到宴会结束，别提前离席即可。

他们的要求一点儿都不高。

澄澄选了许多自己喜爱的食物，然后挑了个相对角落的位置，开始自顾自地品尝。周围有年轻男女跟她搭讪，最后都在她单调的一字回答中败兴而归。

其实真的不是她不给面子啊。主要是女方一开口，不是今天飞去哪儿入手了某某当季限量新款服装包包，就是明天要去哪儿做美容，再不然话题就离不开炫耀身上的珠宝钻石。而男方一开口要么就问是哪家的千金，父母是做什么的，要么就炫耀自己无所不能，且多金又事业有成。

唉，她听完差点儿没喷他们一脸果汁。

所以就算她现在全身上下价值千万，也阻挡不了她被身旁聚集在一起聊天的千金小姐与豪门太太们隔绝的节奏。

然而有些人吧，就见不得你好。

赵蕊携身旁的女伴袅袅娜娜朝澄澄所在的位置走了过来。

"学妹，怎么一个人坐着？你男伴呢？太不体贴了，也不懂得带你去四处转转，白白浪费了这样好的机会。"言下之意，即这种高档的地方，怎么都不趁机带你去溜达溜达？以后大概都没这么好的机会了。

澄澄瞥了眼远处正在跟美女谈笑的堂弟兼男伴："不劳学姐操心，在这儿看看风景也挺好的。"

赵蕊轻哧了一声，仔仔细细打量了澄澄身上的衣服配饰，说："看来学妹最近日子过得不错，该不是认了某个……干爹吧？"最后两个字虽然压低了音量，但旁边离得近的都听到了，皆抿着嘴在看笑话。

澄澄也不恼，微笑反击："看来学姐你认的干爹不怎么样啊，脖子上的钻石是不是太小了点儿？还有你这身衣服，我在淘宝上有看到一模一样的款式哦。"

"你……"赵蕊气得一时找不到话语来辩驳，倒是她身旁的女伴立即帮腔："哟，还挺牙尖嘴利的。可惜这个圈子喜欢的是听话点的，你这种类型的，大概也就图个新鲜玩玩儿而已，千万别太把自己当回事，不然到时候可就不是闹笑话那么简单了。"

澄澄听到对方的话差点儿被糕点噎住，看来这年头做人太低调也不好啊。

一旁有个人认出赵蕊身旁的女伴是某某小开的女友，所以端着杯子走过来。

"林小姐与这位是旧识？"

"我朋友的学妹，据说家住平二路的林苑家园。"

"哦，原来是个登不上台面的。刚才跟她说话爱搭不理的，我们还当是什么身份！现在的女孩真是太不自爱了，只要给点甜头什么事都肯做，麻雀变凤凰可不是天天都有的。"

说完，人群中一阵哄笑，赵蕊神情高傲地在旁边等着看笑话，只可惜没能如愿。

　　澄澄吃完盘中最后的食物，笑眯眯地抬头看向眼前这几人："麻雀到底是变凤凰还是变乌鸦，就不劳烦诸位关心了。"她说完，从位置上起身，打算离开这比雾霾污染还要让人受不了的空气。

　　赵蕊察觉出她的举动，端着酒杯朝前迈了两步，突然不知怎的脚一崴，眼看手中的酒就要朝她迎面泼过去。谁知眼前之人反应极为迅速，在关键时刻一个闪身躲了过去，酒水则洒了一地。

　　马上有服务员过来清理现场，澄澄面带笑容地看着赵蕊，说："虽然我不怎么喜欢身上这衣服，但如果有人弄脏了它，我还是会不高兴的。所以，学姐等会儿可千万别这么不小心哦，不然学姐的干爹不够大方的话，那我这身衣服找谁去赔？"

　　澄澄的话成功地把赵蕊激怒。她气急败坏，也顾不得参加宴会前男伴的叮嘱，随手抓起桌旁刚刚倒上酒的杯子就要再次朝澄澄泼过去，却突然被人制止住动作。

　　"小蕊，你在干吗？"

　　她听到熟悉的声音，也没时间去理会制止自己动作的人是谁，而是扭过头望向声音出处。朝她走来的是个三十多岁的男人，穿着一身黑色西装，面容不算英俊，可能是此时冷着脸的缘故，整个人显得有些狠厉。

她眼底的怨毒、脸上的嫉恨早在转身的那一刹都掩去，柔柔地喊了声："程力……"尾音隐隐还带了委屈。

影后级的演出让澄澄佩服得五体投地。不过她眼下才没空关注这个，她有更为关心的事情！那就是……走到眼前的这个穿着帅气燕尾服英雄救美的年轻人，居然是她的老相识！今天中午还一起吃过饭。

"哇，好巧！你怎么会在这里？"澄澄下意识地揽住他放在身侧的左手臂，小眼睛里聚着光，整个人异常兴奋。

"你呢？为什么会在这里？"居然还被人欺负？想到这点，君少敛扫向众人的眼神冷了几分，扣着赵蕊的手的力道也不由得加重。

"一言难尽啦，等下再跟你详细讲。"

君少敛"嗯"了一声，目光落向那个被唤作程力的男人身上。

自古不论英雄还是狗熊，从来都过不了美人这一关。

在游戏中就被赵蕊迷得神魂颠倒的横刀立马战天下即眼前的程力，此时自然也不例外。只见他伸手亲密地揽过赵蕊的腰肢，面带不悦地看着面前这个仍然抓着自己女友的手不放的年轻人。

"年轻人，抓着女士的手不放是不是不太礼貌？"

"那在程先生看来，向女士泼酒水就是礼貌之举？"君少敛眼神犀利，脸上带着疏离的浅笑，看向赵蕊，"赵小姐，跟你提个醒，凡事都得有个度，切莫得寸进尺，不然可没人保得了你。"话中赤裸裸满是威胁之意。

赵蕊咬着下唇没说话，程力脸色当场就沉了下来："说大话也不怕闪了舌头？"

"是吗？那我们要不要先从程氏企业最近跟邵氏在洽谈的大项目入手？在我看来，程氏递交的方案并没有多大特色，要比资本也比不过其他几家，而且近两年程氏内部运作不尽如人意，我倒不介意提前给程先生透露下：这个项目，你们没戏！"

"你……你是邵家的人？"程力之前的嚣张已统统消失，可是再怎么掩饰，也没法掩盖他脸上宛如失去最后一根救命稻草的灰败神色。因为如果这次拿不到跟邵氏这个大项目，程氏大概回天乏术了。

君少敛笑而不语。不过在打击完人生的路人甲，君大侠还不忘将矛头瞄准在他家小白的人生路上兴风作浪的路人乙："我怎么听闻程家跟李家大小姐订了亲事？李大小姐最爱吃醋，学妹可得多加注意，免得……"他适时住嘴，微微侧头靠近他家小白耳旁，"怎么样，这口气出得痛快吗？"

澄澄开心地一口亲在他的脸颊上："痛快！"

等一系列动作完成后，她才发现身旁的人以及周遭的人好像都有些傻了。后知后觉的安澄澄同学想起自己在大庭广众之下，居然轻薄了心上人，猛地羞红脸从君某人身旁退了好几步。

萧禹端着酒杯从他们身后探出头来："师妹，没想到你越大胆儿越肥，连邵老爷子最喜爱的外孙都敢轻薄，而且还是这种场合。啧啧啧！"他伸手将她掉转了个头，从头到尾没打扮艳丽的赵蕊一眼，"师妹你看，久经商场的邵老爷子看到你演的这一出，当场就震惊了。"

回过神的君少敛拍掉萧禹落在澄澄肩头的手，给吓到的澄澄做心理建设："老爷子年龄大了脾气有些像小孩子，其实为人很好相处。无须担心，有我在……"

其实他还说了什么，澄澄一点儿都没听进去。因为她此刻犹如被五米粗的闪电劈中，而那道闪电正是邵老爷子身旁站着的那一对男女——许致勋先生与何俪莎女士！

大概因为三位重量级人物的反应太过于惊讶，导致整个宴会厅所有宾客都顺着他们的目光望过来，霎时全场安静。澄澄跟站在麦克风前的许氏夫妇眼瞪眼，不好的预感突然又冒了出来。可惜她还来不及躲起来，他们已经朝她招手示意了。

本来还有大部分不知澄澄身份的宾客四处张望，谁知头顶的聚光灯适时打下来，落在她身上，令她想假装没看见都难，唯有挺直脊背，面带微笑地缓步走过去。

那些投过来的目光中，有好奇、有了然也有羡慕和忌妒，刚才为难澄澄的赵蕊等人，脸上除羡慕嫉妒恨外，还有惊愕与难以置信。特别是赵蕊，咬着发白的唇，手紧握成拳，打心底不相信眼前所见及心底猜测。

因为赵蕊曾翻阅过对方的档案，明明上面写着单亲家庭，父亲是个普通人。

"首先，非常感谢在场诸位赏脸出席宴会。其次，今晚这场宴会除庆祝夫人何俪莎的生日外，还有一个目的，那就是为了向大家介绍一下站在我身边的这位——小女许澄澄。"

"十八年前的一场意外导致我们失散，直到两个月前，我们一家终于团圆。今天借这个喜庆的日子，我宣布：待小女年满二十周岁，将进入许氏集团学习！"许致勋一番话说完，之前不明所以的宾客皆恍然大悟。

随后澄澄在父母的示意下，开始简略致辞。两个月的礼仪等方面训练，让她可以在面对这么多目光时从容不惊。而今夜过后，"许澄澄"这个名字赫然成为上流社会最热门的话题人物。

南大校BBS以及游戏论坛上那些黑澄澄的帖子瞬间来了个大逆转。在得知所谓当小三被包养的安澄澄同学居然是大家族千金后，校花姑娘的拥护者纷纷由粉转黑，校花姑娘还不知道自己一夕之间被射成了筛子。

当然，这都是后话。

此时，澄澄致辞结束后，开始在父母的带领下去跟一些叔伯长辈打招呼。

第一个见的，自然是分量十足的邵家老爷子邵霆东。

君少敛就站在邵老爷子身边，澄澄强装镇定，其实手心都快出汗了。突然在这种场合跟他见面，还是以这种身份，她心里真的很没底。

他会不会气她有所隐瞒？会不会从此以后再也不理她了？终究还是忍不住，她偷偷瞄了他一眼。可是在捕捉到他唇边那抹似笑非笑的神情后，她心里好像……更没底了。

"澄澄，来，快见过你邵爷爷。邵、许两家是世交，邵爷爷跟你爷爷奶奶是好友，自打你爷爷奶奶去世后便一直对我们许家颇多照顾。"

"邵爷爷好。"

"好、好、好，小丫头长得真乖巧伶俐。"鉴于方才目睹的一幕，所以此时的邵老爷子是外公看外孙媳妇，越看越满意。他笑容满面地向澄澄介绍自己身旁的三个年轻人，"站在我左手边这两个，是我的孙子邵子麒、邵子麟，右手边这个，是我的外孙君少敛。"

澄澄一一跟对方握手问好，在轮到君少敛时，她莫名心虚，轻握了一下立马就放开。

君少敛扬唇露出浅笑："澄澄，好巧，没想到会在这里遇见你。"

邵老爷子明知故问："你们两个认识？"

君少敛微笑着，把问题抛给眼前之人。

澄澄在大家的目光压力之下点头："之前电脑坏了好几次，都是君学长帮我修好的。"回答完，她立即发现大家的眼神不对劲，于是赶紧自作聪明地补充说，"我们之间就是正常的学长跟学妹的关系。"

话音刚落，澄澄发现情况不妙啊，因为几位长辈以及那兄弟俩统统一副"不用解释，我们明白"的样子，更糟糕的是她眼前这位，嘴角虽还挂着一抹浅笑，但跟刚才愉悦的笑容不同，怎么看都像是暴风雨来临前的宁静。

幸好接下来还要跟在父母身边去见长辈，澄澄暗自庆幸自己逃过一劫。

可惜，长辈总有见完的时候。

舒缓的音乐在偌大的宴会厅缓缓响起，许氏夫妇率先起舞，渐渐有更多人加入。

澄澄本来跟堂弟约好今晚彼此搭档，谁知道这个不靠谱的家伙在宴会上遇见了漂亮姑娘，所以果断弃她这个还不太熟的堂姐而去。

澄澄习惯性躲回角落，谁知刚刚坐下，一个熟悉的身影立即出现在她跟前。

"这位可爱的小姐，我能邀请你跳支舞吗？"

澄澄本来还想着要躲君少敛远一点儿，但见到他这般斯文俊雅的样子，瞬间把之前的想法忘得一干二净，然后二话不说把自己的手交给他。

君少敛对她的表现很满意，不过这并不代表他忘记某人刚才说的关于他们之间关系的解释。沉迷美色的澄澄完全忘记这一茬，她小脸蛋红扑扑的，一颗心高悬，注意力高度集中在眼前这个近在咫尺的男伴身上。

哇！交谊舞简直是拉近跟男神相处的绝佳好机会！

但是，澄澄感受着男神缓缓靠近的气息，学长你的胆儿也太肥了，众目睽睽之下居然欲行不轨之事。

"学妹，你脸红什么？"

澄澄内心无声的惊呼戛然而止，脸色憋得通红。

"学妹莫不会是以为……我要吻你？"

这么丢脸的事情，谁承认谁就是猪！

君少敛直接把她的沉默当默认，煞有介事地附和强调："嗯，肯定是我多想了。我们只是普通的学长与学妹的关系而已，无论从哪个方面来讲，都不符合常理。"

澄澄这下子总算听出点眉目了，敢情对方是在报复她刚才澄清两人关系时的言论呢？澄澄接触到他对着自己时眉眼中浮现的愠怒，顿觉委屈上了心头。

明明当初她告白的时候，他什么都没表示。甚至直到今天中午吃完午饭，他也没明确定义彼此之间的关系。所以他有什么资格生气？

除开学长与学妹之间的关系外，他们之间可不就什么都不是吗？

别跟她提朋友！谁要跟自己喜欢的人做普通朋友啊，除非那个人脑子有坑！

想到这些，澄澄轻哼，带着丝赌气的意味："是呀，我们可不就是普通的学长与学妹的关系。你看你当初既没有接受我的表白，现在也没有说过你喜欢我，所以请放心，我不会误会的！你完全不用特意强调！"

君少敛闻言，面色凝重地看着她："安……澄……澄！"

"干吗？"她鼓足勇气与他对视，眼里却有掩饰不了的紧张与自己看不见的害怕。

君少敛看着她许久，忽然软了心肠，满腔怒意都化作一声无奈的叹息："你真的没看出来吗？"

"看出来什么？"

"我在追你。"

"啊？"她被惊得一个踉跄，当场踏错了舞步，"你……你说你在干吗？"

"每天给你送早餐、打热水、等你上下课、陪你吃饭、去图书馆占座、请你看电影、帮你修电脑……你以为随随便便哪个学妹，我都会这么做吗？"

澄澄已经傻住了。幸好有一个很厉害的舞伴，完全不用担心会有再跳错舞步这种事情发生。

所以……其实……原来他这段时间居然是在追她？哦，真相太让人震惊了！她需要好好消化消化……

君少敛也不急，反正已经等了这么久，不差这点时间。

过了一会儿，澄澄终于理清思路，内心的震惊却化为了悲伤！搞了半天原来他们早就两情相悦，那为什么还要浪费中间这么多时间？她当下脱口说："其实……我不用追……"完全可以倒贴……

"嗯？"他眉眼轻舒，看着她的目光聚满深情与笑意，明知故问，

“为什么？”

她脸色红得像刚煮熟的虾："我也喜欢你……啊……"

所以从现在开始，我们省略过程，直接在一起吧！嘿嘿，她就是这么好养活。

宴会逐渐接近尾声，午夜十二点的钟声响起，新年的烟火在窗外绽放开来，绚烂又迷人。可烟花再美丽也没办法吸引澄澄的注意，因为她眼里有更美丽的风景。

她咧嘴，踮起脚，明目张胆地一口亲在身旁人的唇上。显然，君某人十分不满意这个几秒的唇贴唇，他一手揽住她的腰，一手轻抬起她的下巴说道："亲爱的小白队友，看来我十分有必要指点你一下，什么叫作接吻。"

番外卷一：
江湖再见

/ 一 /

被抢亲了

由于之前错过交任务时间，导致隐藏任务最终功败垂成，澄澄为此呕血许久。

这天，大学第一个期末考试最后一门结束，澄澄兴致勃勃地开电脑登游戏去跟她家大侠会合。谁知刚刚登录游戏界面，一道晴天霹雳当头劈下。

【系统】翩翩君子，淑女好逑。玩家祖国的花朵对您与君子爱财之间的婚姻关系提出异议！

【系统】三十秒后，您将会传送到擂台！比赛为三局两胜制，请在一分钟内击败您的情敌，若守擂失败，将被系统判定为强制离婚！

【系统】规定时间内未成功就位，则视为弃权处理！请抓紧时间备战！

澄澄看着一连串红色系统提示，老半天才反应过来自己这是被抢亲的节奏啊！可惜，握着鼠标的手就慢了那么 0.00001 秒，第一局因为没有及时就位直接失败！

澄澄当下也来不及私密她家君大侠，直接传送到指定擂台，开始备战第二局。

然而一看见来抢亲的女玩家，澄澄立即泄气。这个名叫祖国的花朵的女玩家也跟澄澄一样是个医生，可恨的是，对方是个即将满级的神医，而她连个庸医都算不上啊。

第二局备战时间一结束，对方没半点儿犹豫，一招就让澄澄毙了命。

虽然系统还未判定最终结果，但已经连输两局，大局已定，这婚看来是离定了。

人生第一次游戏姻缘居然以被抢亲而结束，澄澄当下悲愤。

【当前】安小白：喂，同学你至于吗？服务器那么多男玩家，至于惦记着我碗里这个吗？

【当前】安小白：你要是缺男人，我不介意帮你介绍一个。你现在坏人姻缘算什么事啊？

【当前】安小白：喂、喂、喂，祖国的花朵！敢抢我男人，不敢吱声吗？抢亲你好歹给个理由吧？小心我从此以后天天追着你砍。

澄澄发现存在感太低，真的是件很令人忧伤的事情哎。她在频道上吼了半天，对方好像直接把她当个屁给放了，半天没动静。若说对方在挂机，好像又说不过去，因为第三局比赛开始，对方动作迅疾、攻击凌厉，一个连招过来，打得澄澄的菜鸟女医生号惨不忍睹的。

澄澄因此忧伤得都快内出血了。可是没办法，第三局 PK 失败后，系统直接宣布："守擂失败，玩家祖国的花朵成功拆散您与玩家君子爱财的姻缘！"

系统消息刚刷出来，澄澄赶紧给她家君大侠发私聊消息。

【私聊】安小白：阿敛，对不起……千错万错都是我的错……求求你一定要原谅我……婚离了咱改天再结啊……我一定不会对你始乱终弃的！相信我！

君少敛眉眼一抬就知道她心里在想什么，所以他直接回了两个字过来。

【私聊】君子爱财：然后？

【私聊】安小白：然后你现在有没有空？我们一起组队去把破坏咱们姻缘的家伙砍回来吧？

【私聊】君子爱财：小白，你这么不靠谱，你家里人知道吗？

【私聊】安小白：嘿嘿，我男朋友知道。

所以她的意思是把他当作一家人了？君少敛看到她的话，心情瞬间阴转晴。

【私聊】君子爱财：进队。

澄澄欣然入队。君大侠用道具查到那个名叫祖国的花朵的女玩家此刻所在的位置，然后带着小跟班立即直奔过去。

祖国的花朵后脑勺大概长了眼，看到他们两个出现，眼明手快一脚迈进了安全区，导致君大侠的大招当场放空。

【队伍】安小白：太可恶了！看来只能暂时放过她了。

【队伍】君子爱财：没事，先跟她玩玩儿。

君大侠说完，带着澄澄发挥了苍蝇攻势，时刻紧随对方身旁。其间，祖国的花朵同学假装下线了三次，结果每次一上线，立即又看到那对因自己搞乌龙而拆散的夫妻玩家出现在自己面前。

最后被围堵得不敢出安全区的女医生只好求饶。

【当前】祖国的花朵：大哥大姐，刚才真的纯属误会！我真的不是来抢亲的，纯粹一时手误点错了啊。

【当前】祖国的花朵：那什么，你们婚离了还可以再结，结婚费用我帮你们付都行。我就一个小小的请求……

【当前】祖国的花朵：江湖再见，求不杀……

澄澄见对方的道歉，瞬间怒火高涨！她家大侠这么优秀，对方居然还看不上？那不是来抢亲，你PK那么卖力干吗啊？还有他们看起来像是付不起那几百金币结婚费用的吗？

【当前】安小白：你完了，这仇结定了！江湖再见，让你死在地上爬不起来！

澄澄消息刚发出去，立即就见眼前的女医生化作一道白光消失在他们眼前。

用道具再一查，发现祖国的花朵尿遁了。

因为放寒假在家时间多，所以澄澄接下来连续几天，每天都拉着她家那位去追杀祖国的花朵。

第四天，游戏里的兔子窝边的草即乔北同学突然找上门。

【队伍】兔子窝边的草：老君啊，我有个事想跟你们商量商量。

【队伍】君子爱财：说。

【队伍】兔子窝边的草：那个听说你前几天被人抢亲了？

【队伍】君子爱财：重点。

【队伍】兔子窝边的草：重点就是对方不是故意的，完全是当时人太多忘记点屏蔽，然后一时手误点错按钮了，所以你们能不能就这么算了？

【队伍】君子爱财：这件事我说了不算。

【队伍】兔子窝边的草：安学妹，能不能看在我的份儿上放过对方？

【队伍】安小白：乔学长，你跟对方什么关系？

【队伍】兔子窝边的草：我小学同学。

【队伍】安小白：哦，刚才那一瞬，我还以为对方是学长你的女朋友。既然是小学同学，那我就没啥心理负担了。

【队伍】兔子窝边的草：学妹，你都被你家君学长带坏了！好啦，跟你说实话，其实我在追对方，不过她还没点头。所以你赶紧卖个人情给学长，说不定还能就此促成一段好姻缘。到时候请你吃饭。

【队伍】安小白：好啦，等着你请客咯。

啧，大水冲了龙王庙，这是自家人不认识自家人了啊。搞了半天，原来这个来抢亲的人竟然是学长乔北的小青梅……难怪能干出这么乌龙的事情来。

291

抢亲事件暂时告一段落，后来澄澄一直没再复婚。原因是她一直夸海口说等长成大号了再来娶君某人。结果悲剧的是，别人的等级是越玩越高，她的等级是越玩越低。

作为一个有自尊的人，她只好努力憋着不去求婚，而关于乔北与祖国的花朵之间，后来也无疾而终。她只听说对方卖号不玩了，她偷偷去找君少敛八卦过，可惜没八卦出什么。倒是乔北后来又二婚了，老婆叫小兔子乖乖，也是个女医生。很久以后，乔北跟小兔子乖乖离婚，澄澄才知道，原来小兔子乖乖那个游戏号的原主人就是祖国的花朵。

江南的桃花开了又谢，蜀地的积雪融了又下，西湖堤岸的柳树发了新芽。

江湖还是那个江湖，变的只是人心。老玩家相继离去，新玩家不断加入，那些曾经盛极一时的帮派如刀锋、荼蘼、血战，最终都在时间的洪流里一一消亡。

而排行榜上的英雄们，换了一批又一批，荼蘼花开后来又在游戏里登录了几次，再后来门派频道里爆出消息说她卖了号，然后又买了新号去了其他服务器，还当了小三。

真真假假澄澄也有些分不清楚，倒是横刀立马战天下删游戏账号那天，在世界频道留下耐人寻味的话语："认识你这么久，只要你开口我从没拒绝过，只要我有只要你要，我都会给你。我走之后或许有人来爱你，但不会再出现我这种拿生命来爱你的人了。再见，花开！再见，江湖！"

澄澄当时正好在线，虽然她不喜欢这一对，但是看到世界频道上的消息仍不禁唏嘘。正所谓他生莫作有情痴，人间无地著相思。致天下有情人！

跨年夜之后，澄澄在校 BBS 上成功逆袭。

等到重回学校，她发现两位室友在面对自己的时候，也变得有些拘谨了。

澄澄想了想，于是约了个月黑风高的夜晚，拉着两人结伴去经常去的烧烤摊吃烧烤，顺带还点了几瓶啤酒。

几杯小酒下肚，夏沫就忍不住吐槽："澄澄啊，你看你这穿人字拖在大马路边吃烧烤、喝啤酒的样儿，哪点儿像大家族千金啊！如果不是因为看见帖子里爆料的宴会现场图，打死我都不相信啊！"

寝室长大人倒是没喝多少，不过也感慨："澄澄，你一下子变成了另一个世界的人，我们都不知道该怎么跟你相处。如果没有人爆料，你是不是打算一直瞒着我们？"

"就是，太不把我们当朋友了。既然开学就瞒着大伙，那为什么不藏好一点儿？还能不能一起愉快地玩耍了？"

澄澄可怜兮兮地看着她们："我太冤了，简直比窦娥姑娘还冤哪我。你们还记不记得我之前请了好几个月的假？"

见两人点点头，澄澄继续道："其实我就是那个时候知道真相的。那天我跟萧师兄以及赵蕊分手之后，在学校西门附近绕错了路，结果被一群练家子给绑了。狗血的是，派人绑架我的人就是许氏的旁系，一切都是因为许氏集团的利益纷争。我一开始都不相信自己是许家遗落在外的小孩，连亲子鉴定书我都以为是假的。后来是我老爹亲口告诉我，我是他跟死去的老妈新婚第二天在家门口捡到的……我搜索了许多资料，最后才搞明白，原来当年何、许两家长辈都不满意这段姻亲，所以硬生生要拆散我亲爹亲妈，最后他们俩只好私奔了。我这个私生女就是在某个偏远小村镇的医院里出生的，不过悲剧的是，一出生就被人偷抱走了……听说他们后来一直在找我，不过都没找着。至于为什么会出现在我老爹家门口……我也不知道啦。"澄澄摊摊手，一口喝掉瓶中最后一口酒。

夏沫与管微久久静默。她俩错了！好姐妹经历了这么离奇的事情，她们没理解她，居然还闹脾气，简直太不应该了！两人当下决定，主动包揽这学期最后几天的寝室卫生。

而澄澄最开心的，莫过于这晚之后，三人又恢复了之前的相处模式。

这是她第一次解释自己身份转变的细节，却不是最后一次。不过解释的对象不同，最后的结果也各不相同。她跟君大侠解释过后，得到了君大侠怜惜的 Kiss 一枚。

大一上学期结束的这个春节，澄澄首次跟萧禹结伴去以前教两人钢琴的老师家里拜年。

因为拗不过老师以及师母的热情，所以两人留下来吃午饭。

饭桌上，已经年过六旬的教授旧事重提："澄澄啊，今天难得你们师兄妹都在场，你能不能跟我坦白一下，当初为什么突然不学钢琴了？你师母知道你不学了以后，还情绪低落了很久。"

老教授一说完，立即被自家媳妇揭了短："那阵子好像有人天天对着钢琴叹气，然后自言自语是不是对待学生太严厉了，听得我耳朵都快长茧了……"

这件事萧禹之前问过好几次，不过都被她三言两语糊弄过去了，所以这一次他坚定地站在了两位长辈这一边。

澄澄见躲不过，只好坦白："好吧，我如果说了，你们不许笑话我啊。"

三人听她这么一说，更好奇了。

澄澄道："其实，当年是因为我向萧禹师兄表白未遂，然后玻璃心碎了。最后思来想去，决定先离你远点儿再说。武术是后来在家闲得慌，然后才报名的。老师，我绝对不是因为您对我严厉才逃跑的，相信我！"作为老师所有学生中第一个中途退场的，她表示很惭愧。

萧禹茫然加震惊："师妹，你什么时候向我表白的？我怎么没一点儿印象？"

澄澄惭愧得无地自容，干笑了几声没作答。没印象就对了，因为表白未遂嘛。

一旁的老教授大概缓了缓心情，这才开口："没想到小丫头你喜欢这个臭小子啊，有一阵子我跟你师母都以为，你暗恋上隔壁邵老头儿的外孙呢。不过幸好你不是因为老师太严厉而对钢琴产生了厌恶，我这搁了多年的心结，今天算是打开了。来，你们现在都是成年人了，今天都陪我这老头儿喝一杯。"

澄澄抓住他话中的重点："隔壁邵老头儿的外孙是谁？我不认识呀。"

"不认识？不认识的话，我跟你师母怎么撞见你们偷偷摸摸在说话？还好几次呢，不信你问问你师母。"

"嗯，澄澄你没再继续学琴后，那小伙子还特意问我，每天下午练琴的小女孩怎么不来了。还惋惜说，你挺有天分的。哦，小伙子今天早上还来给我们拜过年，长得一表人才……"

"我大概想起来对方是谁了！其实你们误会啦，我跟对方只是萍水相逢。"澄澄破罐子破摔全豁出去了，"其实，我之前每次找师兄告白，结果还没说到重点，师兄就有事走开了……对方无意间撞见过好几次……大概是看不下去，所以就主动提点我……"

在场三人听完她的话，都哭笑不得。

大伙面面相觑了几秒，最后师母清了清嗓子说："萧禹，你现在有没有女朋友？没有的话，看看我们澄澄怎么样？都说肥水不流外人田，干脆你们俩处个对象得了。"

"这提议不错！你们两个怎么看？"

萧禹哭笑不得："老师，师妹已经有喜欢的人了，而且我一直把师妹当作自己的妹妹。"

澄澄也在旁边弱弱举手："那个……老师、师母，我不久前刚刚交了个男朋友。不过他家不在本市，以后再带来给你们看看哈。他也会弹钢琴哦，而且很厉害。老师你肯定会喜欢的！"澄澄说完，就看见师母欲言又止的样子，脑筋一转大概猜到师母在担心什么，于是笑眯眯保证，"师母放心啦，对方跟萧师兄是完全不一样的类型，但是一样优秀。以前是因为师兄对我很好，又是我身边唯一的年龄相仿的异性，所以才会误以为自己喜欢师兄。"

聊完当年的旧事，两位长辈又关心了下澄澄以及萧禹的学业等，午饭在愉快的氛围中结束了。

在帮师母一起收拾的时候，澄澄突然听到外头客厅里传来一道熟悉的声音。

她压下好奇，一直到帮忙洗好碗筷，这才走出去。等看见坐在沙发上的年轻男子时，澄澄当场就蒙了。

那个在电话里说今年在江城过年的人，此刻居然活生生出现在自己眼前！而且关键是，为啥老师跟他一副很熟稔的样子？太不科学了！

估计老师刚才已经暴露她的存在，所以某人看见她一点儿都不意外。

完全不知情的老师还热情地介绍两人认识："小丫头快过来打个招呼。今天真是巧了，说曹操曹操就到，刚刚才谈到老邵家的外孙，他人就出现了。你们好几年没见了吧？"

澄澄：老邵家的外孙？老邵……邵……邵老爷子？搞了半天，原来他就是当年指点过她告白的时候铺垫不能太长、废话不能太多、前奏不能太冗长的好心人？可是，怎么从没听他提起过？现在这情形，明显有人故意隐瞒实情……

有长辈在场，澄澄也不好意思发问，当然也没说穿两人的关系。当事人都没说，萧禹自然也没那么多舌。

一直等到离开老师家，澄澄才质问某人："你是不是早就认出我了？"

君某人诚实地摇头："不早了，你笔记本电源线忘记带走那天晚上才想起来的。"

澄澄："那为什么没告诉我？"

君某人："在等你认出我来。"

为什么会有种愧疚感冒出来？等等，好像哪里不对……

可惜她还没想出哪里不对，人已经被君某人拐去了隔壁的邵家老宅。

可怜的澄澄在大年初一就提前遭遇了邵家的一大群亲朋好友，以及未来的准公公婆婆。好在君某人及时解围，拉着她上了楼。

到了君某人的房间，澄澄才发现站在阳台上居然能看见老师家开满桃花的院子！房间里还放着一架钢琴，她拉着某人现场弹奏了一首Out Of The Darkness Into The Light。其间，君某人被家中长辈叫下去，他嘱咐澄澄无聊的话可以去书架上找书看。结果，澄澄在找书的时候，突然发现了一封粉色的年代有些久远的信。

信封上没有写收件人，但都是从青春期过来的，一看就知道这是封情书啦。她最在意的是，这是他写给别人的情书，还是别人写给他的？还有究竟是多重要的人，为何到现在还留着？

她做了许多心理挣扎之后，怀着探究和好奇，缓缓拆开这封信。

"亲爱的萧禹师兄,有人告诉我,说不出口的话最好的方法就是写下来,所以才有了这封情书的存在。你还记得我们初次相遇的情景吗?满树桃花盛开的院子,我一回头,就看见你眉眼飞扬地站在我身后,笑得比桃花还灿烂……"

看完里面的内容,澄澄当场闪瞎钛合金狗眼!妈呀!这封情书居然是当年她写给萧禹师兄告白的!她还以为失踪了,没想到今天在这里找到。所以君大侠在某种程度上,其实是破坏她表白的凶手吗?

君少敛回到楼上后,看见小女友手里握着拆开的信件,一副纳闷不解的样子,于是走上前。澄澄见到他出现,气势十足道:"君……少……敛,为什么这封信会在你这里?"

君某人一头雾水地拿过她手中的信,一目十行地看完之后,毫不犹豫动手撕掉这封抑扬顿挫的情书。

"你在干吗?"

君某人挑眉看她:"不撕毁,难不成你打算留着它?"

"你还没说我的东西为什么会在你的书架上面。"

"捡的。"

"那为什么当时没有物归原主?"

"忘了。"

听到这个回答,本来不怎么生气的澄澄顿时有些气恼,不再看眼前之人,转身跑阳台生闷气去了。

君某人无奈地跟了出去:"捡到情书的当天下午,我就回江城了,后来都没有再见过你,于是就忘记了。刚才如果不是你找到,我都没想起来这件事。大年初一生气不吉利,所以别生气了好不好?你看,你写情书给别人我都没生气。"

"哼,我看你是等着过几天来生我的气!"

君某人抚额,"亲爱的安澄澄同学,请问你怎样才能不生气?"

"呃,如果你写一封情书送给我,我就原谅你!"

298

好像有种中了圈套的感觉？不过就算是圈套，他也跳得心甘情愿。

元宵那天正好是情人节，澄澄收到了人生中第一封情书！
尽管这是一封简短的情书，却看得她泪如雨下。

亲爱的小白：

我从不曾想过有朝一日，爱情会变成生命中很重要的存在，直到遇见了你。

我想也许这就是缘分的奇妙之处，你永远不会知道下一秒会发生什么事、遇见什么人。正如几年前的那个夏天，我在阳台上吹着燥热的夏风，耳旁听着隔壁的你用还不太熟练的手法弹奏 Out Of The Darkness Into The Light，丝毫没预料到自己将来会喜欢上你、爱上你。

我很庆幸参与了你的年少时光，尽管我的出现如此短暂，但我一点儿也不遗憾，因为余生漫长的时光里，你身旁都会有一个我。

你的君大侠

/三/
恋爱勇者无敌

澄澄念大四的时候，已经毕业一年多的君少敛被公司派去海外发展事业。

不过说是被派遣出国，其实是他自己主动提议的。

之前岳恒去国外追老婆，结果差点儿遭遇空难，好在最后平安无事，所以岳恒追到老婆回国后，海外负责人的位置暂时空缺。鉴于顾天磊已经成家，其他几个也正在热恋当中走不开，于是他为了兄弟们只好主动请缨了。

澄澄一开始虽然觉得没关系，但时间一久难免就有些小怨念。特别是她现在刚开始实习要忙着适应很多事情，好不容易回家想打电话跟他撒撒娇抱怨一下，结果对方比自己更忙，有时候电话都没空接。

由于澄澄跟家里商量好隐瞒身份去基层实习一年再说，所以实习的分公司没人知道她的家底。澄澄性格不错，长得也可爱，最关键的是每天下班后准时回家，一看就是长辈眼中的中国好闺女，所以时间一长，公司里年长一些的同事都喜欢给她介绍对象。

周一这天下班后，澄澄被坐自己隔壁位置的同事阿其拉去逛街。

商场里琳琅满目的商品让人挑得眼花缭乱，阿其纠结地看着手里的领带和衬衣向澄澄拿意见："你说我是送领带给我家男人呢，还是送这件衬衫给他呢？"

澄澄正站在一套白色燕尾服面前发呆，阿其叫了她好几声，她才反应过来。见阿其似乎两样都十分喜欢的样子，于是建议说："要不然都买下来？"

"还是算了……"阿其看着商品上的标价，最后忍痛选择了手中的衬衫。

结账的时候，她见澄澄居然要买那套白色男士西服，赶紧把她拉到一旁："妹子，你脑子进水啦？你一宅女没事买男士西服干吗？你知道这一套多少钱吗？"

澄澄理所当然："买给我男人穿啊。他经常参加宴会，穿这个一定特别帅。"

"妹子，你别这样，想男人想得脑子都不正常了。姐这周末回去张罗下，到时候帮你介绍对象，西服咱就不买了，啊？"

澄澄郁闷。怎么大家都不相信她其实真的有男朋友呢？

当天回到家，澄澄直接给君某人打了通越洋电话。

"君少敛！"

"嗯？"温和的男声中透着随意，不过背景有点儿嘈杂。

澄澄一听这个点还在外头鬼混，语气顿时不悦："今天我同事说要给我介绍对象！"

"哦？"电话中的男声微微顿了下，"麻烦替我跟你同事说声抱歉。"

澄澄嘚瑟："哼，有危机感了吧？谁让你一次都没接送过我上下班，害得没人相信我有男朋友！"

"其实我曾经也打算去接你下班，不过……"

"难道是因为我太优秀，你怕大家说你配不上我？"

电话那端的人似乎被呛了一下："你确定你同事看见我俩交谈后，不会误认为你是在找我搭讪？"

"所以，你现在是在说我行情差吗？"澄澄愤怒，"君先生，我现在有理由怀疑，你已经被外国妞迷得神魂颠倒，都不记得自己女朋友长什么样了！现在本席宣判，被告不重视女朋友罪名成立，判处无期徒刑，打入冷宫永不再掀牌！"

"本来还想告诉你一个好消息，看来没这必要了。"

"什么消息？我要听，我要听！"澄澄刚说完，突然听见一阵门铃声，她一边朝大门走一边对着手机喊，"不要假装信号不好！你要是不告诉我什么好消息，我以后都不理……"

瞬间，她的舌头被喵星人叼走了……

夜晚微冷的风从敞开的大门吹进来，被喵星人叼走舌头的安澄澄同学，一手握着手机，一手扶着门把，看着门口傻眼了。

因为那个她朝思暮想近一年、刚刚还在与她通话的男人，此刻正披星戴月淌着露水站在门口微笑地看着她，手里还握着未挂断的电话。

然后下一秒，她听见耳旁传来他清浅却足以让整个夜晚都暖起来的声音说："我回来了。"

第二天一早，不用澄澄提醒，君某人自发开车送澄澄去公司。

车子在公司大门口停下，君某人绅士地为女朋友开车门，离别时还亲吻了女朋友的额头。这一幕正好被一堆来上班的同事目睹，其中包括同事阿其。

于是这一天下来，澄澄发现她总是一副欲言又止的样子。一直到下班时间，两人一起结伴走到大门口，阿其看见倚在车旁等着澄澄下班的君某人后，赶紧拉住澄澄低声询问："妹子，不要告诉我这个是你男朋友啊？"

"对啊，他昨天刚从国外回来。"

阿其摸摸下巴："啧，现在租来的男朋友质量都这么好吗？一天多少钱啊？牵小手、Kiss之类的有另外收费吗？"

嘤嘤嘤，太伤自尊了！

自打见过君某人之后，阿其同学越发热衷给澄澄介绍对象了。理由是，每天租男友，而且还是这么优秀的男人，实习一个月工资又不多，肯定会入不敷出的。

　　澄澄叹气再叹气，对热心肠的傻大姐阿其表示相当无奈。

　　当实习期结束后，澄澄私底下把结婚请帖递交到阿其手中时，对方仍然有些难以置信。一直等到参加婚礼那天，大屏幕上滚动着新郎和新娘几年来的甜蜜恋爱历程，她才相信，原来幸福很早就降临在这个开朗又欢脱的可爱女孩身上。

　　谁说这世上爱情可遇不可求？关键是爱情来了，你得上呀！

/四/
唯愿长梦不醒

时光如白驹过隙，转眼澄澄与君少敛已经结婚六周年。

这天，上幼儿园大班的 Morning 小朋友（在早上出生所以小名叫 Morning），一放学回家就奔进书房一阵翻找。

澄澄与丈夫面面相觑，最后澄澄走到他身旁问："老师布置了什么作业？要不要妈妈帮忙？"

Morning 小朋友挥挥手："不用，我可以搞定。"

半小时后，一无所获的 Morning 小朋友只好先去吃晚饭。吃完晚饭后，他跟爸爸借了书房，开始继续奋斗。

一小时后，书房像被台风袭击过似的，满地狼藉。Morning 小朋友手里握着一张信纸噔噔噔跑到澄澄身边："妈妈，这是爸爸写给你的情书吗？"

澄澄点点头，还以为小家伙要夸赞他老爸有情调，结果他一开口，澄澄就喷了。

因为小家伙同情地看着她说："下午乔乔说她爸爸给她妈妈写过很多情书，她妈妈才嫁给她爸爸的。刚才放学的时候，岳翎姐姐也说她爸爸给她妈妈写过很多封情书的……妈妈，你好可怜，长这么大才收到过一封情书。"

晚上睡觉的时候，澄澄把儿子的话传达给丈夫，顺势批评了下某人，并得寸进尺道："君先生，改明儿你是不是应该给你亲爱的老婆多补几封情书呀？"

君某人不答反问："情书和我比起来谁比较重要？"

澄澄想了想："你。"

"所以……"君某人把手中的书合上，抱着自家老婆说道，"我都把自己送给你了，老婆大人还有何不满意的？长夜漫漫，忽然觉得有些无心睡眠……"

君先生，你的节操掉了。

第二天早上，Morning 小朋友吃完早餐后，突然把澄澄拉到了自己房间。

"妈妈，这个给你。"Morning 从抽屉里掏出一封粉红色的信封递给澄澄。

澄澄看着手中用七彩画笔画满的爱心以及"妈妈收"三个不太工整的文字，再看看儿子傲娇又带着期待的小脸，当场打开了信封。等看到里头的内容时，澄澄忍不住莞尔。

粉红的信纸上面写着不太平整的一段话：

亲爱的妈妈，我爱你。虽然爸爸做得没有岳叔叔他们好，但是父 zhài 子还，我会每年给你写一封情书，等到我长大，你收到的情书就比他们多上很多了。所以你别 nán 过了。还有以后，如果爸爸像昨天晚上一样 tōutōu 欺负你，那我就带你 sī 奔，让爸爸找不到我们，自己抱头痛哭去吧。

澄澄看完内容，小心翼翼将这封特殊的情书收起来，然后蹲下身抱住眼前稚嫩的儿子，眼眶微湿："儿子，你就是妈妈收到的最好的情书。"

这一路走来，繁花似梦，她唯愿长梦不醒。

番外卷二：
粉色的海豚

小树林

澄澄为了体验一把校园十大约会圣地之一的小树林是否真的这么有情调，于是在某个月黑风高的夜晚拖着某人前往。

结果刚找了个位置坐下来，她穿着裤裙的腿上就被蚊子咬了好几个包。她摸黑打量了身旁风度翩翩的帅哥一眼，目光落在他的长裤上。

她轻咳了下，故作正经道："学长，我有个提议不知当讲不当讲……"

她一咳嗽，目光一扫，君某人就猜到她又在打什么鬼主意了。于是，他干脆顺水推舟："既然不确定合不合适，那还是不要讲了，免得破坏这么好的氛围。"

澄澄痛哭流涕："大人，为什么不按台词走？这种时候你应该叫我说出来看看知不知道！"

君少敛看着她可怜兮兮抓着自己衣角的样子，一脸高冷地凑近她："按照你喜欢看的小说里的情节，这种时候，你不是也应该有志气地霸王硬上弓，嗯？"

澄澄一口气差点儿没上来，虽然不是第一次发现大侠没节操，但是这么没节操还是让她很震惊啊。美色当前，澄澄心猿意马，正打算来个霸道女总裁的戏码，结果……

"你、你、你……"澄澄捂住自己被光明正大亲了一下的嘴唇，老半天才憋出一句质问，"为什么抢戏？"

君少敛高冷的表情当场就崩不住了，他笑容灿烂地伸手捏了捏小女友可爱的脸蛋："小白，看在你牺牲这么大的份儿上，喂蚊子这种技术活儿就交给我了。你觉得呢？"

秉着"即使被发现，也坚决不能承认"的精神，澄澄决定不能让某人看出自己刚才的不良企图："咬在你身上，痛在我心上，不如我们还是回去吧？"

她刚说完，不远处的林子里突然发出一种很微妙的声音……

"咦？什么声音？"白目的澄澄先是没反应过来，等她反应过来立即红了脸，拉起某人的手要离开。谁料，被某人反手拉进怀里。他附在她耳旁低声说："当初谁缠着我一整个星期，说没有体验过小树林的情侣生涯是不完整的？"

澄澄来不及回应，就被某人吻得晕头转向找不着北了。

什么叫作茧自缚？这就是！有了这次体验，澄澄从此以后再也不提小树林了。为什么呢？当然是，蚊子太厉害了，小心脏受不了。

　　大学第一学年即将结束，学校一部分寝室楼修整，原本住在这些寝室楼里的学生需要在放假前搬到新寝室。澄澄她们所在的寝室楼很不幸地列在名单上。

　　女生异性缘好不好，这时候就显现出来了。

　　隔壁有个寝室的女生不知为何总跟夏沫对着干，连带着对澄澄她们都不待见。这次更借机对她们明嘲暗讽，澄澄气不过，当晚就打电话给自己的后台求助。

　　她一开口就是："学长，体现你绅士风度的时候到了！"

　　电话那端的君少敛正跟好友们围在一张桌上玩儿斗地主，看见来电显示，立即起身走到阳台接电话："嗯？怎么说？"

　　澄澄单刀直入："我们明天要搬寝室，你手头有货吗？"估计不知情的还以为黑社会在接头呢。

　　君少敛听到她的话忍不住笑起来："明天几点？我带几个过来溜溜。"

　　"下午三点在我宿舍楼下碰面，不过你们要是没空的话，那就算啦。"

　　"怎么可以算了？这种为学妹们服务的时刻，我相信就算没条件，大家也会创造条件出现在女生寝室楼下的。"

"君少敛！坦白从宽，你文采这么好除了我之外，一共骗到过多少女生？"

君少敛从容不迫地反将她一军："安澄澄同学，从学长和学妹的角度来讲，问这么私人的问题真的好吗？"

澄澄心塞。虽然是她强烈提议两人在学校里继续以学长、学妹互称，不到危急关头坚决不主动暴露情侣身份，他属于被迫服从。但是男子汉大丈夫，能不能别这么记仇？

第二天约定的时间点，趴在窗户上眺望的夏沫兴奋地大叫："澄澄，快来看，你学长来了！"

澄澄看着一身白色走在最前头的君某人，明明心里甜得像吃了蜜，嘴里却还一本正经地否定："不，是我们的学长。"她说完，迅速奔下楼。

夏沫与管微看到她迫不及待的反应，瞬间哈哈大笑。

澄澄跑得太急，差点儿没刹住车，幸好君少敛及时拉住她，还贴心地替她理了理凌乱的秀发。

跟在两位男女主角身后的配角们，看到这个场景，立即默契地转开目光，假装没看见这亲密的互动。

人生已经如此艰难，有些事情还是不要戳穿啦。

在澄澄看来，这年头，没有比清白地坐在期末考场内考试却被别人传递的小纸团无辜砸中，然后还被身为自己男朋友的监考老师发现，更让人胆颤心惊的事了。

澄澄扫了几眼左右两侧那俩同学着急的表情，一抬头，看到正朝自己的位置缓步走来的君某人，她的表情比那两位更着急了。

她瞬间埋头去看试卷，不敢去看某人。

谁料，她家正直的君大侠弯腰捡起了小纸团，紧接着……竟然放在了她桌上！

她吓得猛然抬头望向他，就差开口跟她说小纸团不是自己的了。没想到，他几不可察地朝她眨了下眼，然后装作什么都没发生似的走开了。

其实不只澄澄，其他几位看到这一幕的考生表情都像是被雷劈到了一般。难怪学校里流行过一句话，每年期末考试，给学生传递答案最厉害的都是监考的学长们。

澄澄赶紧把小纸团悄悄物归另外一个家伙，然后埋头答题。

做完考卷，她反复检查了两遍，然后第一个起身交试卷。

一出考场，她立即给他打了个电话。身为监考老师，电话大多设置了静音，所以响了好几声，君少敛才注意到。

　　他走到门外，刚接通电话，立即听到她在电话里小声道："不是我的。"

　　他一时没反应过来："什么？"

　　她有些委屈地替自己辩解："刚才那个小纸团不是我的。"

　　他笑起来，语气肯定地回答她："嗯，我都知道。而且我也知道你不会去看的。所以傻丫头，无须担心，为了庆祝你解放，晚上带你去吃好吃的。"

　　"好呀，我等你。"

蜜月

　　结婚后，澄澄对于去哪里度蜜月很是纠结。最后她想起了以前跟大学宿舍那两位家伙讨论过的地方——海滩！

　　至于去海滩的理由，当然是借机多欣赏一下她家君大侠的完美身材啦。

　　睡觉前，她把选好的地点告诉身旁的某人："我们去马尔代夫吧！"

　　君少敛疑惑："你以前不是说要去北海道？"

　　澄澄当然不会傻傻地告诉他真相："哎呀，你不知道女人心海底针吗？我们先去马尔代夫，我带你去看美女开开眼界。"

　　他挑眉："娶妻如此夫复何求？"

　　老婆大人发话，君少敛当然毫无意见地举双手赞同。第二天就把行程都安排好，然后订好机票，第三天两人就出发了。

　　抵达海岛没多久，兴致勃勃的澄澄就郁闷了。千算万算，没算到沙滩上有那么多身材、脸蛋都堪比模特的比基尼美女啊！

　　澄澄在一旁看着跟外国美女聊天笑得很开心的君某人，暗自生闷气。

　　其实君少敛只是基于礼貌回答了一些对方的问题，算起来还没跟对方聊超过三句话。他止住话题，走到澄澄身边牵住她的手，边走边解释："对方问我是不是一个人来，我给她看了我的戒指，告诉她，我跟我的妻子一起来的。她称赞你'可爱漂亮'，我回了一句'谢谢'。"

澄澄反射性问："然后呢？"

"然后就结束话题了。因为，我看见我妻子好像在吃醋。"

澄澄有些想笑却又不好意思，小声替自己辩解："吃醋怎么了？我可是你老婆！"

君某人扬眉，凝望着她，认认真真回了一句："有妻如此，夫复何求！"

度蜜月期间，他们跟团出海，并超级幸运地看到了粉色海豚。

听说，粉色的海豚象征幸福。